12
ゴブリンスレイヤー
GOBLIN SLAYER!
He does not let anyone roll the dice.

「やはり冒険といえばこうでなくてはな！」

Contents

GOBLIN SLAYER!
He does not let anyone roll the dice.

ゴブリンスレイヤー 12

蝸牛くも

ゴブリンスレイヤー

人物紹介

CHARACTER PROFILE

――つまり俺は、奴らにとってのゴブリンだ。

ゴブリンスレイヤー

Goblin Slayer

辺境の街で活動している変わり者の冒険者。ゴブリン討伐だけで銀等級（序列三位）にまで上り詰めた稀有な存在。

――守り、癒やし、救え。『地母神の三聖句』

女神官

Priestess

ゴブリンスレイヤーとコンビを組む少女。心優しい少女で、ゴブリンスレイヤーの無茶な行動に振り回されている。

――無知なる者こそが幸福である。知ることは最上の喜びなのだから。『エルフの格言』

妖精弓手《エルフ》

High Elf Archer

ゴブリンスレイヤーと冒険を共にするエルフの少女。野伏（レンジャー）を務める凄腕の弓使い。

――彼女にとって大事なのは、いつだって天気と、家畜と、作物と、そして彼のことだ。

牛飼娘

Cow Girl

ゴブリンスレイヤーの寝泊まりする牧場で働く少女。ゴブリンスレイヤーの幼なじみ。

――ペンも紙もなしに、どうして冒険ができようものか。

受付嬢

Guild Girl

冒険者ギルドで働く女性。ゴブリン退治を率先してこなすゴブリンスレイヤーにいつも助けられている。

己を鍛えて刃《やいば》で屠《ほふ》れ。血が出るならば、敵ではない。
——銅の秘密、その一端

重戦士 Heavy Warrior

辺境の街の冒険者ギルドに所属する銀等級の冒険者。女騎士らと辺境最高の一党を組んでいる。

——竜とは逃げぬものなれば。

蜥蜴僧侶 リザードマン Lizard Priest

ゴブリンスレイヤーと冒険を共にする蜥蜴人の僧侶。

——宝石も金属も、磨く前は全て石塊。
物事を見た目で判断する鉱人は、この世におらぬ。

鉱人道士 ドワーフ Dwarf Shaman

ゴブリンスレイヤーと冒険を共にするドワーフの術師。

愛とは互いを見つめ合うことでは無い。
同じ行く手を共に見ることである。
——ある詩人

剣の乙女 Sword Maiden

水の街の至高神の神殿の大司教。かつて魔神王と戦った金等級の冒険者でもある。

尊敬に値する敵を、明日の友とはしたくない。
少なくとも今日は。

槍使い Lancer

辺境の街の冒険者ギルドに所属する銀等級の冒険者。

——神秘と愛は舌先から紡ぐほどに
解《ほつ》れるもの、況《いわん》や女の美しさをや。

魔女 Sorceress

辺境の街の冒険者ギルドに所属する銀等級の冒険者。

カバー・口絵　本文イラスト
神奈月昇

序章

「冒険譚《キャンペーン》をはじめるよというお話」

Goblin Slayer
He does not let anyone roll the dice.

できたぁーっ！　と大きな声をあげ、《幻想》と《生》と《死》は大喜びで手をあげました。
ばさりと四方《しほう》世界の星卓へ、大きな大きな絵図面が広がります。
それを見て三柱の神々はにっこりと笑い、満足した様子でうんうんと頷《うなず》きます。
《幻想》はもとより、《生》と《死》はとっても寛大で優しくて世話好きな神様たちです。
なにしろこの世の全《すべ》てに必ず一度贈り物をして、必ず迎えに来てくれるのですからね。
そんな神々がはしゃいでいるのを見て、他の神々が気にならないわけがありません。
どうしたどうしたと、《真実》やら《豊穣》やらが、どやどやと集まってきました。
慌てた《幻想》が見ちゃだめー！　と手を広げ《生》と《死》が衝立《ついたて》の向こうに引き上げます。
――なんだ？　冒険《シナリオ》？
――うん、叙事詩《キャンペーン》。
叙事詩《キャンペーン》！　その言葉に神々は色めきだちました。
叙事詩《キャンペーン》！　英雄譚《キャンペーン》！　戦　記《キャンペーン》！
一回限りだって楽しいのですから、ひと繋《つな》がりの冒険の楽しさは確定的に明らかです。

だから神様たちは英雄叙事詩《キャンペーン》が大好きでした。

一つ二つは元より、一柱で七つ八つ抱えてあっぷあっぷしている神様もいるくらいです。

なのでしかしそれでも新しい大長編《サガ》の開幕と聞いて、黙っていられるわけがありません。

自分の予定も忘れて我も我もと挙手をして、参加したいと声をあげ始めました。

これには《生》と《死》も、困惑半分喜び半分といった様子で顔を見合わせます。

なにしろ自分の立ち上げた冒険《セッション》に、誰《だれ》も参加してくれないのは寂《さび》しいです。

この光景だけで《幻想》に手伝ってもらって、因縁《シナリオ》を紡《つむ》いだかいがありました。

《幻想》がこらっと声をあげて落ち着かせ、とりあえず予定に余裕がある神々を選びます。

そんな神々のやりとりを見ながら、《生》と《死》は、幸せそうにふふっと笑います。

なにせ《生》と《死》はとっても忙しい神様たちですから、なかなか遊ぶ機会も少ないのです。

とはいえ、もちろん神々だけで冒険は成り立ちません。

後は冒険者たちが、自分の意志で、冒険へ挑んでくれないと。

目星をつけた――目星はとても便利なのです！――冒険者と怪物へ、まずはお誘いをひとつ。

それとなく啓示《ハンドアウト》を出して、彼ら彼女らへ冒険の運命を提示するのです。

伸るか反《そ》るか、後は全て彼らの自由。無理くり冒険に引っ張りこんでも、意味はありません。

だけど冒険者であるならば、冒険へ挑んでくれると神々は信じています。

だけど怪物であるならば、その前へ立ちはだかってくれると神々は信じています。

ごちゃごちゃ言い訳と小賢《こざか》しい屁理屈《へりくつ》を並べて逃げ出すような手合は、お呼びでないのです。

となれば後は、気合と祈りをこめて、えいやと骰子《サイコロ》を転がすのみ。

この冒険がどうなるかは、神様たちにだってわかりません。

全てを左右するのは冒険者たちの因果と——《宿命》と《偶然》の骰子《サイコロ》だけなのですから。

第1章 『冒険の途中だが飛竜《ワイバーン》が出たお話』

Goblin Slayer

He does not let anyone roll the dice.

つまりは、まあ、そういう事だった。

「きゃあああああッ!?」

「走れ走れ走れ食われるゥッ!?」

「いやあ、こら死んでしまいますなぁ……ッ！」

背後から轟《とどろ》く轟音《ごうおん》に悲鳴をあげ、棍棒《こんぼう》と長剣を携《たずさ》えた戦士は密林を必死になってひた走る。

すぐ傍《そば》を泣きべそで走る聖女に気を配り、ぴょんこぴょんこと跳ねる白兎猟兵の背を追って。

――――どうしてこうなった……!?

八つ当たりめいた思考で頭をいっぱいにしながら、絶対に後ろは振り向かない。振り向けない。

頭上から覆《おお》いかぶさるように落ちるのは、死の影だ。

唸《うな》るように響くのは風の音ではなく、殺意の咆哮《ほうこう》。

大気が生臭くベタついているのだって、何も自分が汗ばんでいるからではない。

「GYAAAAAAAAAAOSSSSSS!!!!」

巨大な翼《つばさ》を両腕に持つ怪鳥の如《ごと》き捕食者が、自分たちを狙《ねら》って襲いかかってくるからだ。

――飛竜《ワイバーン》が竜の成り損ないだなんてどこの馬鹿《ばか》が言ったんだろう！

いや、それはそれで間違ってはいないのか。

竜から多少強さを差っ引いたのだとしても、元の数が百なら大差はあるまい。

ましてやこっちは新米冒険者に毛が生えたようなものなのだ！

ここ最近で少しばかり教わった計算というものを、こんな形で活用したくはなかったが……。

「ちょ、ちょっと、どうするの⁉」

息せき切った幼馴染《おさななじみ》が、悲鳴にも似た涙声をあげる。

羽ばたきとも滑空ともつかぬ飛び方をする巨影と、地べたを走る自分たちの速度差は歴然だ。

生《お》い茂る木々が頭上を覆ってくれているおかげで身を守れているが、終わりはそう遠くない。

「どうするったって……！」

逃げるしかない。戦って勝てるわけがない。だがどこへ？

若き棍棒剣士は必死になって知恵を巡らせるが、元より自分でも学がないと認めている。

状況をひっくり返す名案なんて、そうそう思いつくわけもない。

そんな彼に縋《すが》るように、前を行く白兎猟兵が顔をくしゃりと歪《ゆが》めて振り返る。

もともと獣人は俊敏だが持久力はない。

特に兎人は食べている限り俊敏に動けるが、飲まず食わずで走り回るのは向かないのだ。

「ぼ、ばかぁ、そろそろ、バテてきましたよう……！」

「ええい、畜生《ガイギャックス》！」

「あ、罰当たりな――わひゃあ⁉」

白い兎足が不意にもつれたのを見て取るや否《いな》や、少年はその腰帯を引《ひ》っ摑《つか》んで担《かつ》ぎ上げる。

わあだのきゃあだのという悲鳴や、思ったより重く柔らかい肉の感触はこの際は無視だ。

――農家の三男の体力を舐《な》めるな、だ！

気を吐いた彼は、その時、なにかに気がついて目を見開いた。

その視界では、今まさに肩の上でじたばたしている少女の長耳が、ぱたぱた揺れている。

そういえば前にもこんな事があった。隣でひぃひぃ走ってる幼馴染と一緒に、下水で。

あの時は二人っきりだったせいもあり、えらい苦労した。今だって変わらない。三人なのに。

――三人？

「あ」

その瞬間、ちかりと脳裏《のうり》に閃《ひらめ》いた光を、少年はしっかと摑み取った。

「そうだ、耳！」

「ふえ⁉」

「来る時あったろ、川！　水音！　聞こえないか⁉　どっちだ！　わかるか⁉」

我ながらめちゃくちゃな指示だとは思うのだが、白兎猟兵は意図を理解してくれたらしい。

彼女はきょとりとした後、んーっと唸りながら耳を澄ませ、その手を右の方へ伸ばした。

「ぼかぁたぶん、あっちだと思いますけんども……！」

「よっしゃあ……！」

なら決まりだ。彼は残った片手で至高神《しこうしん》の聖女の手を取ると、必死になって走りだした。

幼馴染の手が思った以上に小さく、震えている事も――今はとにかく後回しだ。

「川、って……ど、どうするの……⁉」

青ざめた顔で声が上擦《うわず》っているのも、普段だったらからかえたろうけれど――……。

「と、とにかく、どうにか、なんとか……するんだよ……ッ！」

きっと今の自分の顔は大差ないだろうなと思えば、顔にはひきつった笑みが浮かぶ。

ほどなくしてザッと視界がひらけたのは、森の中を抜けたからだろう。

そこに広がっているのは川――いや、正確には谷川とでも言うべきだろうか。

切り立った狭く高い崖に挟まれた、細く長い川。

普段なら足が竦《すく》むし、こんな所で何かしようとは思いもよらない。まして冒険の最中なら。

「GYAAAAAAAAAAOSSSSSS！！！！」

だがもう一手一秒だって猶予はない。木々の守りが消えた事で、飛竜は一直線に迫っている。

「来てます、来てますよう⁉」

白兎猟兵が叫びをあげるのは、彼女が担がれているせいで上が良く見えてしまうためだろう。

「死んでも、怒るなよ⁉」

「怒る!」きっぱりと至高神の聖女が怒鳴った。「神様の前で、お説教よ!」

ならついてきてくれるという事だろうか。握り返されたのを、棍棒剣士は都合よく解釈した。

そして、飛ぶ。

幼馴染の少女と、仲間の少女を伴って――崖の下へと、一息に。

浮遊感なんてまるでなく、ぐっと大地の力に全身摑まれ引きずり込まれるような落下感。

ごうごうという風の音も、二人の少女――と自分――が上げる悲鳴も、何がなんだか。

せめても崖に彼女らをぶつけぬよう、若い戦士は二人の体を抱きしめ、頭へ腕を回す。

それでもぐんぐん迫ってくる水面が怖くて、彼は一瞬目を閉じ、そして目を逸《そ》らした。

強引《ごういん》に上を見ようと頭をひねれば、崖に突っ込まれた竜の顎《あご》がガチりと嚙《か》み合《あ》わされた所。

悔しげにがちがちと何度も歯嚙みする様が遠のく中、彼は大胆不敵な笑みを浮かべてやった。

――デッカイせいで崖ン下には入って来れねえだろ黒蟲《ローチ》以下とかざまあみさらせ!

もしも飛竜が心を読めたなら、その罵倒は文字通りその逆鱗へ触れたに違いない。

だが少なくとも獲物を逃した苛立《いらだ》ちに、崖の上から響く咆哮は何とも言えず痛快だ。

そしてそんな事を考えているうちに、ざぶんと大きな水音がして――……。

氷の塊で殴られたような痛みと冷たさに、彼の意識はあっさりと途絶えたのだった。

§

「実際たぶん三度目だけど、ゴブリンってやっぱ雑魚《ざこ》だな……！」

「ＧＢＢＯＲ⁉」

胸破り二世《チェストバスターツー》の刃で短剣を受け、黒蟲殺し二世《ローチキラーツー》の一振りで小鬼の頭蓋を砕く。

ぐしゃりという脳が潰《つぶ》れる感触は何とも不快で慣れない。蟲を潰すのとは、また違うものだ。

洞窟《どうくつ》の床は湿っているけれど、それでも下水道ほどのぬめりはない。十分、踏ん張れる。

ざっと長靴で土を蹴散《けち》らしつつ、棍棒剣士は自分の武器を手元へと手繰《たぐ》り寄せた。

棍棒と剣で二刀流――二刀流？――も最初はどうかと言われたが、今では馴染《なじ》んでいる。

――あと何匹だ？

「たぶん残り五、六匹てとこ！　油断しないでよね……！」

きびきびとした声は、すぐ傍《かたわ》ら。ぴたりと石壁に背を預けた至高神の聖女だ。

片手に天秤剣《てんびんけん》、片手に角灯《ランタン》をぶら下げて、しっかりとこちらや周囲を警戒してくれている。

今までは二人きりだったから、いつだって気は抜けなかったし、彼女にも余裕はなかった。

なにせこちらの飛び道具といったら、至高神より授《さず》かった奇跡一つきり。

おまけにそれは切り札だ。そう易々《やすやす》と切れる呪的資源《リソース》ではなかった。

――そう、なかった、だ。

「んまあ、こんぐらいなら何とかなりまさぁな」

洞窟の中で小鬼退治という情景とは裏腹に、至極《しごく》のんびりと白兎猟兵は声を出す。

もっともその両手は忙《せわ》しなく弩の取っ手を回し、弦《つる》を引き絞っている最中だったけれど。

そう、下水道での鼠《ねずみ》退治に比べて、何よりも大きかったのが彼女の存在だ。

四方を警戒するにしたって、前衛にしたって、そして――この弩の腕にしたって！

ぐいと足を引っ掛けて、取っ手を回して弦を絞り、太矢《ボルト》を番《つが》えるのに一手番。

だけれどその一手さえしっかりと稼げば、術と違って残弾を気にせず射撃ができる！

『やあま、矢ァだってタダじゃあないんで。あんま撃つとご飯が食べれんくなりますけんど』

などと白兎猟兵は、その長耳をぱたぱたと揺らして照れたように笑ったものだが。

「そぉれい！」

ばがんと薪《まき》を割ったような音と共に飛ぶ太矢は、遠く、戦列の後ろの小鬼を見事に射抜く。

喉《のど》から矢を生《は》やした小鬼はもんどり打って仰向《あおむ》けに倒れ、そのまま一回転して動かなくなる。

「GGOROGB!!」

「GROB!　GOOROGB!!」

ゴブリンどもは大騒ぎをしているが、まだ何とかなると思っているのか、威勢は良い。

あるいはここで正面突破をする以外に道がないことには、気づいているのだろうか。

目の前の敵を相手にしていると疎《おろそ》かになりがちだが、至高神の聖女が声をあげてくれる。

「次、奥からまだ来るわよ……！」

「ちょいと待ってつかあさい！　弦がこれまた重いのなんのて……！」

えんやこらと白兎猟兵が、小さな体に見合わぬ大きな弩の弦を引き絞る。

足をかけて踏ん張って、ぐいぐいと取っ手を回すのだ。時間はそれなりにかかる。

──なら、それを稼ぐのは俺《おれ》の仕事……と！

「任された！」

一声叫んで一歩踏み込む。手は汗で滑るし、額《ひたい》当《あ》ての鉢金《はちがね》をつけた頭と視界はやっぱり重い。

けれど剣と棍棒の柄から伸びた紐《ひも》は手首にかけてある。周囲は仲間が見ていてくれる。

だから彼は自分の役目に忠実に、まずは踏み込みと同時に左の棍棒を真《ま》っ直《す》ぐに繰り出した。

「GOOBGG!?」

「らぁっ!!」

喉笛《のどぶえ》を潰され濁った悲鳴をあげるゴブリンへ、すかさず右の剣を叩《たた》き込《こ》み、とどめ。

パッと飛び散る返り血が目に入らないよう顔を伏せ、額の鉢金で受ける。

鼠退治でも蟲退治でも、飛び散る体液には辟易《へきえき》したものだが──……。

──これがいわゆる経験ってヤツなのか？

「GORB!　GOBBGB!!」

「っとぉ……!?」

などと考えている場合ではない。仲間の死を平然と無視して、飛びかかってくる小鬼の短剣。

武器で受けるのも間に合わず、左腕の簡素な籠手《こて》を貫いて、ぶすりと刃が突き刺さる。

「い、ってぇっ⁉」

「GORRGBB‼」

肉を貫く痛みよりも驚きで、思わず棍棒を取り落としてしまうが、紐がついているので大丈夫。

だがそれよりもこの小鬼だ。勝ち誇った様子で嘲笑《ちょうしょう》するそいつから、強引に腕を振り払う。

「っと、このやろ……ッ！」

「いっきまぁす‼」

「GOBGB⁉」

そこへすかさず、ばがんという撃発音と共に太矢《ボルト》が飛んだ。

小鬼の眼窩《がんか》に突き刺さったその鏃《やじり》は脳幹《のうかん》まで達し、至極あっさりとその生涯を終わらせる。

棍棒剣士は目前の死体を蹴り倒して奥の小鬼どもにぶつけると、ひぃひぃ言って後ずさり。

「悪い、ちょっと頼む……！」

「任せてつかぁさい！」

ひょこりと長耳を揺らし、弩を背負った白兎猟兵が山刀を手に前へ飛び出した。

二人きりではこうは行かない。少年は腕に刺さったままの短剣を引っこ抜いて、放り捨てる。

「ねえ、大丈夫なの⁉」

駆け寄ってきた幼馴染が顔を緊張で強張《こわば》らせて覗《のぞ》き込むのに、彼はふるふると首を振った。

「わっかんね……！　怖くて見たくねえ……！」

「言ってる場合⁉」

彼女は角灯を地面に置くと、てきぱきと籠手を外して彼の腕を検《あらた》めにかかる。

幸い、籠手を貫いただけで、切っ先は僅《わず》かに腕へ埋まっただけのようだ。出血も少ない。

「ええと、化膿《かのう》止め塗って、包帯巻くから……しっかりと押さえて止血して！」

「お、おう……！」

ぎゅうと力強く押し付ければ、多少の傷なら血が止まる。神様の加護だろうか。

冒険に出るまでそんな方法があるとは知らなかった彼も、幼馴染の指示には素直に従った。

刺傷よりもむしろ締め上げられる感触の方に痛みを覚えるが、至高神の聖女は手加減がない。

「毒は……⁉」

「わっかんねえ……！」と指摘されて、彼は顔をしかめた。「飲んどくしかないか……」

出費がかさむのはお互い嫌になるけれど、ここで動けなくなったら元も子もない。

ちらりと前線を見れば、白兎猟兵が数匹を相手に悲鳴をあげながら山刀を振っている。

――何匹殺して、何匹残ってたっけ……⁉

もうよくわからない。少年はわたわたと慌てつつ解毒剤《アンチドーテ》の瓶《びん》を取り出し、一気に飲み干した。

「うえ、苦ぇ……！　っと、じゃあ、戻る！」

「後ろは見てるから、しっかり！」

ばぁんと至高神の聖女に背を叩かれ、棍棒剣士は両手に武器を握って洞窟の中を走る。

「待たせた！」と叫ぶと、「遅いですようっ！」と半泣きめいた白兎猟兵の応答。

見ればその足元には胸板《むないた》を切られた小鬼が倒れているが、彼女自身も細かい傷が多い。

白い毛にはちらほらと血が滲《にじ》んでいて、その息も酷《ひど》く荒い。ずいぶんと消耗しているのがわかる。

「GOROGBB！」

「GBBGB！　GORGBB‼」

なにせ相手は小鬼が二匹で、つまり先程までは三対一だったのだ。

ましてや小鬼どもは欲望に目をギラつかせ、下卑た感情を隠そうともしていない。

その醜悪な脳内では、白兎の少女がどれほど弄《もてあそ》ばれ、尊厳を踏み躙《にじ》られている事か。

後列の至高神の聖女に対しても、きっとそうだろう。だが、白兎猟兵は相手が目の前にいる。

欲望を突きつけられ、彼女は間違いなく恐怖していた。それがわかり、少年は顔をしかめる。

――もっと状況見てきちっと指示出さないとダメだ……！

もし何か彼女が一手しくじれば、今頃《いまごろ》は小鬼どもに組み伏せられていたに違いない。

彼は無理な前線維持を任せた事を反省しつつ、「代わるぞ！」と強く叫んで飛び出した。

「そっちは下がって、見てもらえ！　毒かもしれないぞ！」

「うひぃっ⁉　わ、わっかりましたぁ……！」

位置交代《スイッチ》の身軽さは、流石《さすが》の兎人と言うべきか。

身を屈めて転げる彼女を飛び越して、棍棒剣士は勢いそのまま小鬼どもへ打ちかかる。

片手の剣と棍棒が、二匹の小鬼の錆《さ》びた武具とぶつかって鈍い音を立てた。

「ＧＯＯＲＧ……‼」

「ＢＧＧＢＧＯＲＧ‼」

「こ、んの……ッ！」

ここで華麗に「あいつのお返しだ！」などと言えれば格好もつくが、そうはいかない。

ぎりぎりと鍔迫《バインド》りする小鬼を片手打ちで何とか押し返すべくふんばるが、相手は二匹。

間近に感じるのは小鬼どもの腐敗臭すらする、生暖かい吐息。おぞましい体臭。

膂力《りょりょく》でいえば棍棒剣士の方が圧倒的だが、気が抜けない。下手に隙《すき》を作れないのだ。

「……なろぉっ！」

だが、棍棒剣士とてまっとうに剣術を学んだわけではない。

彼は深い考えなどなく両手の武器を一気に振るい、小鬼どもの武器をかち上げにかかる。

「ＧＲＯＧＢ⁉」

「ＧＯＯＢＢＧＧ‼」

ゴブリンどもがたたらを踏んだのも一瞬のこと。その目には下卑た光がきらめいた。

片方――もちろん自分ではない――が殺されているうちに飛びかかれば、こいつを殺せる！

実際、その考えは当たっていた。

「でぇりゃあ!!」

「GOROOGOG⁉」

棍棒剣士は不運な方の小鬼へと棍棒を叩き込み、剣を繰り出して息の根を止める。

やや幸運であった方の小鬼は、すかさずそこへ雄叫《おたけ》びを上げて飛びかかり――……。

「鋭き兎《ヴォーパルラビット》の一噛み命取りッ！」

頬《ほお》に膏薬《こうやく》を貼《は》った白兎猟兵、顔の傷への怒りの一射で、そのささやかな運を使い果たした。

悲鳴もあげずに倒れたゴブリンに、棍棒剣士がとどめの一撃を打ち込み、それで終わりだ。

気づけば小鬼どもの死骸が散らばる中、ぜぇぜぇと荒い呼吸の音が響き渡るばかり。

「……終わった？」

ぼそりと至高神の聖女が呟《つぶや》くのに、「たぶん」と彼は応じ、ちらりと周囲を見回した。

暗闇《くらやみ》の中、洞窟の岩陰や奥までは目が届かない。だが動く気配はないように思える。

「たぶん……」と彼はもう一度繰り返し、自信なく続けた。「終わった、と思う」

「ふへぇぇ……。つ、っかれましたぁ……」

ぐてえっと女の子なのだか男の子なのだかといったださしなさで、白兎猟兵が座り込む。

「お疲れ様」と笑って至高神の聖女が差し出した水袋を、彼女は両手で受け取って飲みだした。

なにしろ兎の獣人というのは、食べていれば動けるが、食べないままでは動けないものだ。

「確か焼き菓子もあったろ。後は帰りだけだし、食って良いぞ」

棍棒剣士も自分の水袋から薄めた葡萄酒を飲みながら言うと、「わぁい！」と喜びの声。

「いやあもう、ぼかぁ、お腹《なか》がぺっこぺこだったんですよ……！」

硬く焼き締めた焼き菓子は、冒険の糧秣《りょうまつ》としては定番だ。

喜色満面で荷物袋から取り出して、白兎猟兵は文字通り頰張《ほおば》るようにそれへ齧《かじ》りつく。

頰を丸く膨《ふく》らませてパクつく様子は、ホントに兎へ餌付《えづ》けしてるようだと、いつも思う。

「ほら、あんまり慌てて食べると零《こぼ》すし、喉詰まっちゃうわよ？」

「へぇき、へぇき……！」

まったく、と至高神の聖女は頰を緩《ゆる》めて、白兎猟兵の顔についた欠片《かけら》を取ってやる。

それを見ながら棍棒剣士は、自分の武器を納め、仲間の様子を確かめ、改めて結論を出す。

――うん、やっぱり……ゴブリンは雑魚だ。

かつて雪山で戦った吸血鬼だとか雪男だとかとは、比べるべくもない。

なにしろこの規模の巣穴であれば、自分たち三人で何とかなってしまうのだ。

街外れの牧場を守るための合戦――少年にとっては紛《まぎ》れもなく！――も含め、これで三度。

小鬼と戦って、他の怪物と戦って、やっぱりそんな結論を出さざるを得なかった。

「よっし、一休みしたら、洞窟の奥まで確かめようぜ。それで他にいなけりゃ、引き上げだ」

「そうね」と至高神の聖女が頷《うなず》く。「村の人も、気にしているだろうし」

典型的な、あるいは定型的な依頼だ。

村の近くに小鬼が出てきた。山の方に巣があるらしい。何とかしてくれまいか。

冒険者が乗り込んで、戦って、片付けて、それで終《しま》いだ。

噂《うわさ》に聞く田舎者《いなかもの》――大型の奴《やつ》もいなければ、呪文《じゅもん》使いの類《たぐい》も、虜囚《りょしゅう》もいない。

「まるで何かどっかからやって来たばっかしみてぇな感じすなぁ」

食事をして元気を取り戻した白兎猟兵が、鼻をひくつかせながらそう評す。

「まあ、だいたいのゴブリン退治はそんなもんだって話だしなぁ」

「毎日毎日ゴブリン退治ばっかりやってる変な冒険者なら、また違うだろうけどね」

至高神の聖女が零した言葉に、三人は顔を見合わせて笑った。

そう、ごくごく一般的なゴブリン退治というのは、この程度のものだ。

彼ら三人は洞窟の奥にきちんと踏み込み、その事実を確かめ、意気揚々と洞窟を後にする。

報酬はさして良いものではないが、けれど成果をあげ、村人にも感謝されるのだ。

気分は良かった。浮かれていたのは認めよう。だけれど、それが過《あやま》ちだったとは思えない。

洞窟の薄暗がりを後にして、やや傾《かたむ》きながらも輝く太陽、青い空を見上げ、目を細める。

後は木々の合間、林と森を抜けながら山を下って、村に戻るだけ。

冒険は終わり――……否。

「ん?」

「えっ?」

「ほえ?」

一歩踏み出したその時、彼ら全員を覆い尽くすほどに巨大な影が、地に落ちた。

「GYAAAAAAAAAOSSSSSSS!!!!」

——冒険はまだ、途中だったのだ。

§

肌寒いと温《ぬく》たいのとを同時に覚える、奇妙な感覚が彼の目覚めを促した。

頭がぐらぐらと揺れ、思考は鈍く、鼻と喉の奥に血の匂《にお》いとも、味ともつかぬものがある。

ふと、幼い頃の記憶が蘇《よみがえ》る。

木から落ちて頭を打った友達がいた。平気だと笑ってたのに、少しして鼻血を出して死んだ。

頭の中の血管が破れていたのに、気づかなかったのだ。

自分もそうなるのではという漠然とした不安と恐怖が、棍棒剣士の身体を起こさせる。

「う、お、ぉ……?」

途端、ぐらりと酩酊《めいてい》——酒を飲んだのはいつだかの宴会くらいだ——したように頭が揺れる。

慌てて手を突いた先は、湿りを帯びた岩肌。耳を澄ませば火の爆《は》ぜる音に、水のせせらぎ。

——洞窟の中、か?

何度か瞬きをして、視界と思考を胡乱《うろん》にしている靄《もや》を振り払う。

ややあって薄闇《うすやみ》に慣れた視界に滲んだのは、まず橙色《だいだいいろ》の火をちらちらと踊らせる焚き火《たきび》だ。

炎の上には天幕の布やらで作られた即席の笠が被《かぶ》せられ、煙を上手《うま》く外へ流している。

——そうでなきゃ窒息しちまうもんな。

ぼんやりと考えながら、彼は息を吐く。見れば、自分の体からは衣服が剝《は》ぎ取られていた。

下に毛布が敷かれていたとはいえ、これでは冷たい——そして温かいわけだ。

——洞窟の岩肌に寝かされていた。服もない。ということは、二人は無事か？

やっと明瞭になってきた思考で、真っ先に二人の事を確認しようとしたところで——……。

「やあ、起きましたかぁ！」

喜色が声を通じて見えるかのように、弾《はず》んだ言葉が洞窟に響き渡った。

「わあい！」と両手を上げて喜ぶ、柔らかな稜線《りょうせん》を描いた輪郭《りんかく》が炎の照り返しに浮かび上がる。

ひょこりと頭の上で揺れる長耳と、丸みを帯びた尻《しり》の上にある綿毛——白兎猟兵だ。

健康的な真白い肌に、白と茶の斑《まだら》の体毛以外は、何一つ纏《まと》っていないように見える。

いや、両手や体の要所を覆う毛皮が、かえってその柔らかな肉《しし》を際立《きわだ》たせていた。

「わ、わ……ッ⁉」

思わず棍棒剣士が生唾《なまつば》を飲んだ——その音が聞こえない事を祈った——のも無理はない。

彼の記憶にある最後の女体といえば、二人旅の最中、野営で垣間見《かいまみ》た至高神の聖女のそれだ。

それも着替える彼女からは距離を取った上で、ちらりと見えてしまった程度だ。

もちろん、意図してのものではない。断じてだ。やましい気持ちは、そりゃああったが。

「樺《かば》ン皮は濡《ぬ》れても焚き付《つ》けに使えるんで、持っといて良かったすわ」

だからこそ、にこにこと無警戒なままひょこひょこ動く白兎猟兵の姿は、目の毒だった。

どうしたものか。どうすれば良いか。思考が固まるというのはまさにその通り。

今この瞬間に首を一噛みでもされたら、棍棒剣士はあっけなく因果地平《いんがちへい》の彼方《かなた》に行ったろう。

「ちょっと！」

だが、救いの声はすぐ傍にあった。

髪を解いて毛布にくるまっていた幼馴染が、炎の赤色以上に頬を染めて怒鳴ったのだ。

「身体……服！　服……！」

「へぇ？　――あ、わ……ひゃあ……ッ!?」

一瞬きょとりとした白兎猟兵も、その指摘の意味を察して悲鳴をあげた。

ぎゅうと身体を抱きしめ縮こまらせて、すぐさまその場にしゃがみこんだのだ。

「み、見んといてください……。やぁ、……は、恥ずかしい。村に、おのこ少ないもんで……」

意識がそこまで回っていなかったとか、なんとか。兎人訛《なま》りのきつい弁解に、少年は頷いた。

「あ、ああ……。う、うん。……わ、悪い……てか、ごめん……」

もそもそと小動物さながらの動きで毛布をひっかぶる彼女に倣《なら》い、彼も毛布を手にとった。

頭から毛布に包《くる》まって座り直すが、きっと自分の顔も、女子二人に負けず劣らず赤いだろう。

自分含め、夜目が利《き》くものがいなくてよかった。身体の細部まで見えないのは、皆のためだ。

「……ちょっと」

そんなやましい思考を見透かしたように、至高神の聖女が毛布越しに彼の脇腹《わきばら》を小突いた。

「変なこと考えないでよね……」

「か、考えてねえよ……！」

声が上擦ってしまったのも無理はない。

彼女の身体がわりとすぐ傍にあるのも、少年にとってはなかなか厳しい状況ではあった。

ちらりと見れば、普段は結んでいる髪が長く垂れて、水に濡れてほのかな甘い匂いが漂った。

女の子になった——……と、思う。

子供の頃、村の川で水遊びした頃なんて、自分とたいして変わらない身体だったのに。

いつぐらいからだろう。

至高神の神殿に入った頃から？　それとも一緒に旅立った頃から？　雪山に挑んだ頃から？

紅潮している頬から下の身体は毛布のせいで見えないが、その盛り上がりから輪郭は窺《うかが》える。

それこそ、ちらりと見えた着替えの時の裸体から、全体を想像するには十分なほど——……。

——……じゃ、ない……！

棍棒剣士は自分の頭をかち割りたくなるような衝動を、必死に抑え込んだ。

男一人、憎からず思っている年頃《としごろ》の娘らに囲まれて、何も感じないわけもないのだ。

何も感じず平然と過ごしているような英雄の話もたまに聞くけど、絶対ウソだ、と彼は思う。

だがそこで一歩踏み出したり、気の利いた事を言えるような手合は――それこそ英雄だけだ。

全部が全部自分に都合の良い勘違いだったり、あるいは踏み込み方を間違えればそれで死ぬ。

そうでなくたって、二人に好かれたいという気持ちより、嫌われたくないという思いが強い。

それが見栄か思慕か欲望なのか、まだまだ年若い少年にはさっぱりわからなかったけれど。

彼は今ここで初めて、あの銀等級の槍使いに対する尊敬の念を改めた。

ここで、二人に恥をかかせず、良い意味で恥じらわせる行動《ロール》なんて、自分には無理だ。

――あの人って、やっぱすげえんだな……。

「え、と……とにかく。……とにかく、だ」

ひりひりと口の中が乾ききった状態で、棍棒剣士は改めて、言うべき言葉を探した。

「二人は、無事なんだよな？」

すぐ傍で至高神の聖女が、焚き火の傍で白兎猟兵が、こくりと頷くのがわかった。

「あれから、どうなったんだ……？」

「……か、川に落ちたんですわ。でぇ、兄さんは気ィ失っとったんで……」

「二人で洞窟に運んで、みんな服を脱いで、火を起こして乾かして……起きるの待ってたの」

――死んじゃったかと思った。

ぼそりと呟いた聖女の言葉が、くしゃくしゃの声だったのは――感謝すべきなのだろうか。

ありがとうと囁《ささや》くと、返ってきたのは鼻水を啜《すす》る音だった。少年はちょっぴり笑った。

「で、アイツは……」

「……耳を澄ませてみりゃ、わかるこってす」

白兎猟兵は言葉と裏腹に、ぱたりと長耳を折りたたんだ。すぐにその理由がわかった。

――――OOOOOSSSSSS…………。

地獄の谷底を吹き抜ける怨霊《おんりょう》どもの呻《うめ》き声に似た、それはあの飛竜の咆哮だった。

「ま、待ち伏せかあ……！」

棍棒剣士は、今度こそその頭を抱え込んで毛布に突っ伏した。

§

「……ドラゴンって火ィ吹くよな」

「……毒とか酸とか氷とか雷《かみなり》吐くヤツもいるてぇ話ですなぁ」

「……ワイバーンって火ィ吹くのかな」

「……毒とか酸とか氷とか雷吐くヤツもいるかもしれんですねぇ」

「わかんねえ……！　まったくわからねえ……！」

洞窟の外には飛竜。こちらは新米の冒険者が三名。どう考えても勝ち筋はないように思えた。

残念だが自分たちの冒険はここで終わってしまった。そんな言葉さえ脳裏に浮かぶ。

棍棒剣士は毛布に包まったままうーうーと唸り、苦《くる》し紛れの案を絞り出した。

「洞窟の外ってまた崖の底で飛竜が入ってこれなかったりしないよな」

「結構開けてたんじゃないかしら……」

「じゃ、じゃあ、洞窟の奥がどっか余所《よそ》へ繋《つな》がってるとか……⁉」

「水ン流れはありますけんど、ぼくが見た限り、あそこォ通るンは無理じゃないすかねぇ」

文字通りの八方塞《はっぽうふさ》がりだった。

正直、棍棒剣士は全部投げ出して泣き喚いてうずくまっても許されるのではないか、と思う。

もちろんそんな事をしたってどうにもならない。ただでさえ、どうにもならないのだから。

彼一人だけなら、失敗をしでかした子供のように毛布に包まってぐずぐず啜り泣《な》いたろう。

母親に叱《しか》られた時なんかに逃げ込んだ、木の洞《うろ》を懐かしく思い出す。

もっとも、そこに閉じこもったって、ずかずかやって来た母に引きずり出されたものだが。

あれは心底嫌だった。今でも嫌だ。

――結局、何一つ状況は変わってないなぁ。

情けなさに、思わず笑えてきた。すると、白兎猟兵がびくりと身を震わせる。

「ぽかぁ、お腹がぺっこぺこです……」

それは思わずといった風に漏《も》れた、ひどくしょんぼりとした呟きだった。

棍棒剣士が白兎猟兵の方を見やると、彼女はしまったとばかり、口を両手で押さえていた。

目をまん丸くしてふるふる首を左右に振っているが、きゅるる、と彼女の腹が小さく鳴る。

すると兎人の少女は可哀想《かわいそう》なほどに顔を赤くして、ますます毛布の中で縮こまってしまった。

「まったく……」

と、呆《あき》れたように言ったのは、棍棒剣士の傍らにいた至高神の聖女だ。

彼女は「待ってて」と言うと、岩肌に引っ掛けて乾かしていた自分の鞄《かばん》を手にとった。

取り出したのは、布に包まれた焼き菓子だ。硬く焼き締めたそれは、糧秣の定番だった。

「……ほら、食べなさいよ。ちょっと湿ってるけど」

「やぁ、でもぉ……」

差し出された堅パンを前に、白兎猟兵は鼻をひくつかせながらふるりと首を左右に振る。

「……いつまで、こん中にいるかわからんとですし……」

「食べなきゃ死んじゃうんでしょ？　だったら、食べてよ」

「……うい」

彼女が両手で受け取った食べ物をかりこりと齧るのを見て、至高神の聖女は「よし」と頷く。

そしてするりとまた元通りに毛布に包まって、棍棒剣士の隣に腰を下ろすのだ。

ふと意識すると微《かす》かな呼吸の音にさえ脈拍が早くなりそうなので、彼はぐっと歯を食い縛る。

「……なに？　あんたもお腹すいたの？」

ちらりと毛布に顔を埋めた彼女が、上目遣《うわめづか》いでこちらを窺う。

揶揄《やゆ》するようないつもの口調だが、声には心なしか力がなく、弱々しい。

「や、考え事してるから」と言った後、棍棒剣士は素直に続けた。「後で貰《もら》うわ」

「そ……」

そして、幼馴染の彼女は口を閉ざした。申し訳なさそうな様子で白兎猟兵は食事をしている。

――だったら俺は落ち着いて、冷静に考えろ。

棍棒剣士は洞窟のカビだか苔《こけ》だかと、煙、少女たち二人の香りが混じる空気を吸って、吐く。

彼が未《いま》だに子供じみた振る舞いをしないで済んでいるのは、彼女たちがいるおかげだった。

誰《だれ》もまだ泣き喚いていないのだ。自分が最初にそうするのは、何ともみっともない。

――格好悪いのは、嫌だ。

それが見栄なのか、責任感なのか、意地なのかは、さっぱりわからなかったが――……。

「…………あ」

突然、彼は自分たちがとっくに死んでいることに気がついた。

――もしあの飛竜が火とか毒とか何かすげえもんをゲロみたく吐けるなら――……。

自分たちが洞窟へ逃げ込んだ時に、そこへ吹き込めば一網打尽ではないか。

わざわざ入口で待ち伏せるなんて、無駄な事をする必要はない。

――いや、それだと食えないからか？

洞窟に入れないから。中で殺しても食えないから。出てくるのを待っている。

であれば、こちらがブレスはないと見て出てきたところに、ブレスか？

――や、それなら外で逃げてる時とか、川に落ちた時に吐いてるよな。

ということは、奴にブレスはない。ないはずだ。ないと思おう。あったらどうせ死ぬのだ。

――なら、爪《つめ》と牙《きば》と尾っぽ、だよな。

気をつけるべきはその三つ。それさえどうにかすれば良い――……。

「……ごめんね」

「へ？」

棍棒剣士は、自分でもひどく間抜けな声を出した事に気がついていなかった。

それくらい、不意に至高神の聖女が漏らした呟きは、まったく理解できなかったのだ。

「……役に立ってなくて」

「えっと……なにが？」

心底わからなくて問いかけたのだが、それが彼女の感情をひどく刺激したらしい。

きっと睨《にら》むように顔を上げた彼女の目尻が、焚き火の照り返しで僅かに光っていた。

「私が！」

「なんで？」

だが、それでも棍棒剣士には、この幼馴染が何を言っているのかまるで理解できない。

しかし、それをそのままにしておいて良いとも思えないのだ。

彼はずいと――気恥ずかしさを押し殺して――体の向きを変えて、真っ直ぐに彼女を見た。

わかるように言ってくれないと、わからないではないか。

「だって……」と彼女はボソボソと言った。

「神様に授かった奇跡は一回きりだし。……便利なこととか、知らないし……」

それに。言葉少なに呟いて、至高神の聖女はじろりと目を細めて、唇を尖《とが》らせた。

「……さっきもあの子の方見てたし」

「それは関係なくないか……⁉」

声を潜めていたわけでもない。長耳で聞き取っていた白兎猟兵が「うゆ」と妙な声を漏らす。

棍棒剣士と至高神の聖女は顔を見合わせ、それから笑った。

深刻《シリアス》になっていたのが、なんだか馬鹿らしくなったのだ。

「あううう……」

それを自分が恥じらったのを見てのことだと思ったのか、兎の長耳がぺたんと折れる。

棍棒剣士は「悪い悪い」と謝って、それから大きく息を吐いた。

「いや、その、よくわかんねえけど。強いとか弱いとか、役に立つかどうか、じゃないだろ」

そうとも、そのはずだ。

そんな事だけで仲間を選んで決めてたまるか、と心底思う。

そりゃあもちろん、危険な場所だから連れていけない、なんて事はあるかもしれない。

向き不向きとか、得意不得意によって、別々に行動する事だってあるだろう。

でもそれは、役に立ってないとか、仲間じゃないって事ではないはずなのだ。

「だから、とりあえず……うん」

少年は、二人の少女に向けて何を言うべきか、薄暗い洞窟の天井《てんじょう》を見上げた。

答えはなかった。答えの変わりに、虎視眈々《こしたんたん》と機を狙う怪物の唸り声が聞こえる。

であれば、やる事は明白だ。

「……とりあえず、あいつなんとかして、帰ろうぜ」

うん。二人の娘が頷いて、それで決まりだった。

§

どんな時もまずは装備と手札の確認から。これは下水道で学んだ、冒険の鉄則だった。

「武器と防具はあるよな。濡れてるけど」

「あんたの紐《ひも》付き棍棒と剣でしょ。錆びないよう拭《ふ》いといたら？」

「あ、ぼかぁ油もっとりますよ。そいからね、松脂《まつやに》とか色々」

「んじゃあ油借りるわ。……なんで松脂？」

「矢柄《やがら》に鏃ィ止めたり、油と練って弦に塗ったり、毒矢こさえんのに使うんですよう」

なるほど。棍棒剣士は白兎猟兵の言葉に頷いた。毒。毒か。至高神の聖女が身を乗り出す。

「ね、毒は持ってるの？」

「あるけんども」と白兎猟兵は頷いた。「流石に飛竜にトリカブトん毒が通るた思えんです」

「そっかぁ」

がっかりといった風に聖女は項垂《うなだ》れるが、元よりあまり期待もしていなかったのだろう。

あるいはさっさと切り替えたのか、彼女は髪を揺らしてぱっと顔を上げた。

「と、先に全部確認通しでやっちゃいましょ！」

「おう」と棍棒剣士は頷いた。「剣、棍棒、よし。そっちも、天秤剣と弩あるよな」

「あと投石紐《スリング》。武器はしっかり持ってるもの。ね？」

「ねー？」

至高神の聖女と白兎猟兵が、顔を見合わせにっこりと笑う。

棍棒剣士は、ちょっぴり疎外感を覚えながらも「ならよし」と頷いた。

「それで、服と防具はそこに引っ掛けて乾かしてるだろ」

「乾かしたのは私たちだけどね」

「わかってっから。で……水薬は？」

「落っこちた時に割れっちまいまして、川ン奴がごっくりごくりですわ」

処置なしとばかりに白兎猟兵が、ふるふると長耳を揺らしながら首を横へ振った。

高かったのに。棍棒剣士は顔をしかめた。至高神の聖女もそうだろう。

他の冒険者はどうしているんだろう。帰ったら聞こう。帰れたら。

「瓶の破片とかどうしましょかね」

「とりあえず鞄から出して除《よ》けとけ」

そう言ってから少し考えて、棍棒剣士は付け加えた。

「捨てないで、ひとまとめにな」

「はぁい」

取捨選択は大事だが、今はどんな助けだって必要なのだ。

もしかしたらあの時瓶の欠片を捨ててなかったら……なんて後悔する可能性もある。

まあ、どの道この洞窟からは出られないのだから、いる間はどこに捨てても変わらないが。

「後は食料が何日か分と……冒険者ツールか」

「出かける時は忘れずに、と」

同期の少女、出世頭《しゅっせがしら》ともいえる女神官が祈りのように言う言葉を、至高神の聖女は口に出す。

銀等級の一党《パーティ》にいるからというのを差し引いても、彼女はめきめき成長している。

先だっての雪山での活躍は、この三人だって間近で見ているのだ。

いよいよ鋼鉄から青玉へ手をかけるというのも、わからなくもない。

至高神の聖女は「頑張らないとね」と呟いて、テキパキ冒険者ツールの中を検めにかかった。

「えっと鉤縄《かぎなわ》に、楔《くさび》に白墨……松明《たいまつ》はもう湿気っちゃってダメかぁ……」

「これ、大事言われたんで買って持っとりますけど、あんま使う機会ないすなぁ」

焚き火の傍に吊《つ》るしてある鞄を、白兎猟兵がぽすぽすと叩いてぼやく。

なんだかんだ持久力のない彼女にとっては、あまり余計な荷物は好まないのだろう。

自分もその気はあったよな。棍棒剣士は笑った。だって、邪魔な荷物は格好悪いと思うのだ。

「でも持ってりゃ使う機会もあるだろ。で……と、実際その……どうするかだよな」

そして、話はぐるりと回って元の場所へと戻ってくる。

剣だ棍棒だでどうにかできる相手ではない事は、棍棒剣士にだってわかっている。

自分が重戦士のようにだんびらを振り回せれば別だが――いや、あれも魔法の武器か？

いつかは、いずれは。そう思いながらも、彼はひとまず目の前の事へと意識を向けた。

「あいつって別にさ、臭いで追いかけてるわけじゃないよな」

「鷹《たか》とか鳶《とんび》とかみたく、目が良いんじゃないすかね」

鼻をひくつかせて白兎猟兵が答える。獣のことなら彼女が一番良く知ってる。

「なら夜まで待って、こっそりとかは？」

「竜が鳥目？」と至高神の聖女は顔をしかめた。「流石にないでしょ」

しばらく三人であぁでもないこうでもないと言ってみたが、やはり隠密は難しそうだった。

もともと隠れてこそこそして逃げられるなら、川に落ちた段階でどうにかなるだろう。

少なくとも交戦は覚悟しなければなるまい。嫌になるような現実だった。

「神様の奇跡って、どうなんだ？　飛竜が飛んでも届くのか？」

「届く……とは思うけど」

幼馴染の少年の言葉に、至高神の聖女は考え考え、用心深く言葉を紡《つむ》いだ。

「たぶん、速く動かれると当てられない。当てても、一発だけじゃ、たぶん倒せない……」

「じゃあ、弩はどうだ？」

「たっかく飛ばれると届かんすな」

対して、白兎猟兵は白いもふもふの手を掲げて、高さをアピールしながら応じてくる。

「ぼかぁ当てられっとは思いますけんど、当てても鱗《うろこ》でカチンカチンですわ」

処置なし。おどけた仕草で肩を竦めて首を左右に振るが、この動作は彼女の素だろう。

うーむ。棍棒剣士は腕を組み、慣れない作戦立案に悩みながら、思いつくまま言葉を吐いた。

「翼を破って飛べなくしたり、尻尾《しっぽ》ぶった切って鈍らせたり、頭ぶん殴って気絶させたり……」

「無理でしょ」

「むつかしいすなぁ」

だよなぁ。棍棒剣士は嘆息する。どうしたって新米から一歩出た程度の自分たちでは困難だ。

まあ、そんな事はわかりきっていた話でもある。

自分たちは槍使いでもなければ重戦士でもなく、ましてやあの小鬼殺しでもない。

実力も装備も何もかもが足りないのだ。今あるありったけでやるだけだろう。

三人は顔を寄せ合い額を突き合わせ、ああでもないこうでもないと議論を交わした。

腹が減ったら堅パンを齧り、水を飲み、洞窟の入口から聞こえてくる咆哮に顔をしかめる。

そうしてどれくらいの時間が経《た》った頃か、どうにか作戦らしいものがでっちあげられた。

それはもちろん起死回生の一手とか、天才的な策略などといったものではない。

思いつきと寄せ集めでできた、聞く者が聞けば失笑するような、そんな作戦であった。

「六ゾロが出たら勝てるな」

「それで向こうが一ゾロだったらよね」

「ダメでも皆そろって一緒にお腹ン中すなぁ」

それで良いか。それなら良いや。三人はそれぞれの顔を見て、くすくすと笑いあった。

きっとその時は泣きわめくだろうし、恐怖に怯《おび》えるだろうし、みっともない様を晒《さら》すだろう。

けれども、やるだけはやろうという気持ちはあった。

やらないで死ぬよりは、きっとずっと良いだろうから。

§

つまり、結局は八つ当たりだった。

その飛竜にとってみれば、たかだかちっぽけな二本足三人なぞ、大したものではない。

端的に言って食いでがない。追いかけ回したところで、かえって腹が減るばかりだろう。

しかし、だ。

非常に不愉快極《きわ》まりない事に棲家を追われ、苛立っていた所で、目の前に羽虫が三匹。

叩き潰してやる以外の選択肢があるだろうか？

そしてそいつらが小五月蝿《こうるさ》く騒ぎながら逃げたとして、逃してやる理由があるだろうか？

少なくとも、飛竜にはなかった。

川へ飛び込んだ連中がそのまま洞窟に逃げ込むと、飛竜はそのすぐ目の前に陣取った。

この洞窟に別の入口があれば間抜けも良い所なのだが、幸いそれはない事を知っている。

そうなってくると、後は楽しい楽しい待ち伏せの時間だ。

ただひたすら待つというのは苛立ちに繋がることもあるが、こういう場合は心が踊る。

中に逃げ込んだちびどもは、さぞや恐れ慄《おのの》き、慌てふためき、いつか飛び出してくるだろう。

そうなった時の間抜けで悲壮な顔つきほど、邪悪な竜の心を満たすものはない。

飛竜、ワイバーンといえば本式の竜に劣ったものであるが、その一点においては同様だ。

その飛竜は中の獲物を、たとえ十年でも二十年でも待ち続けるつもりでいた。

そして連中がそれほど長生きできない事に思い至ると、これはしたりと一声吠《ほ》える。

中で死んでしまっては、さて、どのようにして遺体を取り出してやれば良いものか。

今か今かと待ち受けながらそんな思案に耽《ふけ》るのは、何とも愉快であった。

「う、わ、おぉおぉおぉああああっ!!」

だからこそ、飛竜はその瞬間を見逃さない。

洞窟から両手の武器を振りかぶった一匹が、甲高く滑稽《こっけい》な叫び声と共に飛び出してきたのだ。

本人としては悲壮感たっぷりなのだが、飛竜としては笑い転げたくなるほどの無様さだ。

「GYAAAAAAAAAOSSSSSSS!!!!」

ならばお望み通りにしてやろう。

飛竜は無謀に突撃をしてくる小僧へ、その長首を向けて牙を剝《む》き出しに顎を開いた。

頭からかじりつき、二、三度噛み付いてやれば、手足を残して胃の中へ飲み込んで——……。

「兎の庄が一の矢だいッ!!」

「OOOSOOOS!?」

飛竜の叫びは声にならなかった。

ひゅおんと風切る音も勇ましく放たれた弩の矢が、その喉奥へと飛び込んだからだ。

無論その程度、飛竜を死に至らしめる痛痒《ダメージ》にはなり得ない。

つまりは、喉に小骨が突き刺さったようなものだ。

故に飛竜はえずくように喉を鳴らして、その顎から生臭い咳《せき》を二度、三度と繰り返す。

──ええい、小賢《こざか》しい！

「ＧＹＡＡＡＡＡＡＡＡＡＯＳＳ！！！」

次いで飛竜は苛立たしげに掠《かす》れた咆哮を上げると、大きく翼を打って浮かび上がった。

またぞろ喉に矢など撃ち込まれては敵《かな》わん。

ならば上から飛びかかり、この蹴爪《けづめ》で捕らえてくれよう。

それはさながら鷹が野兎を狩るが如くだ。落としても良い。首をその場でへし折っても良い。

即死させず、けれど助からぬよう加減をすれば、この苦痛の溜飲も下がろうというもの。

空こそは飛竜の領域。

見よ、武器を二つ肩に担いで駆ける小僧も、必死に弦を絞る小娘も、手出しはできまい。

一思いには殺さぬ。その残忍さを胸に、飛竜はもう一度翼を羽ばたかせ──……。

「《裁きの司《つかさ》、つるぎの君、天秤の者よ、諸力《しょりょく》を示し候《さぶら》え》‼」

ぴかりと光ったその神鳴る一撃は、空よりも高き天よりもたらされた。

闇《やみ》の奥より振りかざされた天秤剣は、至高神の御名《みな》によりて、雷霆《らいてい》の剣を解き放つ。

洞窟から蒼天の下を駆け抜けた白光は、文字通り飛竜の目を貫いて、視界を真白に塗《ぬ》り潰す。

「──────！？！？！？」

今度こそ、飛竜の口から悲鳴が上がった。

もちろんこれで死に至ることはなく、そして目が焼き潰れたわけでもない。

飛竜は幾度か瞬きをし、滲む視界で怨敵《おんてき》を捉《とら》えようと視界に目を凝《こ》らす。

こうなってはもはや、より残忍な死を与えてやらねば許しがたい。

例えば、このぼんやりとした世界でもはっきり見える、一番手前の小僧からだ。

小娘二人の前でずたずたに切り裂いてやれば、先程の愚行をきっと後悔する事だろう。

「GYYYYYYYAAAAAAAAOSSSSSSS！！！」

ふらつき、下がった高度を保とうと羽ばたきながら、飛竜は威嚇《いかく》するべく喉を鳴らす。

だが突っ込んでくる小僧――冒険者の勢いは止まらない。放たれた矢の如く。

そして瞬間、その背中より翼が広がる、いや、担いでいた剣と棒に引っ掛けられていた布だ。

事ここに至って飛竜はその解に至った。振りかぶったのは武器ではなく、これか。

だがしかし布だ。そんなもので何がどうなるというのだ。目隠しのつもりか。

飛竜にとって、それはもはや破れかぶれ、自暴自棄の一手としか思えなかった。

「う、りゃあぁあああぁあぁああぁぁッ！」

避ける暇はなく、けれど避ける必要もなく、飛竜は甘んじてその布を顔に受けた。

やたら重たい音が響き渡り――両目を抉《えぐ》る激痛に飛竜が咆哮したのは、その次の瞬間だった。

§

「いよ、っしゃあ……‼」

「勝ち誇ってないで、逃げるわよ！」

思わず快哉《かいさい》をあげた棍棒剣士のすぐ横を、裾《すそ》をからげた至高神の聖女が駆け抜けていく。

目の前では顔面に貼り付いた布を剣がそうと飛竜が七転八倒しているのに、勇敢なことだ。

「とっとこ逃げっちまいましょう……！」

「わ、置いてくなって……！」

続けざまに白兎猟兵に追い抜かれ、棍棒剣士は大慌てで二人の少女を追って川原を走る。

棍棒と剣は両手に下げたままだ。絡《から》みついた松脂を拭《ぬぐ》わないと、鞘《さや》には入れられまい。

迷った末、彼は両方の柄に結んである紐を腰帯に通して括《くく》り付けた。やはり便利だ。

「……けど、でも、上手くいったよな！」

「そうね……！」

「やあ、ほんとですなぁ」

別に、大した事ではない。子供だましの、単純な悪ふざけ。

松脂と泥、トリカブトを塗りたくった天幕に、砕けた瓶の欠片をさらに砕いて散りばめたのだ。

べたりと貼り付けば剣がしづらいし、口も塞《ふさ》げるし、目には破片が入るしで、ご覧の通り。

いくら竜に毒が通じないからといったって、目に叩きつけられて痛まぬわけもあるまい。

もちろん単なる時間稼ぎに過ぎない。これで飛竜を倒せるとか、勝ったとか思う奴は馬鹿だ。天幕を駄目にして水薬も無駄にして、ゴブリン退治の報酬から考えると大赤字も良いところ。川原をひぃこら走る様は情けないにもほどがあり、森に入る頃には息だって上がる。

しかしそれでも激高する飛竜を背後に、逃げ続ける三人の顔には会心の笑みが浮かんでいた。

「でも、近づいたよな！」

何だか無性に叫びたくて仕方がなくて、棍棒剣士はぜひぜひ喘《あえ》ぎながらも声の限りを張る。

白兎猟兵を挟んで、やや遅れ気味だった至高神の聖女が、懸命に追いすがって叫び返す。

「なにに⁉」

「いつかは、ドラゴン退治！」

それは田舎の村を飛び出す時、いや、もっと前から密《ひそ》かに抱いている思いだった。

誰に話したって笑われるし、馬鹿にされるし、身の程知らずだと言われるし、実際そうだ。

でも、見たか──と少年は思っていた。

村を飛び出し、下水でネズミとゴキブリに追いかけ回されてた俺は、飛竜と戦ったぞ！

お前らが一生かかったって見れないものも、できないことも、いっぱいやってのけたぞ！

そんなささやかでちっぽけで、他人からは滑稽な勝利宣言に、白兎の少女が両手を鳴らす。

「わあ。そらあすごいこってすなぁ……！」

間が抜けていて、けれどどこまでも素直で純粋な言葉に、少年の頬はさっと赤くなった。

「あ、耳まで真《ま》っ赤《か》」と背後から、けらけらと幼馴染の少女が笑う声。「なに照れてんのよ！」

「照れてねえよ！」と怒鳴ったところで、川辺の方からは怪物の咆哮が追いかけてくる。

「こらはよいかんと、みんなまるっと食べられっちまいますや……！」

ひょこひょこと耳を揺らして兎人が前に行き、ほいと差し出された彼女の柔らかな手を握る。

「ちょっと、二人とも速いってば……！」

振り返れば自分だって真っ赤な顔の幼馴染が、必死に手を伸ばし、その手をしっかりと握る。

「……おっしゃ、行くぞ‼」

街までは遠く、夢まではさらに遠く、背後の飛竜はわりと近い。

それでも冒険者となった少年は、大事なものを握りしめ、足取りも軽く走り続けていった。

彼の――彼らの冒険は、まだ途中なのだ。

第2章 『女の子だって冒険したいというお話』

「やはり冒険といえばこうでなくてはな！」

城壁を飛び越えた飛竜《ワイバーン》を一刀で撃ち墜とす姿が女の子かはさておき、女騎士はご満悦だった。

翼《つばさ》を断たれた飛竜はばたばた空を溺《おぼ》れるようにもがき、甲高い悲鳴をあげて内庭へと落ちる。

すかさず待機していた兵たちが飛びかかり、槍だ矛《ほこ》だ六尺棒《ろくしゃくぼう》だを突き立て振るい、打ちのめす。

怪物と単騎ないし少数で渡り合うなら冒険者に劣るが、集団での戦いとなれば兵士が上回る。

爪《つめ》と牙《きば》と尾で一人ずつ吹き飛ばされて尚《なお》、十人二十人が寄って集《たか》れば、どうにかなるものだ。

本物の竜ならばともかく、飛竜であれば、の話だが――……。

「一撃で足りんというのは業腹だが、何とも胸のすく光景だな！」

「ほんとよね」と上機嫌で長耳を振って、妖精弓手《エルフ》は頷《うなず》いた。「じゃ、手本を見せたげる！」

彼女はイチイの大弓に張られた蜘蛛糸《くもいと》の弦《つる》を軽々と引き絞り、木芽鏃《きめやじり》の矢を空へ放つ。

小枝のような細腕であるから、さぞかし軽いかと思いきや、三人張りの剛弓にも劣らない。

しかし彼女は「兄さまの弓はもっと強いんだけどねー」と笑うのだから上の森人《ハイエルフ》ときたら。

そして空中へと飛び立った木芽鏃は、まるで紐《ひも》がついているかのように大きく弧を描く。

それは矢が明後日の方に飛んだという認識を、そのまま永遠に飛竜の脳へと縫い止めた。眼窩《がんか》から眼窩へ抜けた鏃が、真《ま》っ直《す》ぐ真横に飛んで、隣の飛竜の翼膜から心臓を貫き通す。妖精弓手の翡翠《ひすい》の如《ごと》き瞳《ひとみ》は、空の滲《にじ》みとしか思えぬその彼方《かなた》の光景を、確かに認めている。「ふふん」と妖精弓手は撃墜数二つに実に典雅な仕草で小鼻を鳴らした。「次、西の方ね！」「ええい、まだ一差だ、勝ち誇るな！」女騎士は堪《たま》らぬ様子で笑った。「ゆくぞ！」女騎士は全身甲冑《かっちゅう》に大盾に剣まで担《かつ》いでいると思えぬ速度で、さっと城壁の上を走りだす。その軽々とした動きも見事だが、併走する上の森人はまるで無人の野を行くが如しだ。足音さえも立てず軽《かろ》やかに、風か何かのような動きなのだから、これはもう種族が違う。だがしかし、その麗《うるわ》しき女性二人の姿へ見惚《みほ》れる余裕は、他の兵士たちには一切《いっさい》なかった。城壁上に並んだのこぎりの歯の如き矢狭間《やざま》には、小さく身を屈めた外套姿の者たちがいる。近隣から集められた風の司《つかさ》や空読み、雨乞《あまご》い師といった、ほとんど手妻《てづま》遣いのような人々。せいぜいが風を呼び、天気を読み解き、ちょっとしたにわか雨を招く程度しかできない。だが彼らは懸命に魂をすり減らして、真に力ある言葉を紡《つむ》ぎ、守りの術をかけていく。必死になって砦《とりで》から矢を射掛ける兵士たちには、どんなまじないだって必要なものなのだ。振り仰《あお》げば一目瞭然――空が七分に、敵が三分だ。逆でない事を喜べば良いのか笑うべきか。城壁の下はといえば、これもまた悲惨だ。地平の彼方よりこの城塞へと押し寄せてくるのは、絵にも描けぬ地平線までの怪物の軍勢。

――いや、流石《さすが》にそれは比喩だ。そんな規模の怪物は、数年前の合戦以来現れていない。

だが森の中から蠢《うごめ》くように這《は》い出《で》てくる混沌の数は、慣れていないと数えることもできまい。

決して疲れぬ骸骨の兵士どもが盾を掲げて押し上げる前線には、生半《なまなか》な矢の雨注《うちゅう》も無意味だ。

そして腐り果てた肉体の亡者どもは、いくら矢を浴びせたところで平然としたまま進み来る。

あれらを打ち砕くには剣、槌矛《つちほこ》、金棒の一撃でなくては。

だが城主が門から打って出ず、暗黒の軍勢《アーミー・オブ・ダークネス》が城壁に取り付くままにしているのには理由がある。

出撃して、敵軍を追い散らすだけの兵力がないのだ。

そして万一にでもこの砦が落ちれば、その背後にある村々が死霊どもに蹂躙《じゅうりん》されるだろう。

この砦が健在であればこそ、敵は集まってくるのだ。

故に兵士たちは、懸命に空の敵へ矢を浴びせ、地上の敵へと矢を射掛ける。

城壁に取り付くものあれば岩を落とし、煮えた油を浴びせ、足りぬとなれば粥《かゆ》もぶち撒《ま》けた。

生者と違って絡《から》みつく熱を気にも止めぬ奴ばらは、登ってきた所を上から剣や槍で叩《たた》く。

死なないからといって、高所から落下して砕けて潰《つぶ》れれば、物理的に動けなくなるだろう。

気《き》の利いた砦ならば、城壁にこういった防御のための隙間《すきま》や落とし戸が設けてあるものだ。

只人《ヒューム》の砦故に只人ばかりが目立つが、森人《エルフ》や鉱人《ドワーフ》、獣人や圃人《レーア》も関係なく彼らは必死に戦う。

兵士も騎士も傭兵も、下働きの侍女から従者、料理人、牢に繋《つな》がれた罪人も一丸となって。

怪物に武器を振るい、飯を炊き、手当をし、壁の補修をし、水を汲み、洗濯をする。

金庫の中身を数え、兵糧の残りを調べ、全《すべ》てを記録し、楽器を鳴らし、歌を唄う。

取るに足らない細《ささ》やかな仕事であったとしても、無駄と笑われるものは一つもない。

四方《しほう》世界の辺境、その片隅において繰り広げられるこれは、秩序と混沌の争いの縮図だ。

生き残るためか、名誉か、友情や愛情、報酬、あるいは帰りたいだけか、恩赦《おんしゃ》のためか。

理由はどうであれ、誰《だれ》も彼もが一丸となり、一致団結して戦えるからこその秩序。

賢《さか》しいことを言って嘲《あざけ》る者もいようが、世界の果ての最後の砦なのだと、そう思える。

「……あの、矢を持ってきました……！」

その渦中《かちゅう》において、女神官もまた懸命に自らの為《な》すべきことを為そうと奔走していた。

両手いっぱいに矢束を抱えて梯子《はしご》を登り、身を低くして城壁上の回廊に配って回る。

ととと、と小鳥のように小走りになって、まるで枝から枝へと渡るように。

無論、傷ついた兵士の姿もあって、それを認める度《たび》に女神官は僅《わず》かに唇を噛《か》み締めた。

だが、癒《い》やしの奇跡は使わない。使うわけにはいかない。命に関《かか》わる傷ではないからだ。

幾つかの奇跡を授《さず》かって、日に三度の行使が可能ともなれば、それは貴重な戦力だ。

――日に二度も炎の呪文《じゅもん》を扱えるのは、本当にすごい事だったたんだ。

中堅と呼ばれる層へ一歩足を踏み入れた少女は、術の使い所を良く心得ていた。

だからこそ、彼女は極力朗《ほが》らかに、声を張り上げる。

「食事も、もう少しででき上がります！　頑張ってください！」

「ありがとよ！」

「すまない、助かる……！」

兵士たちもまた、疲れの滲んだ顔に笑みを浮かべ、頭を下げて矢を受け取って行く。

なにしろ飲まず食わずはもちろん、剣も盾も槍も矢もないでは戦えるわけもない。

そんな事ができるのは、極《きわ》まった蜥蜴人《リザードマン》や武闘家くらいのものだ。

「飛竜の群れも、だいぶ減ってきましたね」

「ありゃあ攻めてくるっつーより、押し寄せてくる感じだな。おっかないのは死人の方さ」

「そりゃあ隊長の受け売りだろ」と兵士の一人が茶々を入れる。「どっちにしろおっかねえよ」

「違いない」

確かに飛竜は攻めて来るのではなく、どこか、そう、野牛の群が移動するような印象がある。

それにしたって巻き込まれればひとたまりもなく、矢面《やおもて》に立ちたいとは思うわけもない。

女神官だって自分ひとりで放り出されれば、きっと逃げ出すか、恐怖に固まっていただろう。

だというのに、兵士たちはからからと笑いあうのだ。

「補給がどうなっているかとかは、わかるかい？」

「輜重隊《しちょうたい》が水の街から向かっているという連絡はあったそうですが……」

だからこそ投げられた質問に、女神官は伝え聞いた言葉をそのままに返した。

曖昧模糊《あいまいもこ》としたもので、真偽もわからないが、けれど兵士はどこか嬉《うれ》しそうに頷く。

そうか、わかったと呟《つぶや》く兵士へ、女神官は胸元《むなもと》で聖なる印を結んだ。

「地母神《ちぼしん》様の御加護を……！」

その祈りは、その場に居合わせた兵士たちにとってどれほどの慰めとなろうか。

信ずる神が違う者もいよう。だがしかし、自分たちのために祈ってくれる誰かがいる。

それがどれほどの幸いなのか、わからぬ者には一生わからぬに違いない。

自衛のための戦いだ。きっと慈悲深き女神の守りがあるだろう。

《宿命》と《偶然》の骰子《サイコロ》は、神々だとて思いもよらぬ出目になるものだけれど――……。

飛び交う怪物の牙爪、骸骨兵どもの矢の雨が当たらぬよう祈りながら女神官は梯子を降りる。

ほう、と息を吐いて、さて次は何をすればと考えて――……。

「少し……休み、なさい、ね？」

ぽん、と。その肩を柔らかく、魔女の掌《てのひら》が撫《な》ぜた。

しゃなりしゃなりと肉感的に肢体をくねらせた歩みは、陣中にあって艶《つや》やかな花そのもの。

いざとなればその魔術を持って砦の守りの要《かなめ》となる彼女は、普段と変わらぬ口調で囁《ささや》く。

「あま、り……気張り、すぎても……もたない、わ……よ？」

「あ、は、はいっ！　すみません……っ」

女神官は恥じ入って俯《うつむ》いた。まるで自分が、祭りではしゃぐ子供のように思えたからだ。

そんな彼女の心中を見通すような透き通った目を向けて、魔女は僅かに笑みを零《こぼ》した。

「で、も……。慣れて、る……の、ね？」

はてな？　何の事であろうかと、女神官は言葉の意味がわからず、きょとりと小首を傾《かし》げる。

「もっと……あわ、てたり？　怖がった、り……すると思ったから、ね？」

――ああ。

合点がいった。女神官は、こくりと力強く、大きく頷いてみせる。

「はいっ。寺院で色々……子供の頃から、お手伝いしていましたから」

女神官は自信を持って、そして誇らしげに――得意そうにならぬよう――薄い胸を反《そ》らした。

大規模な討伐《とうばつ》だとか合戦だとかで、傷ついた冒険者や兵の治療を手伝ったことは何度もある。

今にして思えば、あの大岩喰怪虫《ロックイーター》の時などはてんてこ舞いだったものだけれど――……。

――何だか、すっごく昔のように思えるから、不思議ですよね。

時間経過だけでいえばさほどでもないはずなのだが、やはり幼い頃の記憶だからだろうか。

微笑《ほほえ》ましいとはとても言えぬ記憶と状況ながら、懐かしさに女神官は僅かに頬《ほお》を緩《ゆる》めた。

と――ほどなくして、砦の外より聞こえる音が徐々に衰え始める。

奇妙なもので、不死なる亡者の軍勢だからとて休息がいらぬ……というわけではないらしい。

それは単に死体の数が減ったためか、あるいは使役する者の魔力の衰えによるのだろうか。

よもや骸骨兵が互いの骨を繋ぎ、腐敗した死体が傷口へ包帯を巻く……とも思えないが。

少なくとも第何波目かの攻勢は終わり、女神官らはひとまず生き延びたようではあった。

「へっへん、私の勝ち！」

「こちらは近づかねば手が出せぬのだぞ？　それを差し引け、それを」

「負け惜しみよねー」

などといくさ場に似合わぬ——あるいはこの上なく相応《ふさわ》しい——朗らかな会話。

足音一つ立てずに梯子を降りる妖精弓手と、甲冑の重みで軋ませて降りる女騎士の二人だ。

どうやら撃墜数で負けたらしい女騎士にとって、その足音の違いも不満の一つらしい。

まったくこれだから森人はなどとぶつくさ言いつつ、彼女は魔女に向けてひらりと手を振る。

対して魔女は笑みを深めて頷くだけで、この古強者《ふるつわもの》二人の間には何かの疎通があったようだ。

——良いなぁ。

と、思わず女神官は考えてしまうのだが、それを見てすぐ真似《まね》するのはなんとも恥ずかしい。

なので、ととと、と小走りに妖精弓手らへと駆け寄って「お疲れさまです」と声をかけた。

「このぐらいはね」と妖精弓手は長耳を振った。「オルクボルクと違って頼れる壁もいるしさ」

「ふふん、かの聖女に勝るとも劣らない業前《わざまえ》をとくと見よ、だ！」

褒められたとみた女騎士が、この上なく得意げに言って、その美しい顔に笑みを浮かべた。

鎧具足《よろいぐそく》に身を固めていてもこの麗しさなのだが、話す内容が内容だけに、勇ましさが勝る。

けれど彼女は形の整った眉《まゆ》を情けなく下げて、やれやれと不満げに溜息《ためいき》を吐《つ》く。

「ま、一撃で仕留められなんだあたり、まだまだ未熟なのだがなぁ」

「どこに飛竜を一撃で殺せる聖女がいるのよ」

理由はといえばこれなのだから、妖精弓手が呆《あき》れてその胸甲を軽く叩いた。

生半な鎧とは思えぬ澄んだ音。この場に鉱人道士《ドワーフ》がいれば、どんな業物《わざもの》か教えてくれたろう。

あるいは蜥蜴僧侶《リザードマン》がいたなら、二人の業前について語ってくれたに違いない。

――ゴブリンスレイヤーさんがいたなら――……。

「いえ、本当にいらっしゃったそうですよ。一太刀《ひとたち》で飛竜を撃ち落とす歌もありますから」

どうだったろうかと考えながら、女神官は自分の知っている蘊蓄《うんちく》を垂れる事にした。

それに妖精弓手は「聖女ってより猛女よね」と呆れた様子だったけれど。

「とに……かく……。一度、戻り…………ま、しょ……?」

くすくすと楽しげにそのやりとりを眺めていた魔女が、鍔広《つばひろ》の帽子の下で目を細めた。

砦の中に入って休憩と食事。上の森人だとて、無尽蔵の生命力を持っているわけではない。

さては自分が気づかなかっただけで、妖精弓手もよほど疲労しているのだろうか。

「…………何これ」

女神官が慌てて腰の水袋に手を伸ばすと、妖精弓手の鋭い呟《つぶや》きが耳に届いた。

どうやら、疲労だとかなんだとか、そういう話ではないらしい。

腰元から目を上げれば、妖精弓手はその瞳も鋭く、天高くを睨《にら》みつけている。

陽《ひ》の光は高く、眩《まぶ》しい。空は青く、日差《ひざ》しに僅かに黄ばんで見えた。

「音がしない。……けど、何か、来る……ッ！」

空が陰るのと――女騎士が無言のままに跳躍するのと、どちらが早かったろうか。

少なくとも女神官が錫杖《しゃくじょう》を構えるより、一手も二手も先んじていたのは間違いない。

白色の風か、あるいは光かと見まごうほどの速度で女騎士は地を蹴《け》り、宙へ飛ぶ。

その軌道を目で追うことで、やっと女神官はそれを認めた。

「あれ、は――……」

空中に滲む微《かす》かな靄《もや》と見えたそれは、見る間に膨《ふく》れ上がって形を取り始める。

巨大な翼に、鋭い角。青白い冷たさを纏《まと》った、それは――……。

「……鳥、と……鹿……？」

その二つをごちゃまぜにしたかと思うような、正気を疑いかねない怪物だ。

明らかに混沌の獣であろうその存在を前に、しかし女騎士はさらにその上を行く。

砦の内庭に踏み込みの足跡を刻むほどの一跳びは、軽々とその怪物を飛び越える。

同時、真下に向けて繰り出されるその刺突は、容易《たやす》く空を飛ぶものの命脈を断ち切るだろう。

飛竜との戦いの中に工夫したのか、あるいは古《いにしえ》の剣術であったのか、それはわからない。

だが、その致命の一撃たりうるその斬撃は――……。

「……む……ッ⁉」

怪物を貫いたにもかかわらず、まるで空を切ったかのような勢いのままに突き抜けてしまう。

一声呻《うめ》いた女騎士は、しかし空中で強引《ごういん》に身体を捻《ひね》ると姿勢制御し、軽々と城壁上へ着地。

そのまま油断なく剣と盾とを振りかざし、腰を落として身構えた。

「幻術の類《たぐい》か……⁉」

「……いるのに、いない感じ！」

応じるのは妖精弓手の凛《りん》と張り詰めた鈴のような声音《こわね》。

彼女は内庭に片膝《かたひざ》を突いて、その大弓をギリリと引き絞り——けれど困惑を隠せない。

「気配が掴《つか》めない……！　当たらない！」

食いしばった歯の間から漏《も》れたその言葉さえ、上の森人の声は耳に心地よい。

突然空中に現れた怪物と、一太刀交えた女騎士の姿、そして妖精弓手の声。

困惑し、恐慌に陥《おちい》りかけていた兵士たちも、何とか武器を手にとって身構えだす。

そうした全てを一拍置いて視界に納めた女神官は、懸命に頭を働かせた。

自分に何がやれるか。何をやれば良いか。奇跡を使うべきか。祈りを捧《ささ》げて——……。

「……やめ、な……さ、い」

女神官を、肩と背を滑る魔女の柔らかな手指の感触がそっと押し留めた。

「え……っ」と漏れた声が奇妙に上擦《うわず》って、思わず女神官は頬を赤らめる。

そのたった一撫では、天上に至る祈禱《きとう》の集中を霧散させるには十分すぎるものだった。

「正体が、掴め、ない……もの、は。……まだ、触って……は、いけ、ないから」

魔女は空を見上げながら、しかしどこともわからぬ場所を見つめるように呟く。

女神官には、とてもではないがその言葉の意味が理解できない。

魔術師の魔術師らしい言説は、いつだってそうなのだ。鉱人道士も、たまにそうだ。

ここ一年、二年と冒険を重ねてきて、女神官はひとまずの結論に達していた。

——そういうもの、なのだ。

小難しい理屈理論を並べ立てて何になろう。彼ら彼女らが扱っているのは、魔法なのだ。

「……はい」

だから女神官は、その青黒い怪物を睨みつけながら、こくりと小さく頭を上下させた。

魔女は「まだ」と言ったのだ。だったら、それを信じようと、彼女は素直に決断していた。

「そ」と魔女は、その呟きに僅かな喜色を混ぜた。「良い子、ね……」

そういうのやめてください。女神官は唇だけでそう返し、真っ直ぐに敵を見据える。

時機が訪れるのであれば、それまでに一つでも備えておかねばなるまい。

——少なくとも、あの人ならそうするだろうから。

「——どれほどのものかと思って来てみたが、想像以上に惰弱《だじゃく》であったな」

だから女神官は不意に響いたしゃがれ声が、その怪物の喉《のど》より漏れたとすぐに認識できた。

死んだ魚を思わせる目を動かして、その鳥とも鹿ともつかぬ獣が言葉を喋《しゃべ》ったのだ。

「……何だとぉっ⁉」

真っ先に反応したのは剣を振りかざした女騎士だ。

彼女は至高神《しこうしん》の信徒にあるまじき口調で「畜生め《ガイギャックス》」と呻き、吠《ほ》える。

「言うではないか、貴様！　降りてこい！　素っ首叩き落として腿《もも》から炙《あぶ》ってやる‼」

「望み通り、明日の同じ時間に我はもう一度ここに訪れようぞ」

混沌の怪物は、くつくつとその喉奥から絞りだすような笑い声で応じた。

そして現れた時同様、最初からいなかったかのように雲散霧消する寸前――――……。

「その刻を恐れるが良い！　そして――己《おのれ》の非力を嘆きながら、死ぬが良い‼」

空に輪を描いた怪異の下にいた兵士たちが、触れられてもいないのにばたばたと崩れ落ちる。

そして怪異はその一言だけを、青空を汚す染《し》みのように投げつけていったのだった。

§

別になにも食い詰めて傭兵になったりしたわけではない。

そもそも冒険者は傭兵になどならぬものだ。その逆があったとしても。

なにせ合戦で敵兵の首級《しゅきゅう》を獲ってくるより、洞窟《どうくつ》に乗り込んで宝箱を見つける方が稼げる。

同じ命がけなら冒険者の方が良い――というのは、一定以上の等級なればこそだが。

立身出世を望むならば最初から軍に入るか、さもなくば冒険者になるかだ。

名を挙げて騎士や貴族に列せられ、所領を持ち軍を率いる立場になれば、そこが「上がり」。

つまりもはや冒険者ではないし、当然ながら傭兵ではない。

冒険者が軍に雇われて合戦に参加する理由は、二つ。

敵軍にいる怪物を打ち倒すためか、敵軍の要塞に潜入して首魁《しゅかい》を討《う》つ。あるいは機密の奪還。

いや三つか。怪物退治、暗殺、機密奪還、そして攫《さら》われた姫の救出。つまり四つ。

ともあれ――……。

女神官はといえば、別にまさかの時の冒険者ではない。

端的に言えば、巻き込まれたのだ。そう、五つ目。

「えっ。今日はゴブリンスレイヤーさん、いらっしゃらないのですか？」

きょとんと目をまんまるに見開いた女神官が問うたのは、数日前の冒険者ギルドでの事。

朝早く、祈りを捧げて身支度を整えて向かったギルドでは、受付嬢が困り顔。

「はい。いえ、来てはいたのですけれども、先程――……その、連れて行かれてしまいまして」

曰《いわ》く、槍使いと重戦士が来て、有無を言わさぬ勢いで引っ張っていったのだとか。

これが槍使いの方だけであれば、受付嬢としても一言二言何か言えたのだけれど。

「斥候《スカウト》が必要だったらしくて。……全部の依頼を私が管理しているわけでもないですから」

受付嬢はそう言って、困ったように笑った。

同僚たちに確認しようと思えばできるが、それはそれで職権乱用な気もする、のだろうか。

「そうですか……」と応じる女神官はギルドの内情を知らず、想像すらも曖昧だ。

その表情をどう受け取ったのか、受付嬢は微笑ましいものを見るように目を細めた。

「変わりましたよねぇ」

「えっ？」

「もう二年ですか。前はずっと単独だったのが、あなたと組んで、一党《パーティ》になって……」

今や大名《ビッグネーム》からの依頼を受けて異国に向かい、時には他の一党《パーティ》からも助力を乞われている。

受付嬢は懐かしむように、しみじみ「本当に、変わりましたよね」と呟き、小首を傾げた。

編髪がさらりと音もなく垂れて、何となし、独楽鼠《こまねずみ》か栗鼠《りす》が尻尾《しっぽ》を垂らしたようでもあった。

「嬉しくもありますけれど……少し寂《さび》しい、といったところでしょうかね？」

「それは……まあ」

否定《ひてい》するのも恥ずかしく、肯定するのも子供じみていて、女神官は誤魔化《ごまか》すように首を振る。

「わたしだって、いつまでも、その……ただただ付いて回ってるわけには、いきませんし」

「……立派に育ちましたよね」

受付嬢の細く綺麗《きれい》な指が伸び、丁寧に手入れされ磨かれた爪先《つまさき》が、女神官の胸元を弾《はじ》く。

そこで揺れているのは真新しい、まだ見慣れていない色に輝く認識票だ。

「流石は、青玉等級の冒険者さんです」

「か、からかわないでください……っ」

女神官は顔を赤らめて言い返した。受付嬢はそれを見て、くすくすと笑う。

もう、と頰を膨らませかけ、あまりにも子供っぽい反応だと、女神官は顔を引き締めた。

なにしろ褒められ慣れていない──というかそもそも、自覚だってないのだ。

確かに等級こそ上がった。だが、だからといって当人の感覚が変わるわけではない。

昨日までこつこつ積み上げて歩いてきた自分と、今日一段上に登った自分は同じなのだ。

連続していて、継続していて、何一つとして変化はない──ように思う。

とてもではないけれど先達の冒険者らのような、中堅らしい振る舞いなどできる気がしない。

自分の中では、まだまだ初心者、新人、右も左もわからない感覚でしかないのだ。

──そりゃあ、思い返して見れば、色々とできるようにはなってきましたけど……。

竜と遭遇して生きて帰ってきただけでも、結構な体験であろうとは思う。

もしそんな冒険者と出会ったなら、自分だってきっと「すごい！」とか言うに違いない。

ただし当人にしてみれば──……という事なのだろう。

──自分の実力とか技量が一瞬でわかる方法があれば良いのに……。

そんな夢みたいな事を考えていると、思わず溜息が漏れてしまう。

「どうしました？」と受付嬢が小首を傾げたので、女神官は首を横に振った。

「いえ、青玉等級って慣れないなあ……って」

「ふふ。そのうち、馴染《なじ》んで来ますよ。それらしい立《た》ち居振舞《いふるまい》というものが」

受付嬢はそう言ってくれるが、女神官は曖昧な表情で「はい」と頷くに留めた。

——でも、どうしましょうか……。

なにしろ蜥蜴僧侶は古馴染《ふるなじみ》からの依頼だとかで、鉱人道士と一緒にでかけている。

だから今日は、ゴブリンスレイヤーと自分と妖精弓手との三人で冒険だろうと考えていた。

なのに——急にすぽんと予定が空《あ》いてしまった。

もちろん曖昧で、漠然とした、予定とも言えぬ予定だ。好きにすれば良い。

だが別に休むのが嫌というわけではないのだが、こうなってしまうとやる事に困ってしまう。

なにせ今日は働く日と最初から決めて起きて身支度を整えていたのだ。そうなると——……。

——怪物事典《モンスターマニュアル》で勉強でしょうか。

ぶんぶんと錫杖や投石紐《スリング》を振り回しても良いけれど、それよりは本を読みたい気分だ。

なにせ怪物はゴブリンだけではない。小鬼退治でいつ他の脅威と遭遇するかもわからない。

——現に、この間は……。

もっとも竜なんてそう出会うまいし、弱点がわかったからとて倒せるものでもなかろうが。

それにしたって、蟷螂《かまきり》男と遭遇して何もわからぬまま殺された冒険者の話も聞くし——……。

「なんだ、そちらも置いていかれてしまったのか？」

と、女神官がギルドの書棚に目を向けていると、不意にぴんと張った綺麗な声が投げられた。

見やればそこは涼やかな容貌に、けれどそれでも隠しきれぬ不満を滲ませた女騎士の立ち姿。

内実を知らねば憂い顔の麗人なのだろう。新人の女性冒険者が数名、小さく歓声を漏らす。

「はい。……ええ、置いていかれてしまいました」

対して女神官はといえば、先輩後輩として幾度も縁のある相手である。

口ぶりを真似て、ことさら不満さを強調してくすりと笑う程度には余裕もあった。

「まったく。ひどい奴《やつ》らもいたものだ。……乙女《おとめ》の純情を弄《もてあそ》びおってからに」

ふんすと鼻息も荒く、女騎士は肩を竦《すく》めた。本音か冗句か、女神官には判別がつかない。

「男……の子、は……勝手よ……ね」

そこにしゃなりと割って入った艶やかな声に、女神官はぴしりと背筋を伸ばす。

この人の前では、やはりまだまだ未熟なのだと、そう思ってしまうからなのだが――……。

「わた、し……も。置いてけぼり……な、の」

「お二方とも、ですか……」と、女神官は瞬きをした。「他の方は――――？」

「うちのガキどもと会計は、そっちの鉱人らが見聞を広めるだとかいって連れてったろう」

と、女騎士に睨まれてしまうと、女神官としては「すみません」と言わざるを得ない。

事前に話は通していたし、把握はしていたつもりなのだけれど、それでもだ。

――これが世間に慣れてきた、という事なのでしょうか？

対人交渉の技能に磨きがかかったのであれば良いのだけれど。いまいち実感はない。

やはり自分の技能や能力が一瞬でわかる力があるとすれば、凄《すさ》まじい恩恵なのだろう。

「む。そちらこそ、あのエルフはどうした」

「ああ」と女神官は曖昧な様子で、天井《てんじょう》の方を見た。「まだ、寝ていると思いますが」

「ということは暇なのだな。よし、決まりだ！」

何やら納得した様子でばしりと手を打った女騎士が、「おい！」と帳場の方へ声をあげる。

彼らの一党《パーティ》と顔なじみの職員が「ああ、はい」とわかった風に書類棚をかき回しだす。

理解に至らないのは女神官と魔女――恐らくは――で、二人はそろって顔を見合わせた。

「おいおい、戦士……もとい騎士に魔術師、神官、野伏《レンジャー》とそろったらやる事は一つだろう？」

そんな様子を見た女騎士が猛獣のように歯を剝《む》き出したのを、女神官は良く覚えている。

「冒険だとも！」

§

「律儀に付き合わず、敵陣に乗り込んで片端から撫で切ってはいかんのか？」

「ダメでしょ」

「そうか……。…………そうかな？」

「なんで未練がましいのよ、この騎士様は……」

そんなわけで女騎士に誘われて来て、ご覧の有様《ありさま》である。

夕暮れの赤々とした日差しが差し込むのは、砦の食堂――とは名ばかりの広間だ。

毛皮の敷物に椅子《いす》兼机の長櫃《ながびつ》が幾らか並び、もそもそと兵士たちが食事を摂《と》っている。

その合間にちょこねんと座った女神官は、妖精弓手と女騎士の会話に「ははは」と笑った。

どういうわけか、この二人、気が合うというか何というか。

「やっぱり気合が足らんのだな、気合が。私が本気を出したら空飛ぶ彼奴《きやつ》とて一刀両断よ」

「森人の勇者だって斬撃を飛ばすには万全の状態じゃなきゃ無理なのに。只人には無理でしょ」

「むむむ……」

女神官は重ねて「ははは」と虚《うつ》ろな笑い声をあげた。落ち込んでないのは良いことだ。たぶん。

ちらと目線だけで魔女へ助けを求めても、彼女は優雅な仕草で煙管《きせる》を吹かすばかり。

大胆な仕草でその足を組み替える度、兵士たちが太ももの方へ目を向けるのは……。

――わかっていらっしゃる……のでしょうね。

女神官もまたどぎまぎと顔を赤らめて、俯かざるを得ないのだから、まったく。

おかげで薄い胸の奥は心臓がばくばくと脈打って、ろくに頭も働かない。

――どうして、こんな事になってしまったのやら――……。

砦というからには軍の管轄であるのだが、それはそれとして軍以外が訪れる事だってある。

なにせ軍隊の行くところ、後には司祭から娼婦たちから商隊に、戦場漁《あさ》りまでついてくる。

馬車だなんだに商品乗せて、軍の砦まで商いに赴《おもむ》く商人はそう珍しいものではない。

となれば、その護衛は冒険者の仕事であり、つまりは冒険だ。

女神官としては是非もないのだが、独断で決めるわけにもいかない。

足の踏み場もない寝床を探索して妖精弓手に相談するという小さな冒険をまずひとつ。

無論のこと彼女の返事は「そういうのもありよね！」と実に明快なものだった。

そして女性四人で姦《かしま》しく馬車を守って砦についたら——ご覧の有様である。

商談の最中にわっと飛竜に死者の軍勢が溢《あふ》れ出て、ちゃんちゃんばらばら、攻城戦。

もちろん、女神官たちの依頼は商人を護衛して砦についた時点で解決している。

依頼を受けていない、金にならない、関係ない、だから放っておいて帰ろう。

……などと言い出す手合は「冒険者の風上にも置けない」というのは妖精弓手の主張だ。

好き好んで冒険に身を投じたのだから、冒険の機会とあらば喜んでやるべきであろう。

——わたしたちは冒険者なのですから。

「……とはいえ、どうしたものでしょうか」

女神官は玉ねぎと芋に僅かな肉の浮いた豆のスープを口に運びながら、独りごちる。

実態を見せずに忍び寄る青い影。空を舞う、あの鳥と鹿を混ぜた悪夢のような怪物。

今までに見たことも聞いたこともない。怪物事典にも載っていなかったように思う。

わかることと言えば——……。

「……ゴブリンではない、という事ですよね」

「ペリュ……トン……よ」

「え――……？」

不意に囁かれたその言葉に、女神官は目をぱちくりと瞬かせた。

気がつけば、今まで我関せずと煙管を嗜《たしな》んでいた魔女が、こちらへ流し目をくれている。

どぎまぎと居住まいを正す女神官へ、魔女はくすりと頬を緩めて繰り返した。

「青い、影の……獣。……夢幻のうちより現れ出《いず》る……存在しない、もの」

曖昧模糊とした、まるで霧の中にいるような言葉であり、説明だ。

だけれど女神官は、その一語一句を聞き逃さないように耳を澄まし、魔女の方を見た。

「だから、倒すのは……無理、ね。存在、しない……獣を、狩れるのは、獣狩の……夢の、中」

「夢の中……」

魔術師の言葉というのは、やはりいつだってふわっとしているが、嘘偽《うそいつわ》りはないはずだ。

女神官は眉を寄せて必死になって考え込み、むむむと唸《うな》った末、一つの結論を出した。

「そもそも存在しない……ものは、倒すことが……できない？」

「だっ……て、最初……か、ら。そこ、には……いないのだも、の……ね？」

――でも……。

それでは、説明のつかない事が一つある。

存在しないものであるならば、こちらに何かをする事もできないのではないか？

人を襲って、兵士を殺し、我々に宣戦布告して、不死者どもを指揮するなど――……。

「……存在はしていない、けど……存在している」

「そ、ね」

魔女は女神官の呟きに頷いて、ふ、と甘やかな息を吐いた。

ぷくりと膨らんだ唇から漏れ出た煙は、そのまま宙空に漂い、不可思議な文様を描いていく。

女神官は謎《なぞ》の答えを求めるように目線で追いかけ、やはり難しい顔をしてうんうんと唸った。

そして遂に「うーっ」と子供じみた呻き声をあげて、女神官は卓上へと突っ伏してしまう。

寺院での厳しい躾《しつけ》がなければ、そのままわしわしと髪の毛をかき混ぜていたに違いない。

「わ、わからないですよぅ……」

「ええい、そうだぞ！　わかるように言え、わかるように！」

情けないボヤキをかき消すように、力任せにばんばんと机を叩く音が響き渡った。

いつのまに聞き耳を立てていたのか、あるいは酒でも飲んだか、赤ら顔の女騎士だ。

手に卮杯《ジョッキ》を持っている辺り、十中八九後者であろう。

がんと卓上にその卮杯を叩きつけると、周囲の兵士たちからの視線も当然集まってくる。

「つまり倒せるか、倒せないのか！　血が出れば殺せるだろう。私が知りたいのはそれだ！」

「……」魔女は戸惑ったように、あるいは愉快そうに、その目を細めた。「……倒せ、る？」

「ならば良し！」

女騎士は繰り返し「良し！」と声をあげて、足元に転がっていた酒壺を拾い上げた。

そして柄杓《ひしゃく》も使わず、まだ並々と中身の残っているそれを一息に呷《あお》ったではないか。

「ようは勝てるという事だ！　各々《おのおの》がた、気にせずに騒ぎ、飲み、食って、それから寝ろ！」

豪胆な――悪く言えば根拠のない――セリフを、女騎士は一切の躊躇なく断言する。

あっけに取られた女神官だったが、それよりも早く周囲の兵士たちが「おお！」と応じた。

「銀等級の騎士さんが言ってるんだ、なら勝てるわけだな！」

「ただの騎士ではないぞ！」

女騎士が「む」と可愛《かわい》らしく唇を尖《とが》らせた。麗しい顔に、不思議と良く似合う表情だった。

「他でもない、至高神様にお仕《つか》えしている聖騎士だ!!」

返ってきたのは、「そうだそうだ！」という歓声だ。

好き好んで落ち込んだまま、恐ろしい敵に立ち向かいたい兵士など、一人もいやしない。

誰かが勇気づけてくれれば、ただそれだけで彼らにとっては十分なのだろう。

先程までの静かな食堂は一瞬のうちに消え去って、さながら気の早い勝ち戦《いくさ》の祝いのよう。

倉庫から酒壺を持ち出し、ベーコンだハムだパンだ、節約されていた食料まで出てくる始末。

兵士長やら砦の指揮官が止めるのではと思いきや、率先してやっているのは彼らなのだ。

女神官はその喧騒の中、女騎士がちらとこちらを見て、片目を瞑《つむ》ったのがわかった。

――……すごい、なぁ。

素なのか、意図してなのかはともかく、女騎士は場の雰囲気を一変させてしまった。

いや、むしろ衆人環視の中で「わからないわからない」と騒いだ自分の方が――……。

――……いけない、いけない。

女神官は、ふるりと頭を振って、ぺしぺしとその両頬を叩いた。

自己評価を下げて、落ち込んで、悩んで、止まってしまっていては何も変わらない。

とにかく考えて、考えて、行動を起こすべきなのだ。あの人ならそうするだろう。

「……よしっ」

そうして再び真剣に思考に取り掛かる女神官は、もう魔女の柔らかな視線にも気づかない。

――あの怪物は、存在しないもの。

存在しないものは、消すことができない。

だって、最初からそこにはいないのだもの。

「だから、つまり――……?」

「当てれば良いんでしょ?」

りん、と。妖精弓手の鈴が鳴るように涼やかな声が、その集中した頭の中に滑り込んだ。

「ふぇ……?」

と、見やれば、いつのまに彼女は窓辺に移動していたのだろう。

窓枠に腰を下ろして風に髪をなびかせるままに、人々の喧騒を楽しげに眺めている。

ずいぶんと傾《かたむ》いた夕日は、世界を赤く染める一方で、しかし上の森人に対しては別なのだろうか。最後に投げかけられた日差しの一束が、彼女の髪を金色にきらきらと彩《いろど》っていた。そしてその上の森人が、ひらりと手を振って、なんでもない事のように言うのだ。

「あれが何か、当てちゃえば良いのよ。違う？」

「え、あ……」と女神官は混乱する思考を、必死に纏めた。「そうなんですか⁉」

細首を巡らせて魔女の方を見れば、彼女は何も言わず、その鍔広帽子の鍔を指で弾いた。

何も言わないという事が、何よりも雄弁な時もあるのだ。

「存在するけど存在しないものは何かって。ようはそれだけ」

答えを当てれば、それはもう『存在する』という事。

事もなげに言って、妖精弓手はにしゃーっと得意げな猫のように笑った。

「ね、簡単でしょ？」

「なるほど……！　それなら――」

それなら、倒せる。

女神官はついに掴んだとみた答えを離さぬよう、しっかと拳《こぶし》を握って頷いた。

相手は真昼に現れると言っていたのだ。

であればそこを待ち伏せる。前衛に女騎士と妖精弓手。後衛に魔女。自分。

正体を暴《あば》かれた相手が悠長《ゆうちょう》にその場に留まっているわけもない。

故に攻めは即座に。となれば前衛二人に謎解きをさせる余裕はなかった。

自分か、彼女。女神官はそこまでをてきぱきと頭の中で纏めて――眉を下げた。

「わたしじゃ無理ですよ」

女神官は心底情けない声を漏らす。

これは自己評価の低さというより、純然たる事実のように彼女には思えた。

現に今の今まで、彼女自身が何か答えに近づくような事を言えていないのだから。

それに何より、今のこの一党《パーティ》――四人の中で、一番の知恵者は自分ではない。

「わたしよりも――……」

貴女の方が。

しかしそう言いかけたその唇は、ついと伸ばされた細い指によって封じられる。

「魔法使い……は。曖昧な、ものを……曖昧なまま、使う……もの」

思わずどきりとして言葉を飲み込んだ女神官へ、魔女はそのまま歌うように口ずさんだ。

「一つ……意味を、もたせた……ら。もう、その意味しか、存在しない……から。ね？」

その言葉を、しかし女神官はあまり良く理解はできなかった。

魔女の指先からはほのかに煙草《たばこ》のものらしい甘苦い味が感じられて、慌てて唇を離す。

そう、意味するところは理解できないのだ。文字通り、煙《けむ》に巻かれて。

だけれど――魔女が何を言いたいのかは、よくわかった。

その証拠に、彼女は目をとろりと細めると、甘やかに囁くのだ。

「だか、ら……当てて、みて……?」

──貴女が、と。

§

「……なんだ、眠れないのか」

もちろん、眠れるわけもなかった。

兵舎の寝台は簡素ながら柔らかく、寺院のそれよりもよほど寝心地が良かった。

冒険者ギルドの宿とくらべても、少なくとも簡易寝台よりはきっと上等なのだろう。

毛布に包《くる》まって、天井を見つめ、目を瞑って、寝返りを打って、また目を開く。

窓の隙間からは寒々とするほどに輝く双月の、冷たい光が差し込んでくる。

周囲には眠っている兵士──もちろん女性兵たちだが──の寝息以外、音はない。

まんじりともせず、何度か寝返りを繰り返し、早く寝なければと思うが寝付けない。

このままでは眠れずに朝になってしまうのではないか──……いや。

──眠りに落ちたとしても、そのまま殺されて二度と目覚めないのではないか。

そんな不安が急に襲いかかってきて、女神官は馬鹿馬鹿《ばかばか》しいと溜息を吐く。

あまりにも臆病《おくびょう》な考えで、笑い飛ばせるようなものなのだが、しかし……。

だからこそ、不意にかけられた声は、ホッとするほど安堵《あんど》できるものだった。

「えと……」

女神官は少し考えた末、見栄を張らないという、見栄を張る事にした。

「……はい。眠れません」

「ま、そんなものだ。すぐに眠れるのはある種の才能だよ」

隣の寝台からは、女騎士の穏やかな声が返ってくる。あの森人が羨《うらや》ましい、と。

エルフは本来睡眠を必要としないと聞いたけれど、本当なのだろうか?

あるいは望むように眠り、望むように目を覚ます事ができるのかもしれない。

どちらにしても――……。

――……確かに、羨ましい。

反対の寝台で眠る、年の離れた姉のような友人を思って、女神官は頷いた。

「あの、貴女は……?」

「たまたま目が覚めただけだ。先程までは寝ていたぞ?」

ぎしりと微かに寝台がきしむ音がする。

女神官がころりと寝返りを打てば、そこには青い月光に照らされた美貌があった。

悪戯《いたずら》っぽく微笑む女騎士もまた、こちらに顔を向けていたのだ。

「どうにも、合戦や冒険の前の晩はな。わくわくしてしまって、ご覧の通りだ」

月明かりに浮かび上がる美しく整った顔立ちに、浮かぶのは悪童めいた表情だったけれど。

女神官はなんと答えたものか、ひどく迷って、言葉を兵舎の天井に求めた。

結局、出てきたのは辛うじての「すごいですね」という一言だけだ。

それは紛《まご》うことなき真実だった。

少なくとも今の自分が抱えているような焦燥感もなく、高揚しかないとは。

「ふふん」と女騎士は得意げに、女神官よりは隆起した毛布の丘を反らした。

「とはいえ、ま、それで八割だ。というか、どんな戦いでも八割六割出せれば良いだろう」

ぱちくりとまばたきを一つ。女神官は毛布に口元まで隠し、そっと女騎士を窺《うかが》った。

「……そうなんですか？」

「そうさ。常に全力全開で戦えるわけがなかろう」

「それは……」確かに、そうだ。「……そう、ですね」

「だろう？」女騎士はそう言って笑うと、「そうだな、例えば……」と言葉を重ねた。

「明日は戦いだ。自分がどれくらいできるかとか、そんな事が思い浮かぶわけだ」

こくり。女神官はそっと頭を上下させた。子供じみた仕草だとは自分でも思ったけれど。

「ばったばった、地平に広がる怪物どもを相手に縦横無尽に薙《な》ぎ払える、と想像するわけだ」

「は、はあ」

「想像するだろう？」

「……まあ、はい。ええ」

女神官は曖昧に言葉を濁した。けれど女騎士は、それで十分満足したらしかった。

「ところが、だ。実際に対決して、そうだな。一戦で殺《や》れるのは、敵にもよるが五十かそこら」

そんな風に……まるで夕食が期待した料理ではなかったと母親に言うように、言葉が続いた。

「だが、最初に一騎当千を考えて、五十なのだ。五十倒せると思えば、殺れるのは三匹なのさ」

そんなものですか。

そんなものだ。

か細い相槌《あいづち》に、あっけらかんとした返事。次いで、ずばりと斬《き》り付けるような一言。

「増長するのが怖いか？」

「あ、いえ、その」

それもある。それもあるが、しかし。女神官は恥ずかしくて、さらに毛布を口元に寄せた。

「……というより、皆さんが凄いな、と。そう考えると、まだまだ……」

昼の戦い、そして夕刻の食堂で見せた立ち居振舞。

この女騎士を前にして、どうして自分が偉そうな事を言えるだろうか。

否《いな》、そもそも比べる事すらおこがましいというか、恥ずべき立ち居振舞なのではないか。

そんな思いが常にある。

自分も少しはやれているはずだと、言い聞かせられるようになったのはようやく最近の事だ。

「傲岸不遜で何が悪いか」

女騎士はふっと、そんな懸念《けねん》を吹き飛ばすように軽々言って、ごろりと仰向《あおむ》けに転がった。

ぎしりと寝台がきしむ音に釣られて、女神官もまた天井を見上げる。

古く、粗雑で、綺麗とは言い難《がた》い木の天井。いくさ場の天井なのだろうか。そんな事を思う。

「もし何か言うヤツがいてもな。どうせそんな手合は、都合よく物を見ないのさ」

「物を、見ない？」

「こちらが努力してきた事を無視して、『強いから調子に乗っている』とか言うんだろうからな」

ふん。女騎士が鼻息も荒く、吐き捨てるようにそう言った。

――もしかしたら。

女神官はふと、考える。もしかしたら、実際に彼女が言われた言葉、なのかもしれない。

いや、似たような事は自分とて思っていたではないか。

ただただ、彼女の戦場での振る舞いを「すごい」とだけしか思っていなかった。

そこに至るまで、積み上げてきたものがあっただろうに。

「構うものか。どんどん調子に乗って、ついでに奴らの頭にさえ乗ってやれ」

連中がぐだついている間に、こちらは上に行くのみだ。

だからこそ女騎士のその一言は、女神官にとっては目の眩《くら》むほどの高さにあるように思えた。

――当たり前だ。

自分と彼女では、冒険者となってからの歳月が違う。歩いた道、積み重ねてきた物が違う。それは彼女のみならず、自分と、背中を追いかけているあの奇妙な冒険者とてもそうだろう。他の仲間たちもそう。巡り合った、多くの人々だってそう。

――なら、つまり。

追いつける……のだろうか。

「……ま、これは『強い』冒険者になるための考え方だ。それが『良い』冒険者かは知らん」

「知らん、って」

思った矢先の、突き放すような言葉に、思わず女神官は鸚鵡返《おうむがえ》しに言葉を投げてしまう。

それに女騎士は「知らんものは知らん」と、不貞腐れたように唇を尖らせて応じた。

「私は清く正しく強い冒険者だが、良い悪いは他人が決める。お前がどうなろうと私は知らん」

「でも、他の子に教えてるじゃあないですか」

む、と唇を尖らせて女神官は言い返す。

もちろん、別に本気で怒っているわけでも、拗《す》ねているわけでもない。

当人はきっと否定するだろうけれど、甘えているというのが、一番近いかもしれなかった。

「そりゃあ、どうなっても責任は取れんし、取らんという約束でやってるからな」

第一、取りようがないじゃあないか。女騎士は愉快げに声を弾《はず》ませた。

「死んだら仇《かたき》を討つか？　冒険者を辞める？　自害か？　それで責任を取った事になるのか？」

悪に走れば叩きのめすとしてもだ。当然のように言って、女騎士はふんと鼻を鳴らした。

「至高神様は我らに考えろと仰《おっしゃ》っておる。究極、自分がどうなっても他人のせいにはできんよ」

それは、女神官にもわからなくもない――いや、よくわかる事では、あった。

未《いま》だに良く、初めての冒険を思い返す。

あの結果は悲惨で、避けようはあって、だけれどきっと、誰のせいという事ではない。

むしろ誰かがあの冒険の失敗を、彼女の仲間の一人が原因だと言えば、声を荒らげて否定する。

少なくとも――自分は力不足だったとしても――誰のせいでもないはずなのだ。

――つまり、どういう事なのでしょうか。

女騎士の言う『強い』冒険者。それは『良い』冒険者ではないのか。

『良い』冒険者とは何なのか。

女騎士も、妖精弓手も、魔女も、ゴブリンスレイヤーも、『良い』冒険者に思えてならない。

いや、そもそも自分はどのような冒険者になりたいのか――……？

一分か、五分か、あるいは十秒足らずを経《へ》て、女神官は諦《あきら》めたように息を吐いた。

「心配するより……勝つところを考えた方が、良さそうですね」

「物事は何でも大きいほうが良いという事さ」

女騎士は笑った。笑って、ちらりと目が動いて、他の寝台の方へ視線が向かうのがわかった。

悩ましい寝息。毛布をゆったりと盛り上げる丘が、美しい稜線《りょうせん》を描いている。魔女の寝台だ。

わかります。女神官は呟いた。そして女騎士共々、くすくすと声を潜めて笑いあった。

そんな笑い声もほどなくすると途絶えて、女神官はぼんやりと天井から窓の外へ目を向ける。

まだ月明かりは夜を照らしていて、仄白《ほのじろ》い光が寝台の上へ差し込んできていた。

「あの」と一言を紡ぐには勇気がいったが、言ってしまえば後は早い。「どうして……」

返事は、少しの間、なかった。

彼女は眠ってしまったのだろうかと思った頃、ぽつりと呟くような声が返ってきた。

「冒険者になったたか、か？」

はい。女神官は声を出さずに、こっくりと毛布の中で頭を上下させた。

「聞かなくても、お話はできますけれど。知らないまま終わってしまうのは、嫌ですから」

思えば――この女騎士と、これほどまでに喋ったのは、もしかして初めてではないか。

互いの事情や過去など知らずとも仲間にはなれる。友にはなれる。肩を並べて戦うことも。

けれど、知らないまま終わってしまうことだってある。

それはひどい、未練だった。

「ふむん。それがお前の動機か。いやさ、いずれ聞かせてもらうとしてもだ。私か。私は」

女騎士は思案げに、もぞもぞと寝台の中で身じろぎをした。

考えを纏めているのか、それとも言葉に迷っているのか。やがて諦めたように、息が漏れた。

「昔な。ある国で政争があってな。王子が父と兄弟姉妹《きょうだいしまい》を殺《あや》めて、王位を簒奪《さんだつ》したそうな」

それはそんな、昔語りであった。

一人生き残った姫君は、王弟の私生子――つまりは従兄《いとこ》の冒険者に逆襲を依頼したらしい。

話を聞く限り、依頼というより、彼が助けに駆けつけたのではないかと女神官には思えた。

だが女騎士によればあくまでも依頼であり、簒奪者と戦うために立ち上がったのだという。

ともあれその冒険者と姫君は、並み居る刺客を返《かえ》り討ち、遂には簒奪者を打ち倒す。

そしてどこともなく姿を消した――……。

「……その二人が?」

「両親だとか祖父母だとか言えれば格好もつくが、ずっと昔のご先祖だとかでな」

真偽もわからん。女騎士は目を細めて、幼い頃に拾った川原の石を撫でるように言った。

「だがま、私はそれを真実だと思うことにした」

だから家伝の剣技を引っさげて家を出て冒険者になった、それが全てだ。

話は、それで終わったらしかった。

女神官は、少し考えた後、頰を緩めて零した。

「……つまり、お姫様だったんですね」

「ははは。そうだな。世が世なら姫だな。姫。……姫騎士だ」

応《こた》えた女騎士の声は、ひどく柔らかかった。

「もう寝ると良い。明日は大一番だ。楽しみで眠れんのもわかろうがな」

「……はい」

女神官はそう言って、もう一度毛布を被り直した。

目を瞑る直前、最後にちらりとまた窓の方を見やった。

双つの月はまばゆく煌々《こうこう》と輝いていたが、もう冷たさは感じられなかった。

§

そして、ほどなく太陽は天頂に至ろうとしていた。

砦の周囲からは剣戟音《けんげきおん》、矢の飛び交う音、懸命に唱えられる呪文などが響き渡っている。

兵士たちは皆疲弊し、時折空を気にしてこそいるものの、未だ戦意旺盛。

士気《モラル》の崩壊は遠く、砦の陥落などという自体も起こりようがない、ように見えた。

女神官はそんな中にあって、砦の内庭にちょこんと佇《たたず》んでいる。

錫杖を手に気を張って、有事に備えてはいるものの——やはり何もしないのは居心地が悪い。

「……なんで相手は、わざわざこんな策を立てたんでしょうか？」

「そんなの、戦じゃ勝ち目がないからでしょー？」

だから思わずぽつりと漏れてしまった呟きに、妖精弓手が応じてくれたのは、嬉しかった。

物陰で弓に蜘蛛糸の弦を張り、片膝立ちに潜んでいる彼女は、長耳をひょこりと揺らす。

「戦争《ウォーゲーム》の行末を左右するのは、個人《ユニット》じゃなくて指揮官だからね」

私も爺様がたから聞いたのだけど。そんな風に妖精弓手は語る。

彼女とて合戦の経験はないはずだが、それでも神代の戦いに参加した古老が身近にいたのだ。

たとえ聞きかじったものであっても、その知識においては女神官とは雲泥の差だろう。

「そんなに違うものなのですか？」

「そりゃあ何にだって例外はあるし、よっぽど強い英雄とかがいても……基本はそうでしょ」

でも、冒険は違う。

冒険において物を言うのは、個人の技量と体力と知恵と勇気だ。

「だから、これが冒険になれば――冒険者が負ければ、みんな逃げ出しちゃうわ」

「ええと……」と女神官は考えた。「つまり騎士様と騎士様による一騎打ち、のような？」

「そんな感じね」と妖精弓手は片目を瞑った。「責任重大よね。負けらんないわ、いつも通り」

女神官は頷きつつ、ちらりと櫓《やぐら》の上で指揮を取り続ける兵士の隊長へと目線を向けた。

あまり会話もせず、印象はひどく薄かったが、その采配《さいはい》はきっと見事なものだったのだろう。

でなくば、ここまでこの小さな砦が持ちこたえられるわけもなかったのだ、恐らくは。

――いと慈悲深き地母神様……。

そっと胸の内で聖句を唱え、女神官は彼への祝福を祈った。かの祈りし者《プレイヤー》に加護ぞあれ。

「……平気？」

急に黙り込んだせいで、緊張しているか、不安がっていると思われたのだろうか。

距離を隔てて尚真っ直ぐな視線を向けられて、女神官は場違いにも微笑んでしまった。

誰かに無事を祈られるというのは、本当に、心の温まるものだったから。

「はい、やりますっ」

そ。妖精弓手は、ひらりと手を振った。頑張って、と唇が動くのがわかった。嬉しかった。

上の森人はそれっきり押し黙り、まるで森の苔《こけ》むした石のように身動きを止め、気配を殺す。

女神官はあえて四方を見回したりしなかったが、他の面々もきっとそのようにしてるだろう。

女騎士も、魔女も、最初の取り決め通りの位置について、隠密に徹しているに違いない。

――なら、わたしはわたしの役目をやるだけ。……ですよね。

あの奇妙で風変わりな冒険者は、自分の事を心配しているだろうか。していないだろう。

であれば、そう思われるに相応しい――そんな冒険者になるべきなのだ。

女神官は決意も新たに唇を噛み締《し》め、きっと天を見据えた。

太陽はもう、真昼の位置につく頃だろう。

そして――――それは何の前触れもなく現れた。

轟《ごう》と風が吹き抜けて、疾風のように走った影に触れた兵士が数名、ばたばたと倒れ伏す。

「ほう、逃げずに残っていたか、小娘よ」

怪物は昨日と同じように、ぞくりとするような青白い冷たさを纏って、そこにいた。

それは死の冷たさだと、女神官は思った。

鹿と鳥とを無茶苦茶に混ぜ合わせた、まるで悪夢の中から這い出たような異形の存在だ。

空中に漂うように浮かぶその姿は、青空に滲んだ最悪の汚点であった。

「……はい」

女神官は、錫杖をしっかと握り、足場を確かめるようにしながら怪物へと向き直る。

手は震えていない。声も震えていない。視界は確かで、足元も大丈夫だった。

「ならば捧げよその命！」

対して怪物は、愉悦《ゆえつ》の極みといった咆哮《ほうこう》を轟《とどろ》かせた。

いかにして女神官を、この哀れな娘の尊厳を踏みにじるかしか考えていないのだろう。

「これよりは――――殺戮《さつりく》の宴《うたげ》なり！」

だがその怪物の欲望を否定するように、女神官の声が戦場へ凛と響き渡る。

「私の名を呼ぶ時、私は消える。――私は誰か！」

§

「む……ッ⁉」

ペリュトンが、息を呑んだ。

そう、既に戦いが始まっていた事に、青き影の獣は気がついていなかったのだ。

これが尋常な戦闘であれば、ペリュトンは意にも介さず、少女の頭蓋を蹄《ひづめ》で踏み砕いたろう。

あるいは四肢を踏み躙《にじ》った後、恐怖に怯《おび》えるその頭をじわじわと胡桃《くるみ》を割るようにしたか。

だが、この時ばかりはそうはできなかった。

決闘を挑んだのはペリュトンであり、それに応じたのはこの小娘である。

その上で——この少女は錫杖を突きつけ、実に堂々と怪物へと戦いを挑んだのだ。

謎掛け《リドル》とは、単なる子供の遊びではない。

遥《はる》か古より伝わる、神かけて尊《とうと》ばれる重要な儀式であり決闘なのだ。

言葉持つ者、知恵ある者にのみ許された、決闘の作法として至上の一つであろう。

たとえ神々であろうと、魔術師であろうと、この遊戯で嘘偽りは許されない。

これを理解できぬとあらば、さる圃人《レーア》の冒険を紐解《ひもと》けばよろしい。

あるいは五つの竜の謎掛け、もしくは二分もの長さに渡る竜との戦いでも良い。

いずれにせよ、もはやペリュトンはこの謎掛けを逃れる術《すべ》は持たなかった。

突きつけられた錫杖、その向こうにある澄んだ瞳、あるいはその先にある地母神への祈り。

——畜生《アーネソン》めが！

堕落した混沌の怪物といえど、これを反故《ほご》にすれば破滅あるのみであろう。

いかに神を呪ったところで、もはや場《モジュール》は整ってしまったのだ。

私の名を呼ぶ時
私は消える
——私は誰か!

怪物の神経を逆撫でるように、少女が朗々と謎掛けを繰り返す。

「……それはな。沈黙だ。沈黙よりほかあるまい」

ペリュトンは内心の苛立《いらだ》ちを、僅かな声の嘲弄《ちょうろう》以外押し殺して言った。

「命とは美しい《ライフ・イズ・ビューティフル》ものだな、小娘よ」

「ええ、本当に。……そう思います」

「死の間際《まぎわ》まで貴様がそうさえずっていられるか、試してみたくなったわ」

怪物の怖気《おぞけ》を奮《ふる》うような殺意に晒《さら》された少女は、けれど震え一つ起こす気配がない。

「そちらの手番です。……どうぞ?」

——良かろう。

ペリュトンは、その鹿の顔を、鹿には不可能なほど醜悪に歪《ゆが》めて笑った。

——この世には貴様の思いもよらぬ事があるのだ。

　それは間違いなく貴様のものだ
　しかれど貴様が使うことはない
　他人に使われ使い回され
　最後は石のように打ち捨てられる
　それは何か？

その細やかな意趣返しとも言える問いかけに、小娘は少々戸惑ったようだった。

彼女は視線を僅かにさまよわせ、唇を数度開閉させる。漏れ出たのは答えではなく、吐息。

「どうした？　答えられぬのであれば、まずは手始めに貴様を踏み砕いてやろうぞ」

それを怯懦《きょうだ》と見て取ったペリュトンは、感情を煽《あお》るよう、殊《こと》の外優《ほか》しい声で囁きかける。

人というのはどういうわけか、ただ威圧するより、こうした声の方に恐れを抱くものだ。

しかし少女は、はたと顔を上げ、一語一句確かめ噛み締めるように答えを発した。

「名前、です。わたしの名前。…………です、よね」

「……然り、然り。じきに墓石へ刻まれる事だろうよ」

ペリュトンは、今度こそ不機嫌さを隠しきれず、渋々といった風に頷いた。

元よりこの程度で音を上げられては困るが、だからとて当てられるのは不愉快なものだ。

じりじりと照り付けるような真昼の日差しを睨みつけ、怪物は吐き捨てた。

「貴様の番だ、小娘」

そしてそれだけでは不服だったので、わざわざ一拍を置いてから付け加える。

「せいぜい、良き謎を考えるが良かろう」

§

謎の応酬は二問、三問と絶え間なく続いた。

女神官は知識神に仕えてはいないが、よく粘った方であろう。

もし彼女をそう称《たた》える者がいたら、きっとはにかんで、師の教え方のおかげだと言ったろう。

少なくとも女神官は、ペリュトンを唸らせる事はできずとも、一歩も引かなかったのだ。

獣の正体を暴くにはこれしかないと――女騎士との語らいを経て、導き出したのが謎掛けだ。

この戦いであれば自分ひとりでも受けて立てるし、正体のわからぬ怪物とも互角にやれよう。

もちろん想像を絶するほどの知能の持ち主が相手ならば、あっという間に死んでいたろうが。

――でも、合戦でこちらに勝てないというのであれば……。

知恵比べなら、自分にだって十分勝機はあるはずだと、確信も持てた。

太陽がじりじりと二人を焼き、影を伸ばして行く中、額《ひたい》や頬からぽたり、ぽたりと汗が滲む。

長い睫毛《まつげ》を揺らして瞬きを一つ。女神官は汗が目に入らぬよう、そっと額を拭《ぬぐ》った。

陽光が堪《こた》えるのは、怪物とて変わらないのだろうか。

青い異形の怪物は翼をはためかせ、幾度となく苛立たしげに天上を見やっている。

──……？

女神官は、ふとその動作に違和感を覚えて小首を傾げた。

怪物とても、暑さが堪えるのだろうか──……？

「どうした、降参か？　であれば、参ったと一声上げて、頭《こうべ》を蹄の下に垂れるべきだな」

「あ、いえ」

はたと女神官は、勝ち誇ったような言葉に慌てて顔をあげ、ふるふると首を左右に振った。

「それは喰《く》らい、舐《な》め尽くすほどに育つもの。しかれど飲み込むと──……」

「炎」とペリュトンは早口に呟いた。「炎は水を飲めば死んでしまうからな」

──むむむ。

今の謎掛けは、あまり良くなかったな。女神官はそっと息を吐く。気がそぞろになっていた。

いけない、いけない。もう一度頭を振って、頬に貼《は》り付いた髪を払い除ける。

その様を、青き影の如き獣が苛立たしげに睨みつけているのが良くわかった。

周囲の兵士たちが固唾《かたず》を呑《の》んで──しかし戦の手を止めず──見守っている事も。

きっと妖精弓手や、女騎士、あの美しい魔女も見つめているだろう。

——緊張、するな。

だからこそ、恥ずかしくない戦い方をしなければなるまい。勝つつもりで、たとえ負けても。

女神官はふっ、ふっ、と浅い呼吸を繰り返して息を整えながら、それでも微笑んで言った。

「では、次の質問をどうぞ」

「……よかろう」

天を睨んでいたペリュトンは、硫黄《いおう》の臭いのする鼻息も荒く、歯ぎしりをして長首を振った。

「そろそろ楽にしてやろうと思うていた所だ。覚悟は良いか？　無論、待たぬが——……」

そうして怪物は、恐るべき謎を朗々と歌い上げた。

朝には小さく四足で
昼には高く二本足
しかれど夕には中ほど三足
これなる命は何者か？

「どうだ。この謎が、貴様に解けるか？」

勝ち誇ったような、早口の言葉。女神官は、困ったように曖昧な笑みを浮かべた。

それならわかる。とても、良くわかる。もしかして手を抜いてくれたのだろうか。

──それとも、単にわたしと同じように、気が削《そ》がれてたんでしょうか？

あるいは引っ掛け問題だろうか。だとしても他に言葉が浮かばない。

えっと。んっと。女神官は、心底困ってためらって、それからひどく不安げに答えを述べた。

「────や、つ、し、ですよね？」

§

「……なに？」

「いえ、ですから、その……や、つ、しです」

違ったのかな？　女神官は急に不安になって、慌てて付け加えるように言い募った。

「えと、つまり、ミミックです。何にでも化けれますし。宝箱とか、扉とか、財宝とか」

何でも跳躍して飛び蹴りをしてくるとかも聞くし、四脚で追い縋《すが》るとかとも聞くし。

間違ってはいない。いないはずだ。

「……ですよね？　えと、それとも、もしかして」

──知りません？

「ミミックくらい知っておるわ、馬鹿《ばか》め！」

くわっとペリュトンが、その牙を剝き出しにして吠え猛《たけ》る。

彼女が抱いたささやかな疑問は、この怪物の矜持《きょうじ》をいたく傷つけたらしい。

異形の鹿はその両眼に爛々《らんらん》と怒りの火を灯《とも》しながら、唸るように答えを吐き捨てる。

「まあ、いい。只人《ただびと》だ。答えはな、只人だ。朝とはつまり赤子で――……」

「あ」

女神官は、目をぱちくりと瞬かせてから、ごく当たり前のように言った。

「今、まいったって……」

「言っておらぬ‼」

とうとう怪物は癇癪《かんしゃく》を起こし、その恐るべき蹄を苛立たしく地面へ叩きつけた。

ずんと腹に響く衝撃に、女神官は思わず「ひぅっ」と悲鳴をあげてしまう。

驚いただけなのだが、怯えたと思われたのではないかと、不安になって周囲を見回す。

そんなことを言ったって、只人の背丈《せたけ》は朝昼晩で伸びたり縮んだりしないではないか。

朝に夜に背丈が伸び縮みするような生き物なぞいやしまい。

思い浮かぶものといえば、せいぜいが蠟燭《ろうそく》くらいで、後は、他には――……。

「――――！」

それは瞬間、脳裏《のうり》に閃《ひらめ》いた稲妻だった。女神官は迷うことなくそれを掴み取っていた。

錫杖を握りしめる。蕭《しょう》と響く音。迷いはなく、言葉に淀《よど》みはなく、恐れもなかった。

彼女は手にした錫杖を振りかざし、怒り狂う怪物へと突きつけ、声を迸《ほとばし》らせた。

それはいついかなる時でも、
必ずあなたのもとに現れる！
絶対にあなたを逃すことはない！
あなたはそれと話すこともできない！
そらきた、あなたの隣だ！
残念だったな！　諦めろ！

「な――――……ッ⁉」

ペリュトンが、二度、息を呑んだ。瞳に燃える炎が揺れた。女神官は躊躇《ためら》わない。

「あなたは、影だ！　人の影‼」

錫杖を握る手指に力を込めて、魂を昂《たかぶ》ぶらせる。天高く、神々の御下へ届けと、高らかに。

「《いと慈悲深き地母神よ、闇《やみ》に迷える私どもに、聖なる光をお恵みください》‼」

白光が解き放たれる。

陽光、女神官の放つ《聖光》、その両方に晒された怪物の肉体が、ぼろぼろと崩れ始める。

それはさながら風に晒された燃えカスが吹き飛ばされていくかのよう。

異形の獣は、その身を作り上げた影を瞬く間に引き剝《は》がされつつあるのだ。

「お、のぉれえ……ッ!!」

「《クラヴィス《鍵》……カリブルヌス《鋼鉄》……ノドゥス《結束》》」

地を蹴り空へ逃れんとす怪物のおめきと、歌うように真なる言葉が口ずさまれるのが、同時。

暗がりより歩み出た魔女が、その括《くく》りの言葉でもって怪物の翼を封じにかかったのだ。

影を纏って強大に見えたその翼も、正体を晒されればただの羽。

かつて大賢人が竜をも叩き落としたというその術を、たかが怪魔が破れる道理もなし。

「も、らったぁッ!!」

そして元凶となった少女へ死の呪詛《じゅそ》を吐く前に、木芽鏃の矢がその顎《あご》を射抜く。

舌を口蓋に縫い留められれば、いかな音とて言葉にはなるまい。

ぐらりと傾き落下する魔神の視界に映るのは、いつしか櫓に登った上の森人の佇まい。

「DDDDAAAAAEEEEMOOOOOOONN!!!!!」

だがしかし、その程度で憎悪を捨て去るようでは魔神とはいえぬ。

落下し、地面に叩きつけられたその魔界の獣は、強靭な四肢でもって走りだす。

かくなる上は、せめてあの忌々《いまいま》しい小娘の喉笛《のどぶえ》をかっ喰らって————……。

「あ————……」

女神官にはその時、何が起こったのかまるでわからなかった。

ただどこかより猛烈な速度で駆け抜けた女騎士が目前に立ち、僅かに躓《つまず》いたように見えた。

いや、より正しく言えば……僅かに半身をずらした、と見えた。

そして猛烈な速さでもって魔神とすれ違った、としか思えなかった。

だが、結果は違う。

「ふむ」

吹き抜ける風に美しい金髪を晒した女騎士がひどくつまらなさそうに声を漏らす。

その手に握られた白銀《しろがね》の剣は、しかしおぞましい魔族の血に汚れて尚、輝きを失わない。

遅れて、女騎士の――そして女神官の背後で遠く、肉が叩き潰れるような音が響いた。

はっと振り返った女神官の目には、身体のみとなった魔神が壁に激突したのがわかった。

そして鈍い音と共に、切り飛ばされて宙を舞った首が、内庭に落ちて柘榴《ざくろ》のように弾《はじ》ける。

「つまらぬ物を切ってしまった。……まったく、乙女の純情を弄びおってからに」

たかが夜　鬼《ナイトストーカー》の類とは。女騎士は剣に血振りをくれて、鞘《さや》に納める。

女神官には、今のがもはや語る者とていない、忘れ去られた古の剣技だとわかった。

彼女の語ったあの物語に、嘘偽りは、何一つなかったのだ。

「……強い、ですね」

「だろう？」

ふふん。得意げに言って板金鎧に包まれた胸を反らす女騎士へ、女神官は頬を緩めて言った。

「ええ、とっても！」

自分が、はたして良い冒険者か、強い冒険者か、そうでない冒険者になりたいのか。

女神官にはわからなかった。

ただ勝鬨《かちどき》を上げる女騎士を見て――それに応じ、敵陣へ飛び出していく兵士たちを見て。

こちらへ暖かな目を向けてくれる魔女と、「やったわね！」と声をかけてくれる友達と。

そんな皆に、恥ずかしくないような冒険者になりたい、と――……。

「……やりましたっ！」

そう思いながら、女神官は小さく拳を握りしめて、快哉《かいさい》を上げたのだった。

間章「妹からの預かりもののお話」

「なんだ、ぼーけんつったって結局はお使いじゃんかさ」

「こら」

ぼやいた少年斥候《スカウト》の脇腹《わきばら》を、少女巫術師《ドルイド》の肘《ひじ》が軽く小突いた。

絵の具を塗りたくったかのように冴《さ》え冴《ざ》えとした、とてつもなく広い冬の青空の下である。

街道をガタゴトと行く馬車には幌《ほろ》がなく、寒ささえ気にしなければ寝転がりたくもなろう。

路行く人々がちらちらと視線を向けるのは、御者《ぎょしゃ》台に座る蜥蜴人《リザードマン》の巨軀《きょく》のせいだろうか。

あるいは少年少女ら以外に馬車に乗る、鉱人《ドワーフ》と半森人《ハーフエルフ》も合わせての事かもしれない。

奴隷商か人攫《ひとさら》いかと思われかねぬ一行だが、しかし呑気《のんき》な子供らの姿を見れば誤解も解ける。

何より、蜥蜴人の首から下がった銀の認識票は、彼が只人《ヒューム》の味方である証左。

白磁《はくじ》や黒曜《こくよう》ならばともかくも、銀等級ともなれば、見目《みめ》や種族はさして気にされないものだ。

何事にも例外は存在するとしても――……。

「ははは、なんでい、坊主。使いは嫌いか？」

冬空の青さを肴《さかな》に酒をかっ喰《く》らっていた鉱人《ドワーフ》道士が、からからと笑った。

Goblin Slayer
He does not let anyone roll the dice.

暑さ寒さとなると地下に住まう鉱人らにとっては、まったく物ともしないのか。

あるいはかっ喰らっている酒のおかげで気にならないのか、少年斥候にはわからない。

「だって、こー、なあ。せっかく街から離れて国境の要塞行きって聞いてたのにさ」

結局巻物一つ渡されて届けてくれだもんな。拍子抜けした様子で、少年は不平を漏《も》らす。

「でも、要塞とかなんてめったに中に入れてもらえないですし」

対して少女巫術師は有意義だった様子で、ぷらぷらと馬車の端からその素足を揺らした。

何せ国境の要塞ともなれば、国防の要《かなめ》、市井《しせい》の者が容易に足を踏み入れられる場所ではない。

案内されたのも、外部の人物に見せて良い辺りに限られていたのだろうが――……。

「実に、興味深かったです」

などと、しみじみと口にする彼女の脇腹を、今度は少年斥候が軽く小突いた。

「東の辺境であれこれうまいもん食えたのが楽しかっただけだろ」

「な、べ、別に良いではありませんか！」

さっと少女巫術師の顔に朱色が差して、彼女はきっと相方の少年に反論を試みる。

「興味深かったのは、興味深かったんですから！」

「ほんっと圃人《レーア》は大食らいだよなぁ」

「おっ⁉」と声が上擦《うわず》った。「大食らいじゃないです！」

圃人が一日に四度、五度も食事を摂《と》る習慣があるのは有名な話だ。

それを彼女本人が健啖《けんたん》であるからとするのは、年頃《としごろ》の娘としてはいささか不本意なのだろう。

「ま、顔つなぎ《コンタクト》という奴ですなぁ」

二人の少年少女がワイワイと騒いでいるのを後ろに聞いて、蜥蜴僧侶《リザードマン》が呵々《かか》と笑った。

「この手のを嫌がる御仁もおりますが、能力実力を計る目安は、家柄と交友でしてな」

「そうなん？」

「ひと目で相手の技量だ、技能だ、わかる道理もありませぬ」

きょとりとした声をあげた少年へ、蜥蜴僧侶は含蓄深く長首を巡らせ、頷《うなず》いた。

「とならば由緒ある家柄であれば教育も受けておろうし、彼の人の知り合いであれば――――」

「――信用できる、としてもらえるというわけですね」

その言葉を継いだのは、御者台にてのんきに空を見ていた半森人の剣士だ。

どこで失敬したのか、青々とした葉を一枚口元に当て、草笛を吹かしていたというのに。

ひょこりと身を起こして向き直れば、優雅で典雅、森人《エルフ》の血を思わせる動作で頭《こうべ》を垂れた。

「この度《たび》はご紹介してくださり、ありがとうございました」

「なんの、なんの」

「気にすんない。ちょうど手隙《てすき》だったもんでの」

熟達の冒険者である蜥蜴僧侶と鉱人道士は、大した事ではないと手をひらひらと振った。

だが、半森人の剣士にとっては「大したこと」なのであった。

本来であれば自分の一党《パーティ》が、この少年少女らを有力者へと紹介せねばならなかったのだ。気まぐれか、ただの親切か。いずれにせよ、恩義を受けた事には変わりあるまい。

「……んー、いや、ありがとうーってのはわかるんだけども」

少年斥候は、どうにもいまいちピンとこない様子で、馬車から落ちそうなほど身を反《そ》らした。

隣で少女巫術師が「危ないですよ」と声を尖《とが》らせるのも気にせず、空を見上げる。

青が目に痛くって、彼は思わず目を細めた。

「そんなにすごい事なの?」

「いずれ、あなたがたが混沌の陰謀を掴《つか》んで、あの女傑の下へ持ち込んだとして――……」

その頃《ころ》にはきっと、と半森人の軽剣士は声に出さずに思う。

この若者たちは、死にさえしなければ順調に等級を上げているだろうけれど。

「下級の冒険者の不確かな妄言としてあしらわれず、話を聞いてもらえる、という事ですね」

「……『しもじもの者』の意見でも『構わぬ、話せ』って聞くのが立派な偉い人なんじゃゃ?」

「いえ、世の中の大半、私も含めて……思い込みだけで胡乱《うろん》なことを言う者は多いのです」

とかく情報をかき集めるというのは重要だが、その精査に手間隙《てまひま》がかかる事は忘れがちだ。

重要な報《しら》せを上げたにもかかわらず、机の上の山に埋もれ、事態が起きた後に見出される。

それは世の中の日常であろうし、それを担当者の怠慢と片付けてしまうのは乱暴に過ぎる。

「重要な情報を、これは重要であると示して伝える手段は、持っておくべきですよ」

「ふぅん……」

やはりいまいち、少年斥候の心にはピンと来なかったらしい。

それに苦笑して、半森人の剣士はもう一言だけ付け加えた。

「それにあの方の妹君は、名うての魔術師だとか。術士に理解がある人は、貴重ですよ」

半森人の剣士はそれ以上説明をするのはためにならぬと思ったか、また草笛に興じだす。

それをちらと横目で──といっても彼の視野は広い──見た蜥蜴僧侶は、顎《あご》を開いた。

「ま、わからぬ事が多いのが道理。一歩ずつ学んで行けば、枝葉まで首も伸びましょうぞ」

「私、圃人なんですけど……」

おずおずと呟《つぶや》いた少女巫術師へ「そんなら儂《わし》とて鉱人よ」と鉱人道士が胴間声《どうまごえ》で笑う。

──うぅん……。

もともと圃人としては、ふるさとから外に出る事自体が稀《まれ》な種族である。

大昔に宝物を持って帰ってきた不思議な老爺《ろうや》の話ばかり有名だけれど、出不精なのだ。

日がな一日のんびりと、おひさまのあたる家でゆったり過ごせれば最高と思う。

だからとてもではないけれど、広い広い世界の理《ことわり》なんて、思いもよらない。

あの傷だらけで、だけど凛《りん》とした、とても美しい女将軍と知り合って、どうなるのか。

──つまりは、より大きな冒険のきっかけ、という事だよね。

結局、圃人の少女にわかる事といえば、その程度なのだ。

難しいことはわからない。だから一歩一歩学んで行けば良い。

さしあたっては、かの女傑から「妹からの預かりもの」として渡されたこの巻物。

後から貼《は》り付けられたと思わしきラベルには、走り書きで何かが記《しる》されていた。

少女巫術師は読み書きができたので、『飛竜の止まり岩』とは、読めたのだけれど。

まあ、これが単なるお使いだとしても、今はこれを無事に届ける事に注力しよう。

そうすれば、きっと、これもまた、誰《だれ》かの冒険のきっかけになるに違いないのだ。

「……なら、良いですよね」

「――――?」

隣の少年がきょとんとしているのに「何でもない」と首を横に振って、彼女もまた空を見た。

本当に、四方《しほう》世界の縁《ふち》にまで届きそうな、どこまでも大きな天蓋《てんがい》の如《ごと》き青空であった。

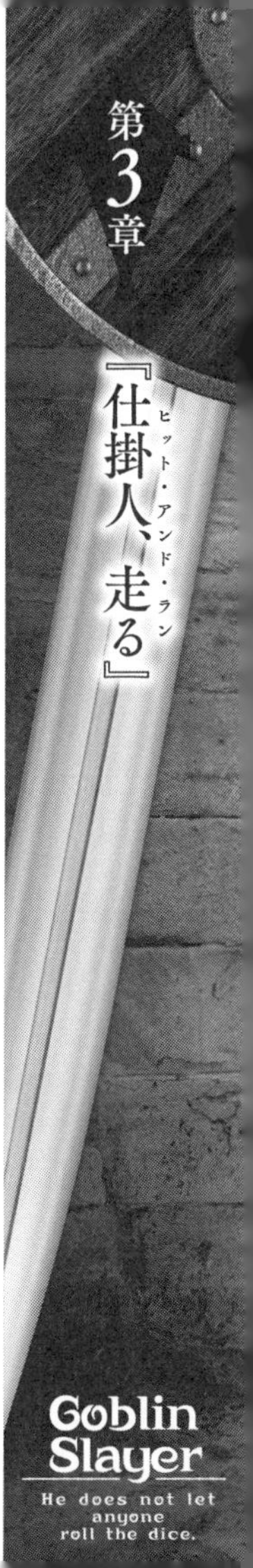

殺し屋が殺し屋らしい格好をして歩いているのを、彼は見たことがない。

いや正確には見たことはあるのだが、あっという間に衛視に声をかけられて捕まっていた。

なので正しくは玄人《プロ》の殺し屋が、と言うべきだろう。

殺し屋らしい格好をする殺し屋なんて、馬鹿《ばか》か阿呆か素人《しろうと》のどれかか全部だ。

言うまでもなく、彼は玄人《プロ》だった。

§

——もっとも、殺しの玄人ってつもりはないんだけど。

そんなことを思いながら、ゆっくりと寝台の上に身を起こす。

窓の外に見える日差《ひざ》しは、もう結構な角度になっていて、明らかに昼を過ぎている。

夜明け近くに眠って昼間に起きるのは不健康だとわかってはいるが——……。

「すっかり夜型になっちまったな」

それに独り言も増えた。

寝台と洋服箪笥《クローゼット》くらいしか家具のない、安っぽくがらんとした部屋だ。

床も傷んでいて、うっかりするとギシギシときしんでしまう。

動きの軽《かろ》やかさに反して重量のある肉体を慎重に寝台から下ろし、床の上に片方の手を突く。

つま先を立てて、脊髄《せきずい》を固定し、ぐいと落とし込んだ自重を片腕のみで引き上げる。

規定回数を終えたら次は反対の腕。回数や速度ではなく、正確性を常に意識して行う。

そういう意味において、床を鳴らさないようにするのは取り組む意義のある課題だった。

両腕が終わったら次は片足立ちになって、足の力だけで同様のことを繰り返す。

右腕、左腕、右足、左足。一通り四肢の動作確認と鍛錬、暖機《だんき》を経《へ》て、ひとまずは良しとする。

本当は梁《はり》や柱を摑《つか》んでの懸垂《けんすい》も行いたいところだが、うっかりへし折ると後が怖いのだ。

この自重鍛錬にどれほどの効果があるかは不明瞭だが、やらないよりはやった方が良い。

少なくとも、技だ装備だ魔術だ何だより、よほど確かで信頼できるものだ——と彼は思う。

実際にそれを言ったら、逆に相棒からは魔術についての講釈を受けてしまったものだけれど。

自分の手足は、刻まれた呪詛《じゅそ》がなければ、ぴくりとも動かない事くらい理解しているのだが。

「……っと」

適当に摑んだ水差しの中身は空《から》で、食料といえる物も何もない。

いつもの事だが、昨日の自分の迂闊《うかつ》さを呪って、彼は外へ食べに出る事に決める。

どうせ今日は出かけるつもりだったのだ、それを思えば悪い事ではあるまい。

何せ昨日は魔球《ウィズボール》で贔屓《ひいき》の戦団《チーム》が負けたのだ。

こんな日は、くさくさするより何か仕事の口がないか確かめに行くに限る。

彼は布切れで身体を拭《ぬぐ》いながら洋服箪笥へ向かい、両開式の扉を開ける。

そこには幾つかの衣装が吊《つ》るされているが、それをかき分けて、探るのは片隅の隠し錠。

がちりと音がして背板が開き、二重になって隠されていた衣装掛けが現れ出る。

「……ふふん」

もう何度も開け閉めしているし中身も知っているのだが、この時ばかりは笑ってしまう。

ろくに調度品もないこの部屋で、唯一拘《こだわ》って――仲間に呆《あき》れられながら――手に入れた家具。

隠し棚にしまわれているのは、何も革の外套や軍帽などではない。

短筒だの連弩《れんど》だの、その他にも様々な、およそ公《おおやけ》にはできないご禁制の品々ばかり。

大昔に見た芝居で、王家の密偵を務めていた男がこんな風に自らの装備を隠していたのだ。

それ以来の憧《あこが》れで――結局その密偵は芝居の頭で殺されるのだから、縁起は悪いのだけれど。

「……ん。よし。問題はないな」

短筒を取り回し、連弩を動作させて、問題がないことを検《あらた》めてからきちんと棚に戻す。

この点検にだってどれほどの効果があるかはわからないが、やらないよりは、だ。

そうして一通りの日課を終えた後、彼はシャツを着て、上着に袖《そで》を通した。

もちろん軍帽や革の外套は身につけないし、短筒や連弩だって持ち歩いたりはしない。殺し屋らしい格好をして街を歩く殺し屋など、素人に間違いないのだから。

§

夕方が一歩手前に迫った水の街は、湿った河の匂《にお》いを纏《まと》った風が吹く。

黄色い日差しに染まった町並みには、ひどく気怠《けだる》く弛緩《しかん》した空気が流れていた。

水路を行く猪牙舟《ゴンドラ》を、鉱人《ドワーフ》の船頭が長竿を突いて巧みに操《あやつ》っている。

それをのんびり眺めながら、彼は河の流れとは反対の方へ向けて歩き出した。

尻尾《しっぽ》の子供らが、圃人《レーア》を先頭にわいきゃい言いながら傍《そば》を駆け抜けていく。

あの圃人は大方三十路《おおかたみそじ》で、悪童どもを手懐《てなず》けてかっぱらいか何かでもやろうってのだろう。

歳《とし》の話をすれば、ひどく面倒くさそうに洗濯板に布を擦り付けてる森人《エルフ》の女は何歳なのやら。

何歳だって、森人は美しいままだし、夜の花の年齢を聞くのは只人《ヒューム》相手でも野暮天《やぼてん》だ。

その女にじろりと見られた彼は、恥ずかしそうに微笑《ほほえ》んで、軽く会釈《えしゃく》をした。

――何にせよ――……。

良い若い者が組合《ギルド》にも所属せず、ぶらぶらしていて良い時間帯ではあるまい。

――そろそろ口入れ屋で夜警か用心棒か、その辺りの仕事もやっとかないとな……。

なにしろ冒険に出るか、街でごろごろしてるかが許される冒険者とは違うのだ。

偽造認識票は便利だが、長期間になると冒険に行かないのは逆に不審がられてしまう。

そして職業も収入も不確かな男が住んでいるとなれば、有事の際に疑われるのは間違いない。

自分のせいならともかく、近所でやらかした馬鹿のとばっちりで腹を探られるのはごめんだ。

適時適時、そういった言い訳《エクスキューズ》を用意するのも作法《エチケット》だった。

人もまばらな街路を目立たずに——つまりは堂々と真っ直《ま》ぐ《す》、急がずに——歩く事しばし。

ふと思い出したように横道へそれて、二つ三つ、入り組んだ路地を曲がる。

繁華街の裏側というのは、拍子抜けする程に静かで、こざっぱりとしているものだ。

そんな中に料理店の裏口めいて、さして特別な所もない、建屋の地下へと通じる階段がある。

そこには銀の月《シルバームーン》か死神の鎌《グリムリーパー》を思わせる看板がかかっている。

彼はちらりとその看板に目を向けてから、軽やかな足取りで一段飛ばしに階段を下りる。

超古代からそこに描かれてるのではないかとさえ思う、壁一面の落書き。

只人では這《は》いつくばらねばならない場所には森人の悪口。

只人では背伸びしなければならない場所には鉱人の悪口。

そして只人の目の高さには、只人の悪口がたっぷり二行。

いつもそうするように、彼はニヤッと笑って「長脛彦《ロングシャンクス》」「足長《ストライダー》」の文字を軽く掌《てのひら》で撫《な》でた。

そして一番下にある扉を開けば——その先にあるのはもぐり酒場《スピークイージー》だ。

「ピーナッツ。……三個」

「二つで十分ですよ」

「いや三だ。二と一で三個だ」

「たまには何か飲んでくださいよ」

「あんな犬の小便をか？」

「わかってくださいよ」

カウンターの常連客とバーテンダーが、二つ三つと隠語で阿片《アヘン》のやりとりをする横を抜ける。

一見して野卑《やひ》な場所に構えられた店だが、中に入ってしまえばどこか上品さが漂うものだ。絨毯《じゅうたん》は柔らかく、カウンターやテーブル、酒瓶《さかびん》や杯の類《たぐい》はいつだってぴかぴかと輝いている。

玉突き台で珠遊びに興じる連中や、酒を片手に決闘遊戯《アンギャルド》を遊ぶ者たち。

森人、圃人、鉱人、獣人。たぶん隅の席で、蜥蜴人《リザードマン》と乳繰り合ってる女は闇人《ダークエルフ》だろう。

街中でしゃがみこんでいれば破落戸《ごろつき》同然の輩《やから》も、この店にいる奴《やつ》は何かが違う。

少なくとも、そこらの安い酒場とは決定的に違うものがある。それは、恐らく――……。

――たぶん、風情《い》ってやつだな。

それがないヤツは、早々に叩き出されてしまう。特に、この店の一番奥には入れない。

酒場の席の合間をするり、するりと抜けていけば、目当ての扉が見えてくる。

分厚い、一枚の金属扉。

そう、ここまではまだ普通の酒場だ。だが、押し開いたその扉の向こうは、別だ。

洞穴だ。そう思う者もいる。だが、彼はいつだってこう思う。

――海だ。

灯りをひどく落とした、暗闇《くらやみ》に限りなく違い、青い薄闇《うすやみ》の広間。

その中を泳ぐように、きちっとベストを着こなしたバーテンダーやバーメイドが給仕を行う。

雇われ楽団が奏《かな》でる竹琴《ジェゴク》の旋律が幾重《いくえ》にも重なり、潮騒《しおさい》のように耳へ押し寄せてくる。

どうしてあんなちゃかぽことしか聞こえぬような楽器で、こんな音色《ねいろ》を出せるのだろう？

ウェイターとバーテンダーとギャルソンの区別同様、彼にはさっぱりとわからぬ事だった。

――だが、まあ、良いじゃあないか。

ここは海だ。海の中を泳ぐのなら、人魚《マーメイド》に通じるバーメイドであるべきだ。

彼はあっさりそう結論づけて、いつもの座席へと目を向ける。

「あ、来たね」

そこでぱっと顔を上げた赤毛の娘が、笑顔を浮かべているのが――少しばかり嬉《うれ》しい。

彼の眼ならば、この深海の中だって見通せるものだ。僅《わず》かに頬《ほお》を緩《ゆる》めた。

「うん、そろそろ仕事の話もありそうだったからね。そっちもそんな感じだろ？」

「と、半分は愚痴を聞きにかな」

困ったような表情で、赤毛の森人は卓上へと目を向ける。

自然な動作で彼女の隣に座りながら彼もまた視線を動かすと、突っ伏した娘の姿がある。

「あー……うー……」

意味不明瞭な呻《うめ》き声は、とても知識神に仕《つか》える神官のそれとは思えない。

「どうしたんだ？」

「気にするこっちゃねえ」

思わずひきつった声を漏《も》らした彼へ、やはり既に席にいた屈強な御者の低い声が応じる。

御者は杯に注《そそ》がれた果実水を旨《うま》そうに飲んでいた。手綱《たづな》を執る事に備えてだろう。

「金欠なんだと」

「砂漠であれだけ稼いだじゃあないか」

思わず呆れ顔でそう返す。

ほとぼりを冷ます必要もあって少し大人しくしていたが、手元不如意《てもとふにょい》になるには早すぎだ。

「本が高いのがいけないいんだ、本が……」

啜《すす》り泣《な》きとも呪詛の声とも思えぬ呟《つぶや》きを漏らし、知識神の神官はぐずぐずと駄々を捏《こ》ねる。

「本は高いもんね」と赤毛の娘が苦笑した。「こっちも魔術の関係で、色々と入用だし」

「いけないいお仕事に手を出さなきゃいけないわけ。真理の探求のためには」

そういって頭を転がした神官は、くすくすと年頃《としごろ》の娘のように声をあげて笑った。

ひとしきり愚痴を吐いてすっきりしたのかもしれない。

少なくとも酒のせいではないだろう――仕事の前に酒を飲むのは馬鹿のすることだ。

――む。

そんな事を考えていたせいか、彼は自分が空腹だったのを思い出してきた。

「ほら、退《の》いてくれ。俺《おれ》はまだ飯を食ってないんだ」

「はいはい」

よいしょっと。そんな風に神官の少女が上体を起こして、テーブルが空《あ》く。

彼はメニューを見もせずにバーメイド――ホントに魚人らしい――を呼び止めた。

「バーガー三つ。パン抜きで。それから炭酸水」

金貨一枚を放って頼むと、バーメイドはニコリと微笑んで立ち去っていく。

「きみは金欠じゃなさそうだね」

赤毛の森人が、仕方ないなとでも言うように目を細め、くすくすと笑いを転がした。

「拳銃遣い気取り《ガンスリンガー》？」

「いや、寝過ごした」

彼は端的に言った。そんな二つ名《ハンドル》で呼ばれるのは、どうにも落ち着かない。

「昨日は負けてさ」

「魔球《ウィズボール》」赤毛の娘は呟くように相槌《あいづち》を打った。「……そんなに落ち込むほど？」

「戦団《チーム》の主将が、こないだ衛視隊に引っ張られてったせいだもんよ」

そう言ったと同時、仕事の早いバーメイドが料理の品を、物も言わずにテーブルへ並べた。

じうじうと脂《あぶら》の弾《はじ》ける音を立てた鉄板に、まだ赤みを残した肉の塊が三つ乗っている。

彼は壺から塩を一つまみ、辛子をたっぷりとかけてから、ナイフで切り分けにかかった。

後はそれを口へ放り込む。味よりも量、栄養よりも熱量が欲しい。そんな気分だった。

もっとも、この店の事だ。味だってきっと旨いに違いはないのだろうが。

「鉱人が試合上がりにヤクと酒キメて酒場で暴《あば》れるくらい、よくある事じゃんかな」

そうして人心地つき、口の中を炭酸水で漱《すす》ぐようにしてやっと、彼は短く付け加えた。

「最近はどこも妙にぴりぴりしてやがる」

それを受けて、というわけでもなかろうが、御者がやれやれといった風に呟いた。

「四脚競技《クアドリガ》でも、馬人《セントール》の走者《アウリガエ》が衛視にとっ捕まってな」

「罪状は？」

「クスリ」

御者は面白《おもしろ》くもなさそうに言った。闘技場での競争競技は、御者の好むところだった。

「喘息《ぜんそく》の治療薬だって話なんだが、それが違法なんだとさ」

「つまらないな、どうにも」

御者の話を聞いた彼の感想は、一言だった。

最後に残った肉の一片《ひとかけ》を、親の仇《かたき》のように突き刺して口へ放り込む。

その様を微笑ましいものでも見るように眺めていた赤毛の森人が、雑談の一環で疑問を呈す。

「でもさ。鬼の衛視長って、そんなに厳しいの？」

「昔は街のワルだったから、多少は目溢《めこぼ》ししてくれるタイプとは聞いてるよ」

私も何か頼もう。肉の匂いに負けた知識神の神官が、通りがかった店員に声をかける。

「檸檬水《れもんすい》が欲しいな。それと何か一番安い食べ物を、一番安い量だけ。割引はいくらでも良い」

「私が干し肉のサンドイッチを頼むよ」

友人のあまりの様子に、赤毛の森人が苦笑しながら言った。

「それをはんぶんつしよう？」

「森人が肉を食べるんだ。何が起こっても不思議じゃないね」

「この世には不思議なことなんて何もないのです」

年頃の娘二人が冗談を言い合ってくすくすと笑いあうのを眺めるのは、良い気分だ。

少なくとも昨夜よりは身も心もだいぶマシになった。彼はそれだけでも十分だった。

だから物陰からひょこひょこと、白く得体の知れない小動物が来てもにやりと笑ってやれる。

「ふむん、ちょいと仲間への扱いとしてはなっちゃいないんじゃないかい？　僕は抗議するよ」

使い魔がてしてしとこちらの手を叩《たた》いてくるのも気にせず、空いてる座席へぽんと放る。

「あ、もう来たんだ」と赤毛の娘が手を伸ばし、「仕事、仕事が欲しい」と神官が縋《すが》りつく。

「みんな見たでしょう？　今の僕の扱い。ひどくないかい？　首根っこ摑むなんてさ！」

まったくもう。文句混じりに毛を舐《な》める仲間——本体がどこにいても——に彼は肩を竦《すく》めた。

「そんなバレバレな場所から忍び寄ってくる方が悪いだろ」

「そういや君の目は『蝙蝠《こうもり》の眼』だっけ。それじゃあ仕方ないか」

元よりただのふざけあいだ。彼は白い獣が勝手に人の肉を一片持ってくのを許してやった。

ほどなく赤毛の森人が頼んだサンドイッチも来て、友人同士のくだらない会話が続く。

主に知識欲に負けて神官の娘が購入した本のことやら、昨今の街で起きた些事《さじ》の類。

そして食べ物も飲み物もあらかた片付いた頃——……。

「おーっす、皆集まってってかなー?」

軽薄な声をあげて、ひょろりとした遊び人風の友人が彼らの席へとやってくる。

恐らく、来たのはきっと少し前。

この使い魔越しにしか現れない魔術師と共に店へやって来て、遠くに控えていたに違いない。

でなくば、こうもちょうど良く、身内のじゃれ合いが一段落した所で現れられないだろう。

そのくらいのことは、短くない時間付き合っていればわかること。

軽薄そうに顔をニヤつかせた蔓《フィクサー》の登場に皆が顔を引き締め、彼もまた表情を変えた。

ここからは外套と短剣《クロークアンドダガー》を携《たずさ》えて大都会の影を走る、密偵の出番。

つまり————仕掛《ラン》の時間だ。

§

「信頼できる筋からの仕事だけんど、裏取りはできてないんよ」

「それ、できれば逆に言ってくれないか？」

あっさりと言い放った蔓へ、密偵は皮肉交じりに呟く。

「そっちの方が少しは安心できるんだけど」

「裏取りはできてないけんど、信頼できる筋からの仕事だぜい！」

「どっちでも同じだろ」

御者が席にふんぞり返って、くだらないとばかりに言い捨てる。

「何でもします。お金をくれるなら」

「その言い方はやめない？」

そっけない顔をして呟く神官に、赤毛の森人が苦笑まじりに相槌を打つ。

「ま、簡単な仕掛《ミルクラン》だから、そんなに気張らなくても平気だよ」

そして白い獣がまとめる形で、彼らの状況説明《ブリーフィング》は始まった。

別に難しい仕掛じゃあない。蔓は繰り返す。一夜仕事《ワンナイトビズ》だと。

――それは難しいってのと同義じゃあないか。

密偵はそう思う。路地裏の警句に一つ付け加えるべきではないだろうか、と。

「なにしろ今回の標的は、勘違いしたどっかの小娘でなぁ」

曰《いわ》く――曰く、だ。

どこにでもいるような、薦被《こもかぶ》り上がりで娼婦まがいの破落戸だったらしい。

が、まあ、それでも短剣を懐《ふところ》に呑《の》んで怒り肩で歩けば、無法者の風上に置ける程度にはなる。

路上強盗団《ストリート・ギャング》の使いっぱしりとして、取るに足らない一人だったが……。

「勝手にヤクを売りさばいて、縄張りを荒らして、あちこちの看板を汚しちまったんだなぁ」

よくある話だ。密偵は思った。そして上手《うま》いことやったな、と付け加える。

金がないからいつもビクビクしている。金があれば気分もでかくなる。余裕は大事だ。

だが御者には違う見解があるらしく、彼は心底呆れたといった調子で吐き捨てた。

「バカなんじゃねーのか」

「太った猫は鼠《ねずみ》が噛《か》み付《つ》いてくる事も忘れっちまうんだぜい」

「この場合、どっちかっていうと猫を噛めば勝てると思ってる鼠かなぁ……」

赤毛の森人が困ったような、呆れたような、曖昧《あいまい》な表情で呟いた。

「それで、その人を脅すの？　攫《さら》って運ぶの？」

「んにゃ、始末《ヒット》する」

赤毛の娘は押し黙った。そしてしばらくして、「そっか」と呟いた。

この程度のことは、大都会では日常茶飯事だ。

路上強盗は面子《メンツ》で喰《く》っている。舐められれば明日は死だ。薬売りの寿命も長くはあるまい。

だから、仕掛人が出張る事でもない――と思うだろう。

その逆だ。騒動《トラブル》が商売《ビジネス》。出張れば、金になるのだ。

揉《も》め事《ごと》を見つけたら、それを金のなる木に変えるのが蔓《フィクサー》の仕事。

そして目の前で人殺しの算段をにやついて話す男は、腕っこきの蔓なのだった。

「んで、どうするね。やんの、やんないの……」

他の皆が口を閉ざし、思案、あるいは相談するように目線を交わし合う。

密偵一人だけだ。迷うことなく口を開いたのは。

「一番大事なことを言い忘れてるぜ」

「お、なんだっけ？」

「報酬」

とぼけるのを咎《とが》めるように、鋭く言う。

「矢弾だって呪文《じゅもん》だってロハってわけにはいかないんだ。前金をもらうのが定法だろ」

「失敬！　もっちろんあるぜ。ほれ」

どさりと、先程まで鉄板の乗っていた卓上へ金袋が四つ放り出された。

依頼人――起こり《ジョンソン》が提示した額面の、半分は蔓の懐に入る。

残りの半分が前金、後金として仕掛人に渡るのが、こうした時の作法であった。

恐らく、使い魔の主である魔術師にも既に金は行き渡っているのだろう。

それを加味して、前金の重みから量るに——……。

——はん。

結構な額面だった。こんな一夜仕事にしては。

密偵はその人ならざる目で、じろりと蔓の顔を見やった。表情に変化はない。

——こいつの事だ。きっと幾つかの強盗団か、他からも同時請けしたに違いない。

だが、密偵に文句はなかった。

金は手に入る。街の美化にも貢献できる。なら徳《カルマ》も積める。微々たるものでも。

言うことはある。たった一言で済む。

「乗った」

「俺もだ」

「お金は欲しいからね」

「私も、やるよ」

「じゃ」と、全員の手が上がったのを見て、嬉しそうに白い獣が言った。「決まりだね」

ひょこりと、いつのまにか乗っていた蔓の膝《ひざ》から飛び降りて、今度は卓上へ。

「標的の居場所《ヤサ》とかは全部調べてあるんだ。だから後は実際に現地に行って確かめて——……」

仕事を持ってくるのが蔓の役目なら、事前の下調べは彼女の役目だ。

彼女――使い魔を使役する術者を、密偵はそう思っている。たぶん、間違いではないだろう。

赤毛の娘と、神官の二人と仲が良いのだ。勘働きの良く、敏感な娘らだ。騙《だま》されはすまい。

だから彼女――少なくとも精神的には――の話す内容にも、密偵は信を置いている。

釣書《つりがき》がなきゃ仲間になれないなんて、甘えた事を言う手合はいないものだ。

「そう遠くはないな」

住所を聞いた御者は、当然のように頭の中でもう位置関係を結んでいるらしい。

「だが、アシは必要だろ。馬車ァ出すぜ」

「うん、助かるよ。ありがとう」

赤毛の娘がにこりと微笑んで立ち上がる。外套を纏い、杖《つえ》を手にすればそれで支度《したく》は終わり。

神官がそれに続く。彼女だって、その痩身を神官衣で覆《おお》って、聖印を握れば準備万端。

御者はといえば馬車があれば良いし、都市にだって精霊はどこにでもいるものだ。

三人が素早く仕掛に取り掛かる気でいるのを見て、密偵もまた立ち上がった。

そして、盛大に顔をしかめた。

「その前に俺ンちに回してくれ」

「どうしたの？」

赤毛の娘がきょとりと、心配そうに小首を傾《かし》げる。髪に隠れた長耳が見えた。

「得物、持って来なきゃならん」

仕方がないとはいえ、なんともバツが悪かった。

§

実際、遠回りをしてもそれほどの距離ではなかった。

水の街の郊外、無秩序に拡大した居住区《スプロール》の一画に、薬売りのねぐらがある。

空き家、廃墟、あばら家、ゴミ溜《た》め、その合間にうずくまって火にあたる鷹被り《スクワッター》。

この辺りに地図らしい地図はない。そもそも街の地図自体、手に入れるのはちょいと手間だ。

立派な壁のある都市なら尚《なお》の事――だいたいの街に、そんな金のかかるものはないのだが。

だがまあ、こんなスプロールについては、機密だなんだといった理由は存在しない。

ただ無秩序に広がり、勝手に住み着いた奴らが好き勝手きままに増改築を繰り返した区画。

昨日と今日とで住人も違えば、町並みだって違うこともざらだ。

そもそも厳密に言えば、ここは水の街の外側、法と秩序の外縁に過ぎない。

故にこそ、ここいらで道案内として頼れるのは地元の鷹被りどもか、あるいは――……。

「ん。だいたいはもらった情報と変わらないね」

――知識神の恩寵篤《おんちょうあつ》い、その愛娘《まなむすめ》ということになる。

揺れる馬車《ワゴン》の中で瞑想していた少女が、ぱちりと目を開けて静かに呟く。

知識神は知識を授《さず》けてはくれないが、それを調べるための手助けはしてくれる。

不信心な奴らは邪神との区別がつかないらしいけど。と、神官の娘はよくぼやいていたが。

「少なくとも位置は間違いない。住んでいるとは思うよ。明日は逃げてるかもだけど」

「となると、後は今の状況だな」

密偵はそれに対して小さく頷《うなず》きながら、手元の得物をいじくり回していた。

短筒は複雑な武器だし、連弩はそれに輪をかけて複雑な武器だ。不発は困る。死ぬほどに。

そんな事を考えながら、密偵は銃床《じゅうしょう》をガツガツと馬車の壁へ打ち付けた。

「叩くな、傷がつくだろうが」

途端に荒っぽい声が御者台から返ってくる。いつもの事だ。彼を呼ぶにはこれが一番早い。

「偵察やってもらうから、一旦《いったん》停車な」

「口で言え、口で」

そうぼやきながらも御者が手綱を引いて、馬――もちろん雨馬《ケルピー》だ――の歩みを止めさせる。

精霊馬の良いところは蹄《ひづめ》の音が響かないところ。濡《ぬ》れた足跡もすぐ乾くところだ。

そんな事を考えながら、密偵は短筒を懐に押し込み、実包をポケットに放り込んだ。

「頼む」

「うん。靴《シューズ》、よろしく」

言うべきことはいつだって一言で済むし、彼女の返事も一言。躊躇も疑いもなかった。

赤毛の魔術師はすっと目を閉じると、まるで糸が切れたかのように密偵の肩へ倒れかかる。

幽体離脱──幽世《アストラル》の世界へと、その魂を飛ばすのだ、と彼女は教えてくれた。

精神だけとなった彼女は一瞬の内に百里を駆けて、彼方《かなた》の景色を見て取ってくる。

もちろんそれは物質界ではなく、やはり幽世を通してなので、実際の光景とは違う。

だがそれでも不穏な空気だったり、人の数であったり、そういうのがわかるのは大きい。

もちろん、密偵には彼女が見ているのがどんな世界なのか、ちっともわからない。

神官が見ている世界も、御者が見ている世界も、白い獣や、蔓の世界も彼は知らない。

この一党《パーティ》の中で、間抜け《マンディン》──非魔術師は密偵一人だけだからだ。

──だが、それが何だって言うんだ?

それは結局役割分担だ。自分の役目《ポジション》はわかっている。

密偵はもたれてきた少女の身体を支え、毛布を枕《まくら》代わりに、そっと横たえた。

そして今しがた最後の点検を終えたばかりの連弩を構え、油断なく馬車の外を睥睨《へいげい》する。

肉の壁が自分の仕事だという事に、一切《いっさい》の疑問はなかった。

継接野郎《パッチワーク》と魔術師《ウィザード》、どっちの肉一ポンドの価値が高いか。

それくらいの事は、密偵にだってわかる。わかりきった事だ。

既に夜の闇はこのゴミ溜めのような街を覆い尽くしているが、彼の視界なら問題はない。

ご禁制の邪眼は、かの有名な《死》の迷宮のように、世界を鉄骨《ワイヤフレーム》で見せてくれる。

「……そういやさ」と不意に声が上がったのは、馬車の積荷の隙間《すきま》から。

もぞもぞと這い出てくる白い獣は、もちろんどこかにいる魔術師の使い魔で、連絡役だ。

なんだよ、と密偵が目もくれずに――当たり前だ――問うと、彼女は興味深く尾を振った。

「さっきも聞いたけど、君の目って透視に近いらしいね。僕って邪眼とかは専門外だけども」

「まあ、薄い壁なら向こう側も見れなくはないよ」

腐った樽《たる》の裏で蠢《うごめ》く影。連弩を照準。大鼠。問題なし。残飯くらい好きに食わせとけ。

「仕組みは良くわかんないし、もっぱら暗視代わりだけど」

「ってことはさー！」

わざとらしく、使い魔の声が跳ね上がった。鍵盤の上で踊っているようだった。

「ひっそりこっそりあられもない森人の華奢《きゃしゃ》な身体とかを堪能《たんのう》してるわけだね、男の子だし！」

密偵は即答しなかった。深々と、たっぷり二秒かけて溜息《ためいき》を吐《つ》いたからだった。

「……いや、できるけど、しないぞ？」

「おや、ずいぶんあっさり」

きょとりとした様子で、この使い魔は使い魔らしからぬ、小動物めいた仕草で首を傾げた。

「こないだの商人さんも、すらっとしてて綺麗《きれい》だったのにさー。足とか。素敵だよね！」

「腰に突剣と短剣」ぼそりと神官の少女が付け加える。「鍛えられて、きゅっとしまってたね」

密偵は胡乱《うろん》げな視線を一瞬彼女の方へ向けた後、極《きわ》めて義務的な口調で言い返す。

「あれこれ聞かれて、答えただけだよ。仕事だろう?」

「だもんで、ぼかぁてっきり森人趣味だと思ってたけど。今の寝かせ方も紳士的だし。ねえ?」

「うん」

——話を聞いていないな、こいつら。

密偵は舌打ちをしようとして、やめた。苛立《いらだ》っているのを悟られるのは得策じゃあない。

だがそんな態度ですら、この獣——その向こうにいる魔術師にとっては愉快であるらしい。

いや、この獣ばかりではない。神官の娘も、にやにやとしているのが見なくたってわかる。

「彼女に興味がないとか?」

諦《あきら》めて、やはりもう一度たっぷりと息を吐いてから密偵は答えた。

「そうは言わないけど」

「言わないんだね!!!」

「だからつって、信頼してもらってんのを裏切るのはなしだろ」

音階の上がった白い獣の口を封じるため、密偵は片手を伸ばしてその頭をわしわしと撫でた。

きゃあんだの何だのと悲鳴をあげるあたり、本当に女なんだろうと思うが、口にはしない。

信頼してもらってるのだ。それを裏切るのはなしだ。

「変な勘ぐりはやめろよな」

それだけを言って、彼は立ち上がった。

呪術によって繋《つな》ぎ合わされた筋肉が、狩りに向かう黒豹《くろひょう》のようにその四肢を動かしてくれる。

「外で警戒する」と彼は言って、ちらりと赤毛の娘を見た。「戻ってきたら教えてくれ」

「うんうん、良いとも良いとも。とっても参考になったからね！」

満足気に言う獣を喜ばせてやるためだけに、密偵は舌打ちを残して馬車の外に飛び降りた。

「どうだ、最近は」

馬車から降りて夜気に身を晒《さら》した途端、今度はぼそりと御者台から声がかかる。

「だいぶ良いよ」

この巨漢の男は荒っぽく見えて、気が回る。密偵は唇の端を吊り上《あ》げた。

「寒いと、ちょっと関節がじりじり痛むけど」

「金は貯まらないか」

「ナマの手足は遠いな」密偵は軽く肩を竦めた。「合法的魔球《ウィズボール》はいつになるやら。そっちは？」

「順調だ」御者の物言いは端的だ。「馬車の貸付金も、女の返済もな」

「甲斐性のある奴」

「別に、俺のオンナってぇわけじゃねえ」

ふん。御者は鼻を鳴らして、それっきり黙り込んだ。

密偵はやれやれと首を横に振って、馬車の横に立つ。片手に、だらりと連弩を下げた。

警戒はすべきだ。だが神経をすり減らすには、しかるべき時というものがある。今じゃない。

仕掛《ラン》の最中の無駄口は、良い傾向だった。少なくともこの一党《パーティ》にとっては。

軽口も叩けぬ時の方が、よほど危ない——……。

そうして密偵が立ち去った後の馬車《ワゴン》は、しんと静まり返っていた。

白い獣と知識神の神官、二人の娘は長年の親友のように顔を寄せ合い、くすくすと笑いあう。

「だってさ?」

「興味はなくもないらしいよ?」

「…………」

赤毛からちらりと覗《のぞ》く長耳が真《ま》っ赤《か》になって震えている事に、気づかぬ二人ではない。

だが彼女が戻ってくるまで黙って待ってやるのが、友達甲斐というものだった。

§

「……おまたせ」

そう言って赤毛の魔術師が馬車から降りたのは、それからきっかり五分後だった。

二分でやれだ二秒でやれだは有名な警句だが、早さよりも正確な仕事が欲しい。

その点、密偵は彼女に一切の不満はない。あるわけもない。

密偵は連弩を肩から帯で下げて、ちらりと周囲を見回してから言った。

「どうだった？　……どうした？」

「なんでもない」と彼女はきっぱり答えた。「どうしてその場でこっちに聞くかなって」

ぶすくれた様子で言う辺り、ご機嫌斜めといった所だろうか。

原因はといえば十中八九、女三人集まっての姦《かしま》しさだろう。残り一割は御者、一割で自分。

「そりゃ、情報は早いに越したこたぁないからな」

「そうだけどね」

赤毛の娘はそう言って、深く息を吸い、ゆっくりと吐き出した。

「見てきた。いるよ」

そうか。密偵は頷いた。薬売りも、今夜はツイてないらしい。いなければ生き延びれたか？

──どうだろうな。

どこまで生きていられるか。崖っぷち目掛けて走るのは、頭の良い行いじゃあるまい。

「警戒の匂いが強いし、薬の香りも。人は他に何人か。そんなに輝いては見えなかったけど」

「共同住宅《インスラ》に住み着いた薦被《スクワッター》りどもかな」

「わからない」赤毛の魔術師はふるりと首を横に振って、外套の頭巾を被った。「ごめんね」

「良いさ」

そう呟いて、密偵は懐から抜いた短筒を、くるりと手の内で回して弄《もてあそ》んだ。

銃で遊ぶとツキが落ちる。らしい。誰《だれ》の言葉だったろうか。

いずれにせよポケットから取り出した実包の口を噛み切り、銃口から中へ中身を注ぎ込む。

そしてガンと銃床を叩いて弾を落とし込み、空の実包を丸めて詰めれば、これで良し。

「最高でも同業者《ランナー》、最悪でも同業者《ランナー》だ」

§

御者たちは手はず通り、密偵らが歩みを進めるとゆっくり馬車を動かして去っていった。

見知らぬ馬車が長い時間停まっているのは、いらぬ注目を集め、記憶に残るものだ。

それにこんな界隈《かいわい》で上等な馬車を長く停めておくなんて、絡《から》んでくれと誘うが如《ごと》し。

下手にちょっかいを出されぬよう、事前に決めた道をぐるぐる流すのが、彼らの手順だった。

「……」

「……」

密偵と赤毛の娘は、ぴたりと寄り添うように並んで、そっと集合住宅《インスラ》へ向かった。

互いに遠くを見るような目をしているのは、音と魔力、それぞれ違う世界を見ているからだ。

故に共有しているのは視野、死角。

相互に補うその動き方は、二人一組《ツーマンセル》をやるうち、自然と身についたものだ。

思えば、短くもない付き合いだ。一人きりで影を走る事も、もうずいぶんと少なくなった。

「……一階は空き家か」

「そうみたいだ」

赤毛の娘が囁《ささや》くように応じる。命の灯はまるで見えない。確かに、しんと静まり返っている。

壁と床は生憎《あいにく》と石造りで、音が消えている。結局、蝙蝠の眼に透視は期待するものではない。

──大昔は飲食店かなにかだったのかね。

ゴミ漁り《スカベンジャー》からも忘れ去られ、腐り果てた円卓と椅子《いす》が転がっていた。

おまけに客を多く入れるために窓も戸も広く取られているから、風が吹き込んでいけない。

住み着くなら二階だろうし、事実事前に聞いた情報も、偵察で得た情報もそうなっている。

「先行する」

「後ろは見てるね」

短く呟きを交わしあい、くるくる、踊るように足を進めて、階段を踏みしめる。

やたら重たい自分の足音。ひどく軽い彼女の足音。二人合わせて、ちょうど二人分か。

片手に保持した連弩の射線を、常に自分の視線と一致させながら、密偵は考える。

ふと先程、店で仲間と口にした、くだらない雑談が脳裏《のうり》を過《よぎ》る。

──クスリ、クスリ、クスリ。三死《スリーアウト》だ。

偶然か？　宿命か？　どっちだって変わりゃあしない。やるべき事は、殺し《ヒット》だ。

だからこそ二階まで登りつめた時、彼はその廊下に漂う不穏な空気に気がついた。

「……おかしいな」

それは幽世を凝視している赤毛の娘も同じらしく、密偵が何か言う前に小さく声を漏らす。

「さっきよりも、緊張の色が濃いよ。命の灯もない、かも」

「ヤバいか」

「たぶん」

「それで帰って報酬貰《もら》えるんなら、迷わず帰るんだけどなぁ……」

密偵がぼやくと、彼女は「そうだね」と笑って外套を深く被り直した。廊下を進む。

標的の部屋は二階の一番奥。外から見た限り、窓はない。だが備えあれば嬉しいな、だ。

逃走手段の一つ二つ、用意してあってもおかしくはないだろう――……。

そんな事を考えながら、扉の前に立つ。罠《わな》はあるとしても今更。鍵《かぎ》は確かめるまでもない。

どこかの大店《おおだな》か商会に忍び込むのではないのだ。ここは警戒より速度を優先。

相棒と視線を交わして意思疎通。タイミングを確認。一、二の、三。

「…………ッ！」

呪的強化された足の一撃が、半ば打ち砕くようにしてドアを蹴《け》り開けた。

音もなく室内に滑り込んだ密偵は、素早く連弩を動かしながら状況を確認。

女、であった。

まず感じたのは、ふわりと漂う阿片のムカつくような甘ったるい香り。

纏わりつくその匂いの中、寝台の上で、しどけなく肢体を曝《さら》け出している一人の女。

水浴びの後なのか、しっとりと濡れた栗色《くりいろ》の髪が大きく波打ち、ちょこんと長耳が覗く。

申し訳程度の下着を纏ったその肢体は、異様なほどに華奢で、細く、軽い。

だけれども柔らかな肉をしっかりと纏っている事を、彼は相棒を抱き上げた事で知っている。

なるほど、森人趣味というのもあながち否定《ひてい》はできないかもしれない――――……。

――目を見開き、口から舌をだらりと垂らして、胸に短刀の柄《つか》を生《は》やしていなければ、だが。

「し、死んでるの……⁉」

「……まあ、生きてはいないな」

困惑からか細い、悲鳴にも似た声を漏らす赤毛の娘へ応じながら、密偵は寝台へ近づいた。

死んだふりなどされていては笑うに笑えない。だが、見るまでもなく心音は止まっている。

「まだ暖かいよ」

すぐ傍で女に触れた魔術師が呟く。彼女は手を伸ばし、開かれた目と口を閉じてやっていた。

――これで「胸から短刀の柄が生えていなければ美女」だ。

馬鹿馬鹿《ばかばか》しい事と並行し、密偵は混乱する頭を無理くり動かして思案する。

「つまり、殺されたのは今さっき？」

「だって、さっき外から投射した時は生きてたはずだもの」

――状況を整理しよう。

いつ。ついさっき。

どこで。ここで。

誰が。俺たち以外が。

どうやって。短刀で胸を突いて。

なんのために。わからない。

窓はない。見張っていた時に出てきた者はない。踏み込んだ後にも誰ともすれ違っていない。

つまり――……。

「……犯人はこの中にいる?」

「笑えないよ、それ――……」

赤毛の魔術師がひきつった声を漏らした。

そう、笑えない。何だかよくわからないが、マズイ。

とにかく何よりも早くこの建物から撤収すべきだろう。

密偵は女の死体から赤毛の娘を庇《かば》うような動きで、じり、じりと後ずさった。

急げ。何か取り零《こぼ》しはないか。二度とは調べられないぞ。これって金もらえるのか?

「行くぞ。とにかく合流だ。状況確認しないと――……」

「……ッ!」

相棒がひゅっと息を呑む音がわかった。それで十分。密偵は連弩を構えて振り返る。

「動くなああああああああああああああぁ《STOOOOOOOOOOOOOOOP》ッ!!」

そして――今この世で一番聞きたくないセリフが、部屋の入口から響き渡った。

「衛視《ガード》……ッ！」

神を冒瀆《ぼうとく》する言葉を呻きかけた密偵は、それ以上時間を無駄にはしなかった。

部屋の戸口に立つのが、天秤剣《てんびんけん》の刻印入りの革兜《かわかぶと》を被った、街の衛視だと見て取ったからだ。

彼はぐっと奥歯を噛み締めると左手に赤毛の娘を抱え、真っ直ぐ正面へと走りだす。

「ひゃっ⁉」という声は、加速した彼の意識には入らない。衛視が抜き放った突剣を見ろ。

「つら、あッ!!」

その刃へ、密偵は自らの右腕を思い切り叩きつけるようにかち合わせた。

「――なッ⁉」

予想以上だろう衝撃に、衛視が突き飛ばされるようにたたらを踏んだ。声が高い。女か？

衝撃で外れた兜の下から、高く括《くく》られた茶色の髪が零れ落ちている。頓着《とんちゃく》している暇はない。

ぐるりと左側――つまり担《かつ》ぎ上げた相方を衛視から庇い、さらに右腕で一当て。

甲高い金属音を伴って、突剣の切っ先が弾かれる。

大きくしなる刀身が目に迫る。密偵は前へ沈み込むような姿勢ですり抜け、部屋の外へ。

唸《うな》りを上げる両足は廊下を僅か三歩で駆け抜け、密偵は即座に階段の手摺へと右手をかけた。

「任せた！」

「うんっ！」

打ち合わせは特にいらない。宙へ舞う。重力が身体を捉《とら》える。落下する。

「《ファルサ……ウンブラ……オリエンス》《偽 り 影 発 生》……！」

その担ぎ上げた肩の上で、彼女が杖を振りかざして真に力ある言葉を唱え上げる。

ずんと両足に衝撃が走るのと同時、直下の影が地面から泡立って、階上へと膨《ふく》れ上がった。

「あぁあぁぁ……ッ⁉」

混乱した女の悲鳴。やはり女だ。その視界は今頃《いまごろ》《幻影《ヴィジョン》》で滅茶苦茶《めちゃくちゃ》になっているだろう。

だが、その程度で諦めるようならば、衛視が恐れられたりはしない。

「犬《ローフルグッド》め……！」

密偵が喚いたのは、甲高い呼子《よびこ》――女衛視の吹き鳴らしたそれを耳にしたからに他ならぬ。

故に一瞥《いちべつ》もくれる事なく、彼は音よりも速くと念じて廃墟と化した店舗を走り抜ける。

多少のガラクタなんぞ、超過駆動《オーヴァドライブ》する義肢の前には無人の野を行くが如しだ。

「《透 過《トランスペアレント》》もかける⁉」

「いや、大丈夫！」

肩の上からの声に、返す言葉は短く一つ。彼女の判断は的確だ。本当に。

《惰眠《スリープ》》筆頭の意識喪失系《スタン》は便利だが、遺失呪文《しっぱい》なら手番の無駄撃ちだ。

とならば幻影による撹乱《かくらん》を切るのは当然で、その後は自分の役目だと密偵は理解している。

衛視に攻撃呪文をぶちかます、そんな命知らずの大馬鹿じゃないのは本当にありがたかった。

万一にでも黒杖を携えた宮廷魔術師が出張ってきたら、それこそ目も当てられない。

何にしたって――……。

――衛視殺《ガード》しは、ヤバい！

……のだ。

衛視は林檎《りんご》隠し程度は見逃しても、衛視殺しだけは絶対に許さない。

これからもこの街で生きていくつもりなら、なるべくなら避けたい行動だ。

いくら音を見通せるからといったって、命知らず《デアデビル》ではいられない。

つまりこの場で取りうる選択はただ一つ逃走であり、その手段は彼の両足にほかならない。

呼子が鳴ったからといって、即座に衛視が襲いかかってくるわけではない。

間がある。集まる場所は、まず呼子の源《みなもと》。追手がかかるのは、その後だ。

であれば相手が合流して動き出すよりも早く、包囲の外へ出るのみ。

重要なのは何よりも時間。そして速度。前傾姿勢を取って、走る、走る。虎《とら》のように。

「しっかし、ハメられたかな？」

「騙されたのかも」

彼女の手が伸びて、風で飛ばされぬよう密偵の帽子をぎゅっと押さえてくれた。

「そのあたり、彼はソツないと思うんだけど――……ね、ちょっと、なんで笑うの？」

──そりゃあまあ、お互いに蔓《フィクサー》に裏切られたとは一切思っていないからだ。

密偵は尚の事走る速度を上げて、貧民街の辻《つじ》という辻、角という角を曲がった。

無論、御者と事前に決めた順路は頭に叩き込んである。だが一直線に向かうのは愚策だ。

鷹被り《スクワッター》どもは何も味方ではない。駄賃目当てに情報を売ることもあろう。

そうして滅茶苦茶に走り回って、時間を見計らって、大路へ飛び出せば──……。

「乗れ……ッ‼」

雨馬へ嘶《いなな》く暇《いとま》すらも与えず、猛烈な勢いで突っ込んでくる馬車の姿が目に入る。

御者の叫びへおうと応《こた》え、すれ違いざま、まずは扉から赤毛の魔術師を中へと放る。

「わ……ッ⁉」という悲鳴は、やはり無視。悪いとは思うが緊急避難だ。

続けて走り続ける車体《ワゴン》の後部をひっつかみ、腕力だけで身体を引き上げた。

叩きつけるような風圧に浮き上がる帽子を片手で押さえ、馬車の屋根へと登る。

御者が用立てたこの馬車には天窓が設《しつら》えてある。

そこへ下半身を滑り込ませて、やっと密偵は連弩を構え、背後へ身体を捻《ひね》った。

──来ない、か？

貧民街は遠ざかる。敵の気配はない。標的は死んだ。自分は追われている。

──これで終わり、って事はないな。

一つ息を吐いてから、密偵はするりと馬車の中へ潜り込んだ。

§

「標的は？」

「もう生きてない」

車輪の回る音が響く中、神官の娘に密偵は短く言った。

そのあまりにもぼんやりとした口調に苦笑して、赤毛の娘が付け加える。

「殺されてた、って事だよ」

ごとんと一度、馬車が大きく弾《はず》む。瓦礫を越えて、発条《ばね》でも吸収しきれぬ揺れが起きたのだ。

俄然《がぜん》、知識神の神官の目が好奇心で輝いた。彼女はずいとその細身を乗り出してくる。

「あの部屋、窓はなかったよね。扉に鍵は？」

「蹴り破《マスターキー》った」

やはり密偵の返事は短い。ぼうっと熱に浮かされたような言葉にならざるを得ない。

冷却時間《クールダウン》が必要だ。密偵はそう嘯《うそぶ》いて、細巻を咥《くわ》えた。

超過駆動の後はいつもこうだ。燃えるような脳の熱を冷まさねば、動けなくなってしまう。

「下手に調べたりする時間も、《解錠》使う必要もなかったしね」

ポケットに手を突っ込んで火種を探していると、赤毛の娘が仕方ないなと鞄《かばん》に手を入れた。

彼女が取り出したのは、掌に納まる大きさの細い筒と管《くだ》だ。どちらも水牛の角でできている。

それを手慣れた動作で組み合わせ、両手を使って管を思い切り筒の中へ突き入れる。

しゅっと空気の潰《つぶ》れる音が一度。管を引き抜けば、先端の火種が煌々《こうこう》と燃え上がっていた。

「はい」と差し出されたそれへ口付けるように、密偵は「助かる」と解熱剤へ火を点ける。

乾燥した枸杞《クコ》の実と皮が焼けて、ほの甘い煙が立ち上って車内へ流れていく。

そういえば、彼女がこの着火具を持ち歩くようになったのは、いつからだろう？

出会った頃は、まだ持っていなかったように思うのだが――……。

「……それじゃ密室殺人かどうかわからないじゃないか」

ぶうと膨れたように呟いて、神官が元通りの位置に座り直す。

また一度がたんと音を立てて馬車が弾んで、御者台の方から低い舌打ちが聞こえた。

「どうでもいいが検問でも張られてたらコトだ。地下水道から行くぞ」

「あいよ」

「それと窓開けろ。臭いがつく」

「アイアイ」

密偵は頷いて、僅かに馬車の窓を開けた。逆らう気はなかった。

密輸仕事《スマグリング》もこなすなら、街の抜け道抜け穴の知識は必須だ。

つまり、専門家の出番だ。戦闘が終わってしまえば、後は託《たく》すより他あるまい。

馬車が大きく傾《かたむ》いて、船着き場から運河へと滑り出す。

雨馬の蹄運びが水面に波紋を作り、車輪の回る音がせせらぎの音へと取って代わる。

「……しっかし、なんであんなとこに衛視がいたんだ？」

密偵は大きく息を漏らし、肺の中に満ちた解熱剤の煙を吐き出した。

大丈夫かと目で問うてくる赤毛の娘に頷いて、密偵は指先で吸い殻の火を揉み消《け》す。

「中にも外にも捨てんじゃねえぞ」

「わかってるよ」

御者に釘《くぎ》を刺され、密偵はポケットの中に吸い殻を放り込む。

それを気配で察したか「良し」と呟いた御者が、「そもそもだ」と続けた。

「あんな貧民窟に住んでるようなチンピラが、どうやってヤクなんぞ仕入れてんだ？」

「やっぱ裏取りは大事だよなぁ。……どこが簡単な仕掛《ミルクラン》だってんだ」

その一点ではやっぱり蔓に文句を言うべきか。そんな事を考える。まあ、問題解決の後だ。

仕掛の最中に責任の押し付け合いを始めるのは、自殺したいと言っているようなものだ。

「ごめんね」と、心底申し訳なさそうに、白い獣が呟いた。

「こっちでも二人でもうちょっと調べてみる。でも、依頼人の裏切りとかじゃないよ、それは」

「わかってるよ。みんなね」

くすりと微笑んで、赤毛の娘が獣の頭をそっと撫でた。

その手つきも表情も、動物に対するそれではなく、友人に対するものに違いなかった。

「でも、犯人は誰だろう？　私たちに依頼が来る辺り、誰に殺されてもおかしくはないし……」

「え、そんなのは簡単でしょ？」

心底意外だ。そう言わんばかりの調子で、知識神の神官が言った。

馬車の隅で座り込んでいた彼女は、皆を集めて言うように「さて」と一言前置きをした。

「あの場にいた人間は、少なくとも三人。君と、彼と、もうひとり」

「……」

「君は殺してない。彼も殺してない。――――だったら？」

密偵は低い声で唸った。

殺し屋が、殺し屋らしい格好をしているわけがないのだ。

「つまり、い、い、い、あの衛視か」

「大当たり《ジャックポット》」

そう言って、知識神の神官はにんまりと笑みを浮かべた。

なかなか見られない、珍しい表情だった。

§

「殺した、という事は……殺す事で利益《りえき》が得られると見るべきなんだ」

地下水道のひっそりと静まり返った空間では、知識神の神官が語る言葉は不思議と圧が強い。

馬車は迷路のような水路に沿って右往左往した挙げ句、どこともしれぬ場所で停車していた。

密偵には場所の見当もつかないが、御者にはきっとわかっているのだろう。心配はなかった。

周囲の暗がりには水の流れる音が反響し、およそ生き物の気配もないようにさえ思えてくる。

だが、密偵の眼はたしかに聞いていた。

文字通り息を殺して潜む何者か。暗闇の中に蠢くもの。都市の地下に暮らすものども。

――喰屍鬼《グール》。

密偵が見る限り、どうにも犬面《いぬづら》なのだが、当人らが喰屍鬼と名乗るならそうなのだろう。

死体しか食わぬ、古墳から現れる怪物。少なくとも夢の世界の住人とやらは嘘《うそ》に違いないが。

少なくとも足元を走り抜けていった鼠が、さっと摑み取られた後にたどった運命は現実だ。

「気の良い奴らさ」

先の小鬼騒動でえらいとばっちりを受けた彼らと、いつしか御者は顔を繋《コンタクト》いでいたらしい。

人を喰った奴らだが、夜な夜な街で人を襲った小鬼どももろとも退治されたくはあるまい。
一、二年前のあの騒動は、自分たちにとっても良い小遣い稼ぎになったものだが――……。
御者は慎重な動作で御者台に積まれた麻袋を引きずり下ろし、暗闇の中へと蹴り込んだ。

途端、無数の獣が獲物に群がり引き裂き、貪《むさぼ》るような音が周囲へ木霊《こだま》し、また静まり返る。

「こうして飯《死体》を差し入れしてやりゃあ、襲わねえし、手伝ってもくれっからな」

「夕食をご一緒になんて誘われない限りは、俺も気にしないよ」

馬車の天窓から半身を出してそれを見守っていた密偵は頷き、車内の神官へ続きを促した。

「それで？　ついカッとなってやったのかもしらんぜ？」

「だとしても、精神面で満足している。それだって十分利益で、殺して喜べる相手なわけさ」

知識神の神官は出来の悪い生徒へ説明するように続けて、その生徒に質問を投げかける。

「ここの所、クスリ絡みでの摘発が増えてるんだろう？」

「まあ、知る限りは」

「ならクスリが集まってる場所がある」神官は静かに言った。「仕入れ先はそこだよ」

「……どこ？」

赤毛の娘が小首を傾げる。誰も盗み聞いていないだろうに、その声を小さく潜めて。

「衛視の屯所」

しれっと言って、神官は目を細めた。赤毛の娘が息を呑んだ。

「押収した阿片とかを売人に横流しして、小遣《こづか》い稼ぎ。簡単でしょ？」

にわかには信じられない――……と、そんな顔をしたのは、赤毛の魔術師だけであった。

御者はもとより、黙り込んで、恐らくは蔓との会話に忙しい白い獣ですら、納得している。

けれど赤毛の娘は、認めたくないような口調で、そっと問いを投げかけた。

「……至高神《しこうしん》にお仕えする人が、そんな事をするのかな」

「するよ」

神官の娘は、友人に対してきっぱりと断言した。

「だって善とか悪とか、それを決めるのは神々でなくて私たちだもの」

天にいる神々は、人に『神が決めたとおりに動くこと』を望んでいないから。

神が奇跡を授けるのは信仰の代価ではない。

利益があるから神を信じているわけではない。

「優れた人は神に愛されてるとか、自分が不幸なのは神のせいとか、決めたがる人はいるけど」

結果だけを求めてるからそうなる。過程が大事なのだ――……と、神官は低く呟いた。

「結局、自分たちが負けたことの責任を神様に押し付けたいだけなんだよ、そういう人は」

「……まあ、後の顚末《てんまつ》は、おおよそ見当がつくな」

二人のやりとりを無視するような形で、密偵が言葉を吐いた。

善とか悪とか、考えたところで何か言えるような身分ではあるまい。

自分たちは金尽くで殺しを請け負う殺し者だ。それ以上でも以下でもない。

御者が帽子の鍔《つば》をぴんと指で弾いて、とてもつまらなさそうに口を開く。

「ヤクの売人が仕入先とトラブったってこたぁ、取引でモメてこじれたって相場が決まってる」

「そして殺した」

密偵は呟いた。御者が頷いた。

「となれば、せめて少しでも得をしておきたい」

「狙《ねら》いは相手の貯め込んだ金だ」

肩書を取っ払えば、ただそれだけの案件なのだろう。

本当にそれだけの――どうしようもないほどに、ろくでもない、ありふれた事件だ。

《宿命》か《偶然》か、たまさかそのタイミングがこちらの仕掛とかちあっただけ。

状況は実に単純明快。だが――……。

「けど、真相がわかったって解決はしてねえぞ」

御者が、密偵の内心を代弁するかのように吐き捨てた。

「このままじゃこっちが濡《ぬ》れ衣被《ぎぬかぶ》せられて、とっ捕まって終わりだ」

「自分の失敗で捕まるんならまだしも、だよな」

密偵は笑った。笑って、しかし一切の躊躇《ためら》いなく言い切った。

「殺るしかないな」

「……衛視殺しはマズイぜ」

「だから俺がやるんだろ？」

御者が帽子の鍔を深く被り直した。赤毛の娘が咎めるような視線をこちらに向けてくる。

その全《すべ》てを密偵は無視した。自分の役目《ポジション》は理解している。

替えが利《き》く、存在否定可能人材《ディナイアブル・アセット》なのだ。自分は。

「ま、暴力担当は君だからね。実際そうなるだろうけれど」

普段と変わらぬ落ち着いた調子で、知識神の神官が呟いた。

彼女にとっては興味のない事なのかもしれない。むしろ、他に気になる事があるらしかった。

神官は馬車の扉を開け、ひょこりと――運動が苦手な者特有の動きで、車体から飛び降りた。

「その前にやる事があるでしょ。……ね、ここって街のどの辺り？」

着地の拍子によろめいたのを誤魔化《ごまか》すように、ことさらつっけんどんに彼女は言った。

「知識神の寺院が近ければ良いんだけど」

「ああ……。いや、そう遠くはねえよ」

御者の答えに密偵は「ふむ」と呟き、肩から下げている連弩を構え直した。

「寺院まで戻るのか？」

「そりゃあね。君たちって、調べ物したことないの？」

心底呆れた。知識神の愛娘はそう言って、きらりと輝く瞳《ひとみ》を仲間たちに向けた。

「物を調べるなら、まず本をあたるべきだよ」

§

情報収集の段《リサーチフェイズ》において暴力担当がすべき事は、やはり暴力だ。

交渉役《フェイス》や術者《スペルユーザー》の護衛をおいて他にあるまい。

ただ突っ立っているだけでも役に立つのなら、文句を言わずに突っ立っておくべきだろう。

「だいたい、人一人が知っている知識なんて少ないんだ。聞いて回るか、調べるかだよ」

「知識神の寺院は何度かお邪魔したけれど、やっぱり凄いね……」

ひそひそと話し合いながら書見台へ向かう娘二人の後に続き、密偵はそんな風に考える。

音一つなく静まり返った寺院の中は、天上まで聳《そび》え立つ書架の列もあり、さながら森だ。

明かり取りの窓から差す月光だけでは足りず、ところどころの書見台には蠟燭《ろうそく》が灯《とも》っている。

つまり、この夜分にも未《いま》だ知識を求めて頁《ページ》を捲《めく》っている者が幾人もいる、という事か。

——俺には到底良くわからんな。

「読み書き計算なんて、魔球のルールと得点が数えられれば十分だろうに」

「それならそれで良いんじゃない。それだけの人生だ……ああ、あった。これ、持って」

「おう」

神官の娘が指先をかけて引っ張り出した本を、横合いから摑んで書棚から抜く。

生の手足ならずしりと来るような鉄表紙の分厚い本も、密偵の身体ならば軽いものだ。

この重量は盗難防止らしいが、それにしてもずいぶんと立派な装丁だ。しかも真新しい。

「……なんだ、これ？」

「武鑑《ぶかん》」と短く神官は言った。「貴族の来歴とか役職とか、そういうの全部載ってるの」

「ああ、今年の。……もう出てたんだ」

赤毛の娘が季節の花が咲いたように言う。知らないのは自分だけらしい。密偵は唸った。

無表情に見えて、神官がふふんと得意げな顔をしているのが暗闇の中でも良くわかる。

──見えない方が良い時もあるもんだな。

ぶつくさと文句を言うのも負け惜しみでしかないので、密偵はさっさと書見台へ向かう。

こんな重たい本を、運ぶだけならまだしも、神官らの細腕で読めるわけもない。

必然、こうして書見台にごとりと本を置いて、羊皮紙の頁をめくらねばならないのだ。

「この版元のやつ、やっぱり良いね。ちょっと高いけど……。ああ、金欠ってそのせい？」

「ううん、『地獄の狼《おおかみ》』って戯曲が──じゃなくて、どんな奴だった？　家紋か何かあった？」

「えっとね、服の刺繍《ししゅう》がちらっと見えた。盾《エスカッシャン》は菱型《ロズンジ》。兜飾《クレスト》りは──……」

少女二人が顔を寄せ合って交換していく情報は、密偵には暗号か何かのように思える。

紋章学だか何だかしらないが、堂々とどこそこ家の誰それと書いておけば良いものを。

──まあ、俺が口をはさむこたぁないか。

記憶力ならば自分より赤毛の娘の方が上だ。それに森人であれば暗視もできる。

聞かれるまでは黙って立って、周辺を警戒し続けていれば良い。

ただ突っ立っているだけでも役に立つのなら、文句を言わずに突っ立っておくべきなのだ。

いくら知識神の寺院だからといったって、今は仕掛のさなか、追われる身でもある。

ましてや、こんな状況で魔術師らに実働やらせて、自分は一人馬車でお留守番か？

——馬鹿げている。

そんな役割分担を言い訳にした思考停止と怠慢をする気は、密偵にはさらさらなかった。

「何か、お困りでしょうか？」

ほら、見るが良い。外套で顔を深く隠し、蠟燭を手にした人物がこうして話しかけてくる。

これが敵の探索方であったならば、あの二人に全部押し付ける羽目になるのだ。

「あ、いやあ……」

密偵は曖昧に言葉を濁しながら、素早く頭の中で考えを纏め、状況判断をする。

声は落ち着いていて、静か。男か女かはわからない。だが、たぶん、神官だろう。

つまりは、敵じゃあない。密偵は緊張しかけた筋肉を弛緩させ、頰を緩めた。

「……たぶん、すぐにわかると思いますよ。調べ物とか捜し物、得意な友達なんで」

「そうですか」

外套の人物の言葉は短く、けれどとても柔らかだった。微笑んだのだと、そう思った。

「図書館で目星をつける。探索者のならいですものね」

「はあ……」

蠟燭の灯火《ともしび》を揺らめかせながら、彼女——か？——が、ゆったりと頭を下げる。

「どうか、闇よ落ちるなかれ」

「や、闇よ落ちるなかれ……」

それが知識神の祈りの言葉だと、密偵は辛うじて覚えていた。

恐らく、その返答が功を奏したのかもしれない。

頭《こうべ》を垂れた外套の人物は、すでに書架の狭間《はざま》、闇の中へと消えている。

ただ遠く、星々の中にぽつりと輝く灯火だけが、最後まで残って見えていた。

「……あった。たぶんこの人だ」

と、その時だ。知識神の神官が声をあげ、赤毛の魔術師が「うん、間違いない」と続ける。

密偵はちらと背後の闇を見やり、灯火がもう見えないのに気がついたが、気にしなかった。

ひょいと小柄な二人の頭越しに本を覗き込んでも、さて、文章が達筆過ぎて判読不能だ。

「で、どこの誰だったんだ？」

「ああ。彼女はね――……」

知識神の神官は、つらつらと、まるで呪文のように長ったらしい名前を唱え上げた。

まるまるに領地を持っているどこそこ家のなんたら伯のだれそれ氏の娘だとか何だとか。

「そりゃあ、良いとこのお嬢さんじゃないか」

もちろん、密偵にはさっぱりだった。公爵と侯爵と伯爵と子爵と男爵の違いがわからない。

前に辺境伯とは地方に左遷《させん》されたやつかと聞いたら、可愛《かわい》そうなものを見る目で見られた。

彼にとっては爵位全部ひっくるめてお貴族様であり、貴族ならだいたい良いとこなのだ。

何度か繰り返し頁を指で撫でて名前を確かめた赤毛の娘は、小さく頷いて言った。

「この人なら知ってるよ。お師匠様のところに、時々お薬を買いに来る人だから」

「薬？」

また薬か。密偵が視線で先を促すと、どうしたわけか、赤毛の娘は耳まで赤く染めて俯《うつむ》いた。

「ええと、そのう……」

そのまま、もじもじと居心地悪げに言葉を濁し、言《い》い淀《よど》む。すぅ、はぁと、一度深呼吸。

「エ、エルフの……お妾《めかけ》さんが、いるらしくてね？　そういった、そのう……」

「子供を増やすための方？」知識神の神官が淡々と問うた。「それとも減らすための方かな」

「へ、減らす方……」

「魚の浮袋、蜂蜜と合歓木《アカシア》に松の油かな。まあ物理的に通さないのが一番だね」

言わないでよ。そんな無言の抗議もどこ吹く風で、知識神の神官はばたりと本を閉じた。

「それで、どうする？」

「うん？」

よくわからない。小首を傾げた密偵へ、神官は夕食のメニューを聞くように続ける。

「相手の身元はわかったわけだけど」

「そりゃまあ、この情報をネタに一仕掛だ」

だから彼も、ひどくざっくばらんに答えた。

「それをどうやって金にするかは――蔓《フィクサー》の奴が何とかするだろうよ」

§

真夜中の貧民窟《スプロール》は、まるで廃墟さながらにひっそりと静まり返っていた。

だいたいこの区画の連中は、夜は人に言えぬ働きに出るか、息を押し殺して眠っているのだ。

ましてやつい数時間前に殺しがあったばかりとなれば、尚の事。

殺しの現場である集合住宅《インスラ》からは、既に死体も運び出され、衛視隊の姿もない。

何せ下手人も、殺しの手口も、そして動機もおおよその所は明らかなのだ。

となれば目下のお役目は下手人の捕縛であって、現場を犬の如く見聞する事ではない。

「……ふん」

――だからこそ、調べ物をするにはちょうど良い。

ざ、と。隠す必要もないのに響く足音へ不快そうに鼻を鳴らし、その女衛視は廃店舗を行く。

思わぬ邪魔が入った、とも言える。あるいは、天からの助けだったのだろうか。

《宿命》と《偶然》の骰子《サイコロ》が指し示す数字が、はたして吉か凶か。

駒《こま》に過ぎぬ身には推し量る事すらか叶《かな》わない――故に、彼女は黙々と階段を上った。

そして蹴り破られ、今は縄を張って封じられた室内へ、一切の躊躇なく踏み込む。

室内は扉が倒れ込んでいる事と、半森人《ハーフエルフ》の女の死体が失せている以外、何も変わらない。

——鬼め。

女衛視の口元に、嘲《あざけ》るような笑みが浮かんだ。

鬼の字《あざな》を取る衛視長は、現場について事細かく口を挟んでくる。保全もその一つ。

派閥として鬼の衛視長の勢力に属していない身としては、煙たい事この上もない。

だがその鬼の手口により、女衛視は望みの物を探す事ができるのだ。やはり出目は吉だろう。

——少なくとも、期待値《セ》は上回っている。

そして彼女は、床の上に片膝を突いて屈《かが》み込んだ。

寝台から滴《したた》り落ちた血が、その下の敷布にまで滲《にじ》んで、大きな染《し》みを作っている。

さてその敷布を動かそうと手をかけたところで、はたと彼女は動きを止めた。

——何か、違和感が……？

言いようの知れない、第六感とも、知覚ともつかぬ何かが、脳裏に瞬く。

これは——敷布の染みと、床板の染みの位置が、ズレている——……？

「そりゃあわざとだぜ。後で名推理して貰わないと、困るからさ」

不意に、声が響いた。

その声は氷柱《つらら》のような冷たさでもって、ぎくりと女衛視の背筋に刺さる。

「自宅か現場か、悩んだんだ」

とっさに腰の剣に手をかけ、発条仕掛の人形のように飛び起きる。

薄暗がりの部屋の中、彼女は右に、左にと視線を素早く走らせた。

部屋の隅。寝台の上。窓はない。貯蔵庫の中――――扉のあった空間。真後ろ……！

「行き違ったら間抜けだし。でも犯人は現場に戻るらしいから」

そこに、影があった。影の中を走る、名前のない生き物がいた。

革の外套と軍帽――女衛視には曖昧模糊として見えなかったが――に隠れ、顔はわからない。

ただ薄ぼんやりと滲むように、得体の知れぬ光がその両瞳に灯っているのだけが、わかった。

「捜査網を抜けるのに一番良い方法は、網が広がった後に内側へ戻る事だってね」

女衛視は入口に立ちはだかるその影から距離を取ろうと、数歩、後退《あとずさ》った。

いくら夜目が利かなくても、影――密偵の手に、短筒が握られているのが見えたのだろう。

さっきとは逆だな、などと密偵が笑いかけても、女衛視は答えてはくれなかった。

それに小さく肩を竦めて、短筒を構えていない左手で懐を探る。

「お目当ての隠し金ならもう見つけたよ。調べ物が得意な友達がいるんだ」

取り出したのは、古びた寄木細工の、こんな部屋には不釣り合いに上等な文箱であった。

寝台下の敷物と床板を剝《は》がした、さらにその奥に隠されていたものだ。

衛視隊の連中が手に入れている可能性はあったので心配はしていたが、まあ結果は上々だ。

なにせ――衛視隊に見つけられたら困るのは、当の女衛視本人なのだし。

十中八九の八割にドンピシャリ。いつだって、期待して良い出目は三か四あたりなのだ。

それに上手くいったなら、わざわざ失敗した時のことを心配する必要はあるまい？

「すぐにその箱を返却しなさい」

女衛視は、今にもぷつりと切れそうなほどに張り詰めた声を出した。

思えばちゃんと彼女の声を聞いたのはこれが初めてだ。おかしくて、笑ってしまう。

「今大人しく縄にかかれば、至高神様も慈悲をくださるはずよ」

「じゃあ、これはあんたのものだってのか？　凄いな、驚きだよ」

密偵はその笑みを崩さぬまま、文箱の中身を取り出してみせた。

中には、恐らくは薬売りが貯め込んだのだろう、銅貨銀貨贋金の入り混じった金袋。

それから緑の眼の蠟印《ろういん》の押された封筒。開封済。発注書と――都の、詳細な見取り図。

「いくらで邪教徒に売りつけるつもりか知らないが、この地図、あんたのじゃあないよな」

「……」

視線だけで人を殺せるのなら、密偵はきっと五、六回は死んでいたに違いない。

彼は片手でぱたりと文箱の蓋《ふた》を閉じて、ぐいと外套のポケットへねじ込んだ。

変わって抜き取った手に摑んだものを、ひょいと玩具を投げ渡すように放った。

「――あんたのはこれだろ？」

たん、と。鋭い音を伴って床に突き立ったのは、赤黒く汚れた、実に見事な短剣だった。

つい何時間か前まで、あの半森人の女――薬売りの胸から生えていた代物だ。

せっかく返してやったというのに、持ち主はそれを拾い上げようともしない。

もっとも、密偵だってそう劇的な反応を期待していたわけではない。

ただ単に、持ち出しておいた方が都合が良いから持ってきたというだけだった。

「突剣と短剣は一対だもんな。あんた、突剣だけだから妙だと思ったんだ」

女衛視は密偵を睨《にら》みつけながら、ぜいぜいと息を喘《あえ》がせ、やっと絞り出すように声を出した。

「どうやって……」

「――とは聞かないでくれよ」

実際、鳶被りに化け、彼女配下の探索方だと偽って衛視に小銭を摑ませ、持ち出しただけだ。

なにせ犯罪の証拠などというのは、衛視たちの小遣い稼ぎに売《う》り捌《さば》かれるのが世の常である。

記念品――何のだかは知らないが――として欲しがる市民も多いし、どうとでもなるものだ。

とはいえ今の衛視長は鬼との噂《うわさ》だ。あの兎面《うさぎづら》の衛視は、こっぴどく叱《しか》られるだろうけれど。

だが、わざわざそんな事を彼女に細かく説明してやる義理はなかった。その時間もなかった。

「――――ッ!!」

女が床に突き立った短剣を蹴り飛ばし、同時に突剣を抜き放って飛び掛かったのだ。

それはさながら虎か獅子か。刺突の鋭さは稲妻のそれで、短剣を避けていては間に合わない。

密偵は奥歯を噛んだ。四肢に力が走る。鈍化した視界で、短剣の切っ先がまず迫り――……。

「この距離ならナイフより短筒のが早いぜ」

彼の右手が銃爪《ひきがね》を弾き、轟音《ごうおん》と共に鉛《なまり》の礫《つぶて》が女の手から突剣を撃ち飛ばす。

「《クラヴィス《鍵》……カリブルヌス《鋼鉄》……ノドゥス《結束》》……!!」

同時に鉄靴がガチリと音を立てて固定され、女はつんのめるように前へ転げて倒れ込んだ。

そして女が悲鳴をあげる頃には、密偵の手が飛来する短剣の刃を掴み取っていた。

加速された意識の中では、ほんの僅か、瞬き一つの時間も過ぎぬ攻防である。

「呪文使い……！」

密偵は女衛視が立ち上がろうともがいているところに歩み寄って、その背中に足を乗せた。

「二人で一組《ツーマンセル》なんだ」密偵は笑った。「頼りになるよ。俺よりずっと」

暗視持ちでも戦闘の本職《プロ》相手に命知らず《デアデビル》とはいかないが、二人がかりなら、まあ何とかだ。

女衛視に目線を合わせるようしゃがむと、肺を踏み潰された彼女はぜいぜいと息を喘がせる。

知り合いに向けられたらとても耐えられないような目つきで睨まれ、密偵は肩を竦めた。

「短筒を飛び道具と思う奴は多いけど、やっぱ実際は至近距離でぶん回す鎧通しの類だよな」

密偵は女衛視の顔へ、ぐいと枕を押し付けた。銃身を握り、台尻を振り上げる。

もともと薬売りの血によって赤黒く染まっているものだ。多少血が増えたところで、だ。

それに――ほら。柔らかい物を押し当ててた上から殴るのが、傷を作らない一番良い方法だし。

「衛士殺しはヤバいんでね。アンタには金を持って消えた――事になってもらう」

「待って、取引しましょう！」

不意に女衛視が甲高い声をあげて、まるで茹《ゆ》でられる海老《えび》のように身をのたくらせた。

密偵は別に聞く気もなかったが、押さえるのに少し手こずって、応じるのが僅かに遅れた。

「金で殺しを請け負うんじゃなくて、世の中を……より良くする事に手を貸さない？」

「ふむ」

「だって、あなたが私を殺すつもりなら、もっと早くやってたでしょ。欲しい物があるのよ」

「なくはないけど」

「お金。それと名誉。――立派な行いをしたい。違いないわね」

女は密偵の適当な相槌を都合よく受け取ったらしく、ぺちゃくちゃと喋《しゃべ》り倒した。

「あなただって、只人でしょう？　ならわかるはずよ。この街が侵略されつつある事が」

「まあ、実際、そうだな」

「街を見れば、あちこちにいるわ。森人、鉱人、獣人、圃人が、うじゃうじゃと……」

押し付けた枕の下で、またもぞもぞと女衛視の体が動いた。

逃げ出そうとしているのか、身震いしたのか、密偵には区別がつかなかった。

「亜人《デミ》と、それに与《くみ》する愚王を排除して、私たちの国を取り戻すの。それは正しい事よ」

女衛視は、まったく悪びれる様子なく言った。一切の迷いも、躊躇もないらしかった。

そのために押収品を横流し、薬をばら撒《ま》き、取引相手を刺殺し、濡れ衣を着せて、命乞《いのちご》い。

「亜人《デミ》ときたか」

密偵は、果実の種を口から飛ばすようにその言葉を口にした。

「あってるでしょう？」

女衛視は吐き捨てるように言う。腹の中に燃え滾《たぎ》るものを、全てぶち撒けるような一言。

「只人の股から生まれた森人なんて、気持ち悪い」

「まあ、意見は人それぞれだな」

貧民窟の鳶被りや無法者、奴隷が薬で廃人になり、殺された。それに怒る理由はない。

自分だって時々金をもらって良いことをして、金をもらって人を殺す。何も変わらない。

目の前の起こり《ジョンソン》のご希望は、「私の考えた綺麗な街」らしい。

報酬は金と名誉。世のため人のためになるようだ。街の美化活動に貢献するのだ。

そのために人を殺す。只人の股から生まれた森人を殺す。何も変わらない。

密偵は肩を竦めた。

「夜に影を探すようなもんさ」

「……なに？」

「そんなのは俺の仕事じゃあない」

女衛視からの返事は、すぐにはなかった。

彼女は枕を押しのけるように頭をもたげ、理解し難《がた》い物を見るような目を向けた。

「……なら、何が欲しいの？」

「そうだな」

密偵《チーム》は少し考えてから、鮫《さめ》のように笑った。

「戦団の優勝かな」

§

麻袋につめた挽《ひ》き肉を地下水道まで配達し終えた頃には、夜明けの薄光が差し始めていた。

ほのかに黒ずんだ紫色の空を、美しいと呼ぶ奴もいるし、恐ろしいと思う者もいるだろう。

重労働を終えた後の密偵にとっては、ただ目が眩《くら》むようだという、それだけだったが。

地下から上がってきて、水の流れる音を聞きながら、彼は少し立ち止まった。

気のいい連中は、今日明日くらいは食事に困らないだろう。

もうじき兎面の衛視が叱られ、現場に衛視が戻って来て、第二の汚点《しみ》に気づくだろう。

見つけるのは空の文箱。いなくなったのは一人の衛視。なら真相はたった一つ。

女衛視が押収品横流しからの揉め事で売人を殺し、金を盗んで逃げた――どこか、へ。

それで事件は決着だ。四方《しほう》世界は全てこともなし。

地下水道の入口——あるいは出口——で立ち止まっていた密偵は、ゆっくり足を進めた。

だが、全身の緊張は解かない。

微《かす》かな光に照らしだされた街路。そこに止まった見慣れた馬車の傍に、見慣れぬ人物。

密偵は歩きながら、外套の懐にしまい込んだ短筒の重みを確かめる。

連弩は数が撃てるが、取り回しの良さと一撃の威力でいえば短筒だ。間違いはない。

だが——彼は足を止めた。

あまりにも、ありえない存在だったからだ。

「———侍女《メイド》？」

「依頼人の代理だよ」

幼い少女とすら思える銀髪の——しかし異様に存在感の薄い、影のような侍女であった。

——代理人？

とすれば、趣味か擬装か。まさか本当に侍女《メイド》というわけもないだろう。

密偵は訝《いぶか》しむような顔をしながら、御者台の友人を見上げた。

御者は我関せずというように帽子を押し下げ、面倒くさそうにかぶりを振っている。

「仕事は終わったみたいだね。首尾はどうだったのかな？」

「……」

密偵は警戒を解かぬまま、ゆっくりと外套の釦《ボタン》を外して、内側を開いた。

懐に吊られた短筒。その横に彼は手を入れて、開封済の封書と地図を取り出し、放る。

銀髪の侍女はそれがまだ空中にあるうちに掴み取って「ふぅん」と興味深そうに言った。

「どこの地図か調べた？」

「いや」と密偵は首を横に動かした。「忙しかったんでね」

「なら良いや」

侍女はそう言って、丁寧に地図を折りたたんで封書に入れ、侍女服のポケットへしまった。

「これで水の街の麻薬汚染は食い止められたね。依頼人もたいそう喜んでいる事だよ」

白々しいとさえ言える、棒読みのような一本調子の言葉だった。

「依頼は完了。報酬は、蔓《フィクサー》に預けてあるから」

「アイ、アイ」と密偵は頷いた。「今後ともご贔屓に」

「うん。そうさせて貰うよ」

そうして銀髪の侍女は「じゃあね」と呟き、ゆらり、ゆらりと路地の奥へと歩いていく。

まるで早朝の買い物に出かける足取りで、彼女は影が消えるように、姿を消してしまった。

密偵は何も言わずにそれを見送った。頭が、脳が、じりじりと焼けるように熱かった。

「……終わったね」

ひょこりと御者台の横から白い獣が頭を出した。緊張していた様子で、ふうと息を吐く。

もしかしたら、彼女はあの銀髪の侍女がどこの誰かも知っているのかもしれない。

「お疲れ様」

「ああ」

密偵は短く答えた。実際、たしかに疲れてもいた。

その様子を見た白い獣は、遠くの音へ耳を澄ますように頭を傾け、鼻をひくつかせた。

「『いっつも悪いなぁ』……ってさ」

「別に」

本当に、別にどうって事はないのだ。

交渉してくれる奴、調査してくれる奴、支援してくれる奴、足をやってくれる奴。

そして隣で呪文を唱えてくれる奴がいるのだ。だったら――――……。

「殺《ヒット》して、皆を無事に家《ホーム》へ帰すのが俺の役目《ポジション》だろ」

「ホント、人格以外は替えが利くよね」

白い獣が笑った。蔓も笑っているだろう。だから、密偵も笑った。

友人から褒めてもらえるのは、悪い気がしなかった。

「僕は蔓に報告しなきゃいけないから一旦戻るけれども」

「彼は部屋で一緒にいるんじゃないの？」

馬車《ワゴン》の中から、くすくすと知識神の神官がからかう声。

使い魔は「さあね」とすっとぼけたが、首根っこを神官に摑まれて、車内の彼女の膝の上。

「私も今日は寺院に帰るよ。このまま三日くらい寝ていたい気分だ」

実際、知識神より授かった権能を使って周辺警戒を続けていたのはこの神官の娘なのだ。

密偵は「お疲れ」と呟いた。聞いていた御者が「ふん」と小さく鼻を鳴らす。

「どうする、お前も乗ってくか？」

「いや」と密偵は少し考えてから、首を横に振った。「歩いて帰るよ」

「そうかい」

御者はその無骨な顔に僅かな笑みを浮かべて、雨馬へ繋がった手綱を執った。

「《駆けろや雨馬《ケルピー》どんと行け、土から森川、海から空へ》！」

泡の鬣《たてがみ》、雨だれの蹄、川面の嘶きを後に残し、雨馬に曳《ひ》かれた馬車が走りだす。

密偵はそれを見送った。誰もいない街路に突っ立って、ぼんやりと。

そして夜明けの白んだ光がいよいよ我慢できなくなり、足を引きずるように歩き始めた。

――終わってみて、少し考える。

まあ、あの衛視の気持ちなどは想像するより他あるまい。

自然の摂理《グールの糞》に則った展開になるなら、きっと不満はないだろう。

――断片的な情報を都合よく組み合わせるのは、強迫観念《パラノイア》に毒されているわけだ。

だが例えば――例えばだ。

あの半森人の薬売りが、あの衛視の姉だか妹だとしたら、どうだ。

愛人の子だか知らないが、貴族の私生子。混血。実家を追い出され、けれどその脛《すね》を齧《かじ》る。無法者になり、阿片まで扱い、身内が衛視であるのを良い事に押収品の横流しをせびる。事態が明るみになれば、衛視としての栄達に響く。ばかりか、累は実家にまで及《およ》ぶだろう。そしてその衛視の方も……もうひとりの娘の方も、大概だ。

只人至上主義《ヒューマニス》。そのためなら手段を選ばない。混沌と手を組みさえする。

――大方、依頼人は二人の親だろう。厄介事はなかった事にするに限る。もしくはその上。

だが、薬売りが気づいた。たまたまか、上手いこと掠《かす》め取ったか、姉妹《しまい》の密書を手に入れた。

そして彼女を脅迫したのか――……止めようとしたのか。

何にせよ――知らなくて良い事は世の中に多いのだ。そして、知りようもあるまい。

貧民窟の薦被りや無法者、奴隷が薬で廃人になり、殺されて、悲しむ人がいるだろうか？

こんな不始末をわざわざ下々の者の耳に入れて、その心の平和を乱す意味はどこにもない。

暴露せよと騒ぐのは、救いようのない馬鹿か、命知らずだけで、彼はそのどちらでもない。

脅迫したなら良かった。誰も彼もろくでもなければ良い。救いようがなければ良いのだ。

「……ふん」

――その方が、多少は業《カルマ》が軽くなる。

密偵はいよいよ焼けるような熱が耐《た》え難くなって、外套のポケットをまさぐった。

枸杞《クコ》の細巻を抜き取る。後は着火具を――……。

「……はい」

ぽんと筒に管を叩きつける音がして、目の前に火種が差し出された。

「……や」

赤毛の娘、取替っ子《チェンジリング》の森人の娘が、はにかんだような表情で佇《たたず》んでいる。

密偵は黙って火を貰い、解熱剤の煙をたっぷりと吸い込んで、脳を冷やしてから呟いた。

「……なんだ、馬車に乗ってなかったのか」

「うん」と赤毛の娘は頷いた。「ちょっと、歩いて帰りたい気分だったから」

「そっか」

ほのかに甘い煙が漂う中で、二人はのんびりと歩き出した。

背丈《せたけ》は頭一つ分、彼の方が高い。森人は背が高いものだが、彼女は痩身で、華奢で、軽い。

両親が只人だからなのだろうか。わからない。密偵は他に取替えっ子の森人を知らない。

大股《おおまた》な密偵は歩調を少し緩めて、赤毛の娘はそっと小走りになって、肩が並んだ。

お互いの事情なんて、ろくに知らない。

カネ目当てに影の世界に足を踏み込んだ、事故って手足をしくじった魔球選手崩れ。

取替っ子故にと奴隷商に狙われて、巻き添え喰った友人の仇討《かたきう》ちを目指す商家の娘。

善いとか悪いとか、高尚とか低俗とか、秩序とか混沌とか、どうでも良いことだった。

「ね」と彼女が囁く。「今度さ、私を魔球に連れてってよ」

「見たことなかったっけ？」

「実は、あんまり」

「そっか」密偵は頷いた。「なら落花生《ピーナッツ》に砂糖漬け《クラッカー》の菓子は俺が買うよ」

「そんなの食べるんだ？」

何がおかしいのか、赤毛の娘はくすくすと笑った。

そろそろ、水の街も目が覚め始める頃だ。

街路には人が溢《あふ》れ出し、商店の看板は開店中に回転し、ざわめきと足音で満ち溢れだす。

圃人の料理人が仕込みを始め、鉱人の鍛冶師が炉に火をくべ、森人の詩人が曲を奏でる。

街路はすぐにごった返し、只人と獣人の子供らが転げそうになりながら駆けていく。

そんな中を連れ立って歩く二人は、さて、どう見られるのだろうか。

他愛《たあい》のない会話を続けながら密偵は考えて、すぐにどうでも良いかと笑った。

殺し屋だからといって、殺し屋らしく歩き回る必要は、どこにもないのだから。

第4章『冬支度を始めるお話』

「ううぅーっ……」

毛布から抜け出すのがひどく辛《つら》い朝だった。

窓からは未《いま》だ朝日も差し込まず、壁を突き抜けてしんしんと寒さが肌身に刺さる。

牛飼娘は正直に言えば、いつまでもぐずぐずと寝台の中にうずくまっていたかった。

数年前まではそうして——今にして思えば大概自堕落な——朝を過ごしていたものだ。

——というより、頑張るぞって元気が足りなかったんだよね。

今はだいぶ元気が出てきたけれど、やっぱり彼がいない朝は、少し辛い。

ぐずぐずしているとあの頃《ころ》に戻ってしまいそうになるから、ここで踏みとどまらないと。

「……うん。…………うん。……よ、っし……！」

一度だけ深呼吸をして、えいっと意を決して毛布から抜け出す。

途端に凍えるような冷気が肌を舐《な》めていって、思わず牛飼娘はぶるりと身を震わせた。

堪《たま》らず毛布を肩に引っ掛けて、長持《ながもち》まで小走りに。早々に着替えてしまおう。

しっかりと肉のついた肢体に下着をつけて、まずは一息。

そして次に、彼女は羊毛で編まれた胴衣を手にとった。

――まだ早いかと思ってたけど、もう良いよね？

誰《だれ》にともなく確認するように、寒さに負けた牛飼娘はえいっとそれを着込むことにした。

腕と頭を突っ込んで、そのまま一気に身体を潜《くぐ》らせて――――……。

「……むむ……？」

少し、きつい。

――気がする？

腕を上げ、腰を捻《ひね》り、床の冷たさに素足を擦りながらくるくると回って、状況確認。

何を置いても今の最優先事項だ。年頃《としごろ》の娘に取っては一大事。

――太った……て、わけじゃ……ない、よね？

うん、ない。ないはず。ないだろう。

思えばこのセーターも、編んだのは結構前だ。

――そりゃあ、育つってもの……かなぁ。

「……少なくとも、そろそろ新しくしないとダメだよね」

はふ、と息を吐いてから、下肢を作業用の脚絆《きゃはん》に突っ込んで肩紐《かたひも》をかけ、靴下と靴を履《は》く。

これで良し。後は――……。

「……えへへ」

どうしてか、ここ最近毎朝繰り返している事なのだけれど、何日経《た》っても頬《ほお》が緩《ゆる》んでしまう。

笑みが溢《あふ》れるとか、こぼれるとか、そんな表現がどうして生まれたのかも良くわかる。

牛飼娘が最後に取り出したのは、薄闇《うすやみ》の中にあってさえ煌《きら》めく、紅玉のような色合いの鱗《うろこ》だ。

えらく苦労してみたけれど穴も開かないので、紐を何重にも巻いて、首飾りに誂《あつら》えてある。

先だって、彼が東方の砂漠に赴《おもむ》いた後、土産《みやげ》と称して持ち帰ってきたものだ。

——竜って、ホントなのかなぁ。

嘘《うそ》ではないだろう。でも、竜なんて。御伽噺《おとぎばなし》にしか聞いたことのない、すごいものだ。

その鱗——だなんて言われても夢みたいだし、それを彼が持ってきてくれたのも、夢みたい。

ましてや、自分がそれを身に着けているなんて事も、とてもではないが信じられない。

やがて朝の最初の光が一筋差して、鱗がちかりと輝くのを見るのが、ここ最近の習慣だった。

幼い頃のささやかな思い出を、はたして彼が覚えているのかはわからないけれど——……。

「ふふっ……」

どうしても抑えきれない笑みをもう一度浮かべて、牛飼娘は竜鱗《りゅうりん》を首から下げた。

そして落としたり失くしたりしないよう、襟元《えりもと》から服の中へと落とし込む。

「よしっ、今日も頑張ろう……っ！」

§

台所一番乗りで損なのはひどく寒いことで、得なのは真っ先にぬくたくなる事だ。

蓋《ふた》を被せて取っておいた昨夜の燃えさしを竈《かまど》に入れて、手早く火を起こす。

ぱちぱちと火花を弾《はじ》かせながら燃える炎が、じんわりと寒さを追い払ってくれる。

じきに朝日の光ももっと強まって、部屋はきっと暖かくなってくれるだろう。

「君も寒いのは嫌だもんねえ？」

食堂に吊《つ》るされた鳥籠の中で、ちちちと金糸雀《カナリア》が相槌《あいづち》を打つようにさえずった。

寒さに弱いからなるだけ暖炉や火に近づけてあげたいが、かといって煙も身体に毒だろう。

苦心した末、中には綿を、外には覆《おお》いを、そして布に包んだ温石《おんじゃく》を傍《そば》に置いてやっている。

鳥の言葉は生憎《あいにく》とわからないが、様子を見る限り元気そうで、本当に何よりだった。

「今日は……どうしよっかな」

そう言ったところで、農家の食事なんてそう代わり映えがするものでもない。

だいたい野菜を煮込んだだけの鍋料理、つまりシチューを毎日毎日食べるものだ。

幸い彼女の家は独立農家《ヨーマン》であるから、そりゃあ寒村の暮らしよりは豊かだけれど。

そうはいったって、できるなら塩漬け肉とかの類《たぐい》は冬に備えて節約しておきたい。

魚の干物は食べる前に木槌《きづち》で叩《たた》いて柔らかくしないといけないから今日は手間だし。

彼がいる時は頑張ったシチューも作るが、いない時はそりゃあ普段の食事を作るべきだ。

「まあ、ちょっぴりベーコンは使おうかな。後はチーズに、うーん……」

豆はある。パンも。後はお芋が少し。そうなれば、牛の骨を煮込んで……。

「うん、スープにしよう！」

そうと決まれば後は手早く始めていこう。

まずは寒さ冷たさを我慢して井戸から水を汲み、台所まで運んで水瓶《みずがめ》に移さなくては。

そして水を注《そそ》いだ鍋を火にかけ、牛の骨と昨夜の野菜くずを放り込んで煮立てていく。

もちろんすぐにできるわけもないから、その間に吊るした麻袋から芋を取り出し、皮剝《かわむ》きだ。

「こっちも茹《ゆ》でてー……そしたら潰《つぶ》して濾《こ》さないとなー」

台所仕事というのは、これでなかなか重労働なのだ。水汲みもそうだし、下拵《したごしら》えもそうだし。

――獣人さんたちが料理店とかでよく働いているのって、そのせいなのかも……？

そんな事を考えながら茹で上がった芋を突き潰していると、食堂に近づく足音に気がつく。

「おはよう、伯父さん」と、振り向かずに牛飼娘は声をあげた。「すぐ作っちゃうからねー」

「おう、おはよう。……やれやれ、すっかり冷え込んじまったなぁ」

椅子《いす》ががたごと引かれる音がして、伯父が席についた事がわかる。

牛飼娘は「そうだね」と、力んだ声を交えて相槌を打った。本当に、今日は寒い。

「あのコブ付きの驢馬《ろば》は、寒くても平気らしいな。こっちとしちゃあ、助かるが」

「駱駝《らくだ》だよ、伯父さん」

「ああ、そうだったな。駱駝、駱駝か。……よくわからん生き物だよ」

厩舎《きゅうしゃ》に繋《つな》がれているあの奇妙な生き物――駱駝もまた、彼による東方からの土産だった。

出掛けのささやかな雑談を覚えていた事は嬉《うれ》しくもあったが――……。

――まったく、もう。

仕方ないな、と。思わず笑ってしまった、そんな大きくて立派なお土産だ。

幸い伯父も自分も読み書きができたから世話も何とかなっているので、問題はないのだが。

――それに近くで見ると、結構可愛《かわい》いよね。

金糸雀に続いて、これで二匹目。……二頭目？　何にせよ、賑《にぎ》やかになるのは良いことだ。

「だが、乳が良いな」

それに伯父はやはり職業柄、あの駱駝を活《い》かそうとあれこれ試行錯誤《さくご》しているらしい。

彼の持ち込んだ物を、伯父が活用しようとするのは、氷菓子に続いてこれで二度目。

やはり、嬉しいものだ。

「どうも量が取れんが、味は悪くない」

「売り物にできそう？」

「やってみんとわからんが、チーズとして固まればな。数が作れんから、珍味の類だろうが」

「そっか。良かった」

本当に、良かった。

牛飼娘はニコニコと機嫌よく、料理を続けていく。

芋が潰れたらこれを裏濾《うらご》しして、その頃にはスープも煮立っている。

――お城とかでは、もうホントに、丸一日かけて煮込むんだっけ？

とはいえ自分たちは王様お姫様ではないのだし、毎日の食事としてはこれで十分だろう。

野菜くずと牛の骨を引き上げる。このベーススープも、この寒さなら数日は保つはずだ。

後は裏漉しした芋と、このスープを少し、牛乳、豆、ベーコンを混ぜて、煮て。

「よっし、できた！」

おまたせー、と声をかけながら伯父の元へ食器を運び、対面に座って、朝食だ。

地母神《ちぼしん》様に毎日の糧《かて》への感謝を祈ってから食事を頂く。

今年の実りも良い具合だったし、地母神様様だ。来年もこうなれば良いのだが――……。

「……あれ？」

と、牛飼娘はふと匙《さじ》を運ぶ手を止めた。「どうした？」と問う伯父に首を横に振る。

伯父も手編みの胴衣を着ていたのだ。だが、やはり少し古めかしくなってきている。

――やっぱり、前に作ったのって、結構前だったよね。

その時、彼の分も一緒に編んだろうか。どうだったろう。

でも、自分のは小さくなっているし。伯父の服も古い。編んでいたとしても――……。

「……うん、それじゃあ、決まりかなぁ」

思わず漏《も》れた独り言。伯父がまた訝《いぶか》しむような目を向けてきたのに、何でもないと首を振る。

——今日の分のお仕事が終わったなら。もちろん、一家みんなの分だけど。でも。

彼のために、セーターを編み始める事にしよう。

§

仕事を片付け、部屋に戻り、毛糸と編み棒を出し、さてこれからだ——……というところで。

はたと自分の失態に気がついて、牛飼娘は思わず頭を抱えそうになった。

——彼のサイズ、まったくわかんないや……！

当然、自分の大きさはよくわかっている。伯父の体格だってまあ、わかる。

けれど彼の——となると、これはもう、さっぱりだ。

——いっつも鎧兜《よろいかぶと》を着ているのがいけないんだ。

「……しまった」

そりゃあ家に帰ってきて脱ぐ時もあるけど、ほとんどずっと着ているし、まったく。

せっかく乗り気になったところで邪魔され、牛飼娘は思わずぶすくれて頬を膨《ふく》らませた。

無論のこと、当人にしてみれば「そうか」の一言だろうが、それがまた腹立たしい。

これればっかりは責任転嫁とか、八つ当たりとかとは、決して言えないだろう。

「ううん……。服とか、見てみよっかな……」

そっと自分の部屋を出て、しずしずと――特に意味もなく――足音をひそめ、彼の部屋へ。

留守中にお邪魔して掃除をしたりとかはよくやるが、今日のそれは何だか少し気分が違う。

普段の家事とは違って、こっそり作るもののために、こっそり確かめに行くのだ。

――いや、別にこっそり編み物をする意味は、ない……んだけども。

ないのだけれど、まあ、それはそれ、という事で。うん。

「お邪魔、しまぁす……」

そっと小さく声をかけてから扉を開ける。もちろん、返事なんてあるわけもない。

彼は急な冒険とかで、ここ何日か家を留守にしているのだ。それは良くわかっている。

だからこれは礼儀とかそういうのではなく、彼女の内心の問題なのであった。

「……んー、相変わらず、あんまり物がないよね。君の部屋は」

そして苦笑いとともに、一言。

せいぜいが物入れとして置かれてる長持と、予備の鎧兜とか剣とか盾とかだ。

ここはあくまでも寝室であって、彼の部屋という意味では、あの物置の方が近いのだろう。

――放っておくとあんな洞窟《どうくつ》みたいなところに、ずっと引っ込んでるんだもんなぁ。

内緒の隠れ家。小さい頃は村の近くをあちこち走り回って、そんなものを作ったっけか。

懐かしさは胸を締め付けるようでもあり、温《あたた》めるようでもあり、微笑として顔に滲《にじ》むものだ。

きっと今の自分が知るように、両親だってそんな隠れ家の事には気づいていたのだろう。

それか気づいていなくて――――今も昔も、詳しく知っているのは自分だけ、なのだろうか。

「……ふふっ」

それが嬉しいのか切ないのか、わからないままに、牛飼娘はぽふりと寝台に腰を下ろした。

彼の匂《にお》いなんて、残っているわけもない。いない時だってきちんとシーツは交換している。

ただ何となく寝台に座って天井《てんじょう》を見て、今どこで何をしているんだろうと考えて――……。

「っと、いけない、いけない。そうじゃないや」

ぱしりと頬を叩いて、えいやっと勢いよく立ち上がって気持ちを切り替える。

やると決めた時にやらないと、いつまでもやれないのだ。自分はものぐさなのだから。

――ええと……。

重たい長櫃《ながびつ》の蓋を持ち上げて、中に仕舞ってある彼の衣服を引っ張り出す。

――鎧下《ギャンベソン》、て言うんだっけ?

確か、そんな名前だったはずだ。

綿入りで分厚く、もこもことして、要所要所がきちっと補強してある。

ふわりと香るのは――うん、彼の匂い、なのだろう。

「ちょっと、臭いけどね」

少し苦笑い。なんてったって、泥と、汗と、血の匂いなのだ。

まったく、乙女《おとめ》がときめくような香りではないったら。

命に直結するものだから、勝手に手入れもできない。正しいやり方もわからないのに。

——帰ってきたら、教えてもらおうっと。

密《ひそ》かにそう決めながら、鎧下を寝台の上に広げて、あれこれと採寸を試みてみる。

「ううん……」

けど、これは——どうなのだろう？

繰り返しだけれど、鎧下は綿が入って膨れていて、あちこちに補強も施《ほどこ》してある。

加えてこの上に鎧を着込むからか、やたらともこもこしている部分もあるのだ。

とてもではないけれど、これを元に編み上げて、ちょうど良い大きさにできる気がしない。

編物師の組合《ギルド》に所属している職人さんなら別だろうけれども——……。

「どうしたもんかなぁ……」

顎《あご》に手を当てて、もう一度「ううん」と唸《うな》る。

こういう時に相談できそうな相手といえば友達で、ぱっと浮かぶのは受付さんだけれど。

——流石《さすが》に、これを相談するのは、ちょっと気が引けるよね……。

となれば、どうするか。

§

「セーターかぁ。そういえばあたし、着たことないなぁ」

いつも通りギルド裏手で話そうとしたら、ひゅるりと北風が吹いたので、食堂の中へ。

休憩中の獣人女給は、はしたなく椅子に座ってぎっこんばったん揺らしながらそう言った。

「あたしは毛があるからねー。自前の！」

「もふもふだもんねぇ」

牛飼娘は年の近しい友人に「触らせて？」と言って、その柔らかな手に触れさせてもらう。

毛に包《つつ》まれた大きな肉球。やわやわと握ると、獣人女給は鼻にかかったような息を漏らす。

「くふん……。ふふ、すっかり冬毛さ！」

「良いなぁ。ちょっぴり羨《うらや》ましいや」

「でしょー？」と、獣人女給は耳を動かした。「ま、季節の変わり目は抜け毛が大変だけどね」

手の毛皮をかき分けて見てみれば、下毛と上毛の二重になっているのが良くわかる。

だから柔らかく暖かいのだろうが、抜け毛と聞くと、それもそれで大変そうに思えてくる。

「それぞれ色々あるよね、やっぱり」

「そりゃあね。あたしだって、只人《ヒューム》みたいにこー、色々着てみたいなぁとか思うもんさ」

獣人女給は頬杖《ほおづえ》を突いて、その豊満な上体を卓上に預けるように傾《かたむ》けた。

大きな耳も、大きな手も、そして尻尾《しっぽ》も——体のそこここにある毛皮も、服を選ぶ代物だ。

帽子や手袋の邪魔だし、際《きわ》どいスカートは履くのが悩ましい。服の色と毛の色の組み合わせ。

「隣の家の芝生《しばふ》ってことなのかなぁ？」

牛飼娘はそう言って、はふ、と息を吐いた。誰も彼も、自分の望む通りとはいかないものだ。

「で、ええと、サイズの話なんだけどもね」

「あ、うん」獣人女給は頷《うなず》いた。「小鬼殺しのダンナの服か。あたしも知らないよそんなの」

ていうかそっちの方が詳しいんじゃないの？　胡乱《うろん》げな目。牛飼娘は「あはは」と笑った。

「でもほら、鎧とか兜とか作ってる人なら知ってそうでしょ？」

「あー、工房の親方か」

獣人女給はなるほどなるほどと、腕組みをして何度も頷いた。

彼女が工房の丁稚《でっち》を務めている少年と仲が良い事は、牛飼娘も知っている。

「あいつに聞けばわかんなくもないと思うけども」

「お願いできないかな？」

「んー……今忙しいみたいだからなぁ……」

そうなの？　小首を傾《かし》げると、獣人女給は「うん」とつまらなさそうに頷いた。

何でも東の国の方で乱があったとか、こっちもこっちであちこちで飛竜だ魔神だとか。

おかげで冒険者も武具を新調するので、製造に追われているらしい。

「商売繁盛なのは良いことじゃない」

「そうなんだけどねえ。近頃《ちかごろ》すーっかりお見限りでさぁ……」

不貞腐れたようにそう言って、獣人女給は胸を潰すように卓の上へ突っ伏した。

まったく他人事《ひとごと》のような会話だけれど――でも、だって、仕方がないではないか。

戦争なんてのはいつだって薄皮一枚隔てた、向こう側のように思えてしまう。

牛飼娘自身、決して無関係ではない。過去もそうだし、今もそうだ。

彼が赴く冒険というのは、小鬼退治で、それは大なり小なり、秩序と混沌の天秤《てんびん》上にある。

「だから、交換条件！」

むくりと起きた獣人女給が、そんなふざけた言い方をしてくれたのが、ありがたかった。

「ほほう」と牛飼娘は滑稽《こっけい》なほど畏《かしこ》まった言い方をした。「何がお望みかな？」

「あたし様にもセーターの編み方を教えてよ！　せっかくだし！」

「それはなかなか難しいですなぁ」

そう言っていて、牛飼娘は自分でも思わず笑ってしまった。別に勿体《もったい》ぶる必要もあるまい。

「ふふ、良いけどね。編んだこともないんだ？」

「お手々がちんちんするから手袋を買いに行ったりはしたけどね。ちっちゃい頃さ」

お母さんが銅貨を二枚持たせてくれて。獣人女給はそんな風に言って笑う。

牛飼娘はふと、母親の事を思い出そうとした。顔はもう、滲んでぼやけてしまっていた。

「でも、サイズとかわからないと作れないと思うよ？　実際、あたしが今そうだし」

「あー、へーきへーき。そんなのもー、隅々までバッチリわかってるから！」

「え」

牛飼娘は思わず目を瞬かせた。少し顔が赤くなる。

──いや、でも、まさかな。

「……自分の？」

「うん」

きっぱりと、当然のように──むしろ誇らしげに、獣人女給は言い切った。

「ま、失敗したら押し付けてやるけどね！」

──そこは贈り物とかじゃないんだ。

そう考えると少し件《くだん》の少年に悪い気もしたが、攻め込まない向こうが悪い、という事で。

牛飼娘は、その豊かな胸を──そこに収めてある赤い鱗を押さえて、くすりと笑った。

女の子だっていつまでも待っているばかりじゃあないのだ。

§

物資はあり、作戦も整った。となれば実行あるのみだ。

「ね、ね、どうやんの⁉　やっぱ襟《えり》のとこから編むのかな⁉」

「えっと、色々あるんだけどね……」

獣人女給が――彼女いわく「あいつチョロいから」――情報を手に入れて、再び食堂の片隅。娘ら二人は並んで座り、熱心に相談を交わし合う。失敗しても構わない、とはいかないのだ。手回し良く編み棒と色とりどりの毛糸まで仕入れてきたのには、思わず笑ってしまったが。

「前、後ろ、袖《そで》を編んでから、くっつけるのが一番簡単……かな？」

「ほうほう」

「初めてなら、おっきいし前から編んでくのが良いよ」

「段取りで時間かかるところからってわけね」

ふんふんと身を乗り出して聞いていた獣人女給が、不意にちかりとその目を輝かせた。

「つまり、料理と一緒だ！」

「あはは。そだね。……うん、レシピ通りにやれば大丈夫、って辺りも含めてね」

「初めてやるのに変なあたし様流アレンジなんてしないってば」

ないないとその肉球《パッドフット》を振って、獣人女給はけらけらと笑った。

「順繰りにやってけば良いんだよね。よっし、やるぞー！」

「うん、どの道一日二日でできるものじゃないから、焦《あせ》らずやってこうね」

「その辺りも料理の仕込みとかと同じだなぁ……」

などと言いつつ、二人の娘らはちまちまと両手を動かし、毛糸を編み始めた。

別に、珍しいことでもない。

秋や冬の午後は長いのだ。

農家の娘らは、その長い長い手隙《てすき》の時間を、炉端で作業をして潰すのが世の常だ。

織物、刺繍《ししゅう》、レース編み、エトセトラ――……。

そして当然、手を動かしながら女性同士の姦《かしま》しい会話が花開くものだ。

「ふうん、ダンナはまたどっか行ってるんだ？」

「うん」と牛飼娘は編み棒に毛糸をひっかけながら頷いた。「冒険者だし、仕方ないんだけど」

「また小鬼退治？」

「じゃないみたい。あんまり、詳しくは聞けてないんだけどさ」

「ふぅん……」

獣人女給の方は、どうやら手よりも口の方が良く動くらしかった。

毛糸相手に悪戦苦闘しながら、それでも投げ出さない辺りは本気なのだろう。

むむむとその可愛らしい顔をしかつめらしくして、大きな手で棒をぐいぐい動かしている。

何も知らぬ者が見たら、きっと毛糸でじゃれている、と思ってしまうかもしれない。

――手や口を出しても、良いんだろうけれど。

それはきっと、あんまりやってはいけない事でもある気がする。

自分が努力しているのに横合いからひょいっと取られてしまっては、つまらないではないか。

言葉でも同じことだ。あれやこれや口出しされるのだって、面白《おもしろ》い事ではない。

助けを求められたら、聞かれたら――あるいは破綻して、どうしようもなくなったら。

――うん、それで良いよね。

「さっきも言ったけど、あんまり焦らなくても大丈夫だよ」

だから口を出すのはたった一言。やり方ではなくて、心構えについてだけ。

「もし失敗しても、解《ほど》いてやり直せるからね。心配は、いらないいんだ」

「お、おお……。一発勝負じゃあないいんだ……」

それを聞いた獣人女給は、まるでこの世の終わりを回避した時のように表情を崩した。

「よかったぁ。ダメになったらもうお終《しま》いかと思ってたよ、あたし！」

「取り返しがつくのが良いとこだと思うよ。これは」

本当に、そう思う。なんでもかんでも、全《すべ》てそうであったら良いのに。

世の中にはやり直しができない事、取り返しのつかない事が、あまりにも多すぎる――……。

「あら、何をなさっているんですか？」

「わー、編み物だ！　そっかあ、もうそんな季節なんだねえ」

なんて、物思いに耽《ふけ》っていたところに、ぽんと弾《はず》むような声が二つ。

見上げればそこには、瀟洒《しょうしゃ》な制服に身を包んだ受付嬢と監督官の姿があった。

いつ見ても牛飼娘は「良いな」と思うのだ。すらっとした体の線は、本当に羨ましい。

その目線を「どうしてここに？」と受け取ったのだろう、受付嬢は柔らかく微笑《ほほえ》んだ。

「ふふふ、遅めのお昼です。もうこの時間だとお茶の時間ですけれどね」

「あ、じゃあ料理長になんか頼んで来よっか？」

ちょっと気分転換もしたかったしと、都合の良い口実を見つけた獣人女給が顔を上げた。

ぴんと耳と尻尾を立てた彼女は、勢いよく立ち上がり、そうっと編み物を卓の上へ。

そしてまた勢いよく駆けていく、その落差に思わず牛飼娘も笑ってしまった。

――とはいえ。

彼への編み物をしながら、それについての話題を振るのも気が引ける。

牛飼娘は一瞬空中に話題を探した後、当たり障りのない辺りを摑《つか》み取る事にした。

「最近って、どんな感じです？　なんだか、色々物騒だって話も聞きますけれど……」

「うーん、忙しいといえば忙しいですけれど」

受付嬢は顎に細い指をあてがって考え込みながら、そんな風に言った。

しゃなりと美しい腰を曲げて、自然な動作で円卓の席につく。監督官もまた同じ。

ギルドの職員は誰も彼もそうなのだが、動きがいちいち洗練されていて、目を引かれる。

あの上《かみ》の森人《もりびと》が放つ生来《せいらい》の典雅さとはまた違う、只人のための所作に違いなかった。

「でも、いつも通りではありますね」

「東の方の戦争が落ち着きそうだからねー。混沌の勢力跳梁跋扈《ちょうりょうばっこ》はいつもの事だし」

監督官もまた、うんうんと頷いて言葉を続ける。

秩序と混沌の天秤は常に揺れ動いている。完全に片方に傾き続ける事は、ない。

いつだって大なり小なり騒動は起きていて、それが四方《しほう》世界の常であった。

いや、むしろ当然なのだろう。

地上全てで一切《いっさい》何の問題も起こらない――なんて、そんなものは到底想像できない。

ただ自らの周囲で、いつもと同じ日常が続けば、それが平和なのだろうと牛飼娘は思う。

だからこそ、彼女は「じゃあ、大丈夫なんです?」と問うたのだ。

「うん、こっちには飛び火してこないと思うよ」

こくこくと監督官が頷いた。その胸元《むなもと》で、ちりんと音を立てて天秤の聖印が揺れる。

「宰相《さいしょう》の専横《せんおう》を止めようとお姫様が立ち上がった、とか何とか。内乱だものね」

「なんでも、お姫様の傍には若い騎士様がついておられるとか」

受付嬢が、はぁ、と溜息《ためいき》を漏らしながら付け加える。姫を助ける騎士。それでは御伽噺だ。

遠く、はるか彼方《かなた》の異国で繰り広げられる、英雄譚。

牛飼娘は何となく思いを馳《は》せて、「いいなぁ」とぽつりと呟《つぶや》いた。

「憧《あこが》れちゃいます?」

それに受付嬢が、意地悪く目を細めて視線を向けてくる。

牛飼娘は自分の頰が熱を持つのがわかった。目をあちらこちらに逃して、俯《うつむ》いて。

「……はい。ちょっぴり」

結局、素直に認める事にした。口にして見ると、思ったよりも言葉は軽く、楽だった。

「憧れちゃいますよねえ……」

頬杖を突いて、受付嬢がもう一度息を漏らす。

――貴族のお姫様でも、やっぱりお姫様と騎士様には憧れるのかな？

牛飼娘には貴族の令嬢がどんな風に過ごしているのかなんて、まるで想像もできないのだが。

「私はそういうのはいっかなぁ」

一方、恐らくはやはり良家の子女であろう監督官はさらっと手を振って言い放つ。

「騎士様でも旦那様でも、他人が四六時中傍にいるのはやだなっていうか、そんな感じ」

「うーん、冷めてますねえ」

「現実的と言って欲しいんだよ」

――そんなものかなぁ……。

と、牛飼娘は思う。一人で自由に好きな事だけをする時間、というのも、よくわからない。

こうして見ると、自分はなんだかんだ、人との出会いに恵まれているものだ。

幼い頃は両親が、そして伯父が、彼が、友人たちがいてくれるのだから。

「はぁい、おっまたせー!!」

と、その数少ない友人の一人が、朗《ほが》らかな声と共にぱたたたと駆けて戻ってくる。

その手に載せられたトレイは危《あや》ういほどに振り回されるのだが、不思議と零《こぼ》れたりはしない。

円卓の上に置かれ、「はい！」と皆に配られた茶器に注がれているものは——……。

「お茶……とは違いますよね」

ひどくどろりとした、茶色い液体で、受付嬢が訝しむのも無理はない代物だった。

牛飼娘が慎重に鼻を近づけてひくひくと匂いを嗅《か》いでみると、ふんわりと甘い匂いが漂う。

「でも、良い香りだね。なんだろう、これ——……」

「あ、もしかして」

二人が頭に疑問符を浮かべている横で、ぽんと監督官が手を打った。

「神の実って奴《やつ》でしょ！」

「あったりー！」

ぽふぽふと、その肉球を打ち鳴らして獣人女給は拍手喝采《かっさい》を贈る。

とはいえ牛飼娘には未だに合点がいかない。

「神の実？」と小首を傾げて、もう一言。「神様の果物かなにかなの？」

「あたしも良く知らないんだけどねー。甘豆餅《カカオ》とか何とか……」

こう、と獣人女給がその手を振り回し、空中でろくろを回すように動かした。

「料理長のおっちゃんが、なんか南の方から仕入れた豆だって。こう煎《せん》じて、砂糖を入れて？」

「豆というか種らしいけどねー。都の流行《はや》りらしいけど、私も初めて見るんだよ」

ほうほう。実に興味津々といった様子で、監督官はカップの中を覗《のぞ》き込んでいる。

――うーん、でも、まあ、たしかに。

どろっとした感じは麦粥に似ていなくもないし、甘い香りも悪くはない。

神様というのが何を食べるのかはわからないけれども、食べられないという事はなさそうだ。

「南方というと、蜥蜴人《リザードマン》の方々が多くいる辺りですね」

受付嬢もしげしげとその暗い茶色の飲み物――カップに入っているから恐らく――を眺める。

「不思議な食べ物、いっぱいあるよねえ……南の方って」

赤茄子《トマト》やら、玉蜀黍《モロコシ》やら、牛飼娘が今朝《けさ》食べた豹芋《ジャガイモ》もそうだ。

芋が育てられるのだし、他の野菜もこちらで扱えるかもしれない――あの駱駝のように。

「まあでも、せっかくだし」うんと頷いて、牛飼娘はカップを取った。「飲んでみないとね」

「でしょでしょ。あたしも楽しみでさ！」

では、と。互いに目配せをしあってから、一斉にカップへと口をつけてみる。

まずは一口。

「――わ」

苦い。でも、たしかに甘い。まったく正反対の味覚な気もするのだが、口の中でふんわり混ざる。

牛飼娘は目を瞬かせて、もう一口、と続けて楽しむ。癖《くせ》になる味とは、こういうものか。

「んー……」

ちろ、と唇の端についたものを舌で舐めて、受付嬢が紅茶の香りを楽しむように目を瞑《つむ》った。

「これは蕃椒《トウガラシ》を入れても良さそうですね。ピリッとさせても美味《おい》しいでしょうから」

「実際そーやって飲む方がフツーらしいよ？」

監督官もまた「んー」とその苦甘さを、とろりとした表情で楽しみながら頷く。

「お砂糖入れるのはこっちでの思いつきって話だもん。色々と工夫できそうだよねー」

「後は牛乳を入れてみるとか。紅茶もお砂糖と牛乳、両方入れますから」

会話に口を出さないのは、二人。

無心になってこの甘味を楽しむ牛飼娘と――顔を赤くして俯いている獣人女給。

と、そんな二人をちらっと見た監督官が、にんまりと猫のように笑った。

「そういえばさー」

「これって惚《ほ》れ薬にもなるらしいよ？」

「う……⁉」

思わずぴたりと牛飼娘の手が止まった。口に含んだ物を吹かずに済んだのは僥倖《ぎょうこう》だ。

けたけたと心底愉快という風に笑っている辺り、監督官はまったく、意地が悪い。

「ははは、冗談だよ、冗談」

「う、ううーうー……！」

けれども獣人女給にとっては、どうやらそうではなかったらしい。

まさしく獣が唸るような声をあげた彼女は、不意に勢いよくがたりと席を立ち上がった。

「な、なんか胸がバクバクしてきた！　クラクラする……！」

「ええ……ッ？」

思わず見上げた牛飼娘。

大丈夫？　と声をかけてみるけれど、獣人女給の耳にはどうやら届いていないらしい。

顔を真っ赤にした彼女は、ぐるんぐるんと焦点の合わぬ目のまま、カップをしっかと掴む。

「けどもったいないし、ちょっと押し付けてくるね！」

――行っちゃった。

そのままバタバタと走っていった彼女の行き先は――まあ、考えるだけ野暮《やぼ》だろう。

残された三人は顔を見合わせ、そしてくすくすと笑いあった。

「獣人《パッドフット》の方々って香草とか苦手ですし、口に合わなかったんでしょうか？」

「結構、私たちと味覚って違うみたいなんだよねー」

受付嬢の言葉に監督官が「こないだも猫人の子がねー」と苦笑しながらカップを一口。

「麦酒一口で酔っ払って、水瓶に首突っ込んでありがたいありがたいって歌いだしちゃって」

「あー……。新しい料理とか食べ物を作ろう、ってなると、その辺り気をつけないとだなぁ」

伯父さんにも後で伝えようと心に固く決めて、牛飼娘もまた茶色の飲み物を楽しむ。

甘くて、苦い。先の惚《ほ》れ薬云々を信じるつもりは、さらさらないけれども。

帰ってきたら、彼にも飲んでみてもらおうか――……なんて。

「あ――……」

道理で、寒いはずだ。

窓の外には、白いものがちらつきはじめている。

どうやら辺境の街にも、すっかり冬が訪れたようであった。

間章　「王様たちの会議のお話」

「なるほど、状況はわかった」

若い国王は、そう言って大儀そうに玉座の肘掛《ひじか》けに腕を預けて、深々と息を吐いた。

執務室は別にあるし、そちらの椅子《いす》も上等なものなのだが、玉座は豪華で柔らかいばかりだ。

引きこもって仕事をした方が能率は良いと訴えても、どうしてだか許して貰《もら》える気配がない。

——まったく、私が仕事を放り出すとでも思っているのか？

ちらりと目線を向けると、傍《かたわ》らに立つ赤毛の枢機卿《すうきけい》が「陛下」と鋭く呼びかけてくる。

わかっていると返して、国王は手元の書類に目を落とした。

王侯貴族にも読み書きできぬ者は多い——識者を雇えば良いだけだ——が、やはり便利だ。

知識神の布教にはもう少し財源を割きたいのだが……まあまずは目の前の事に注力しよう。

「東方の内乱に目処《めど》がついたかと思えば、邪悪な軍勢の拠点が国内に、か」

「いつもの事といえば、いつもの事ではありますね」

「おかげで常に財貨と資源も足らぬときた」

それはまったくもって、当然の事であった。全《すべ》てが満たされた国家などありはしない。

税を取れば反発が起こる。税を下げれば国庫が乾く。国庫が乾けば対策が打てず、また文句。国家事業において不要な分野などありはせず、しかし手元に配られた札には限りがある。一手、また一手、じりじりと手札を切って行くより他ないのだ。

――やはり、六人の一党《パーティ》を率いるほうが余程に楽だ。

そんな国王の気持ちを察したのか、赤毛の枢機卿はくすりとその頬《ほお》を緩《ゆる》めて笑った。

「有史以来、欠点なき国家など、空想の中以外に存在したためしがありませんから」

「だからとて、それを俺《おれ》が目指さぬ理由はあるまい？」

何を今更。国王はそう言って、獅子がそうするように肩を竦《すく》めた。枢機卿がゆるりと頷《うなず》く。

「少なくとも農民が野良《のら》仕事の合間に妄想するよりは、地に足のついた理想の国家を」

「そういう事だ」

国王は、もはや何度目になるかもわからぬ溜息《ためいき》を吐《つ》きかけ、それをぐっと堪《こら》えた。

枢機卿が「陛下が愚痴ってばかりだからですよ」と言わんばかりの目を向けていたからだ。

なので誤魔化《ごまか》すために一度軽く咳払《せきばら》いをし、ぱらりと羊皮紙を一枚わざとらしく捲《めく》る。

「戦線は保っているようだな。兵が良く粘っている。兵站《へいたん》は滞りのないように努めよ」

国庫に余裕があるわけではない。だが、必要な費《つい》えを惜しむのは愚か者の行いであろう。

「兵を後ろから撃つような真似《まね》ばかりはしたくないものだ」

「ええ」と枢機卿は書類を見もせずに頷く。「独特な怪物《ユニークモンスター》も現れたようですが」

「冒険者らの活躍によって撃退された、か」

その文面にようやく喜びを見出した国王は、今日初めて満足げに表情を和《やわ》らげた。

「陛下」

「まだ何も言っておらんぞ。…………ああ、糞」

そして枢機卿の諫言《かんげん》とはまったく別の理由で、その顔もすぐに強張《こわば》ってしまう。

部屋の隅に控えていた銀髪の侍女が、無表情の癖《くせ》をして自慢気に親指を立てて見せてくる。

「……内通者もいたか。道理で、連中の動きが良いわけだ」

水の街で起きた騒動の報告書を、国王はざっと目を通して頷いた。

「彼奴《きゃつ》ばら、都へ攻め寄せようと考えておったようだぞ」

「なんのかんのと言っても、国の要《かなめ》です」

枢機卿は、のんびりと相槌《あいづち》を打つ。

「都の地図に城の縄張り図。手に入れれば、安易な考えにも走りましょう」

「ふふん。私を軽んじている手合も、いざとなると私が邪魔になるか」

「軽いからこそ、簡単に取っ払えると思ってるんじゃないかな?」

銀髪の侍女が、敬意のかけらも籠《こ》もっていない口調でぼそりと呟《つぶや》く。

「とりあえず落としておけば、後の正当性を主張するにも楽ですからね」

それに続く枢機卿の言葉もなかなかに不敬で、若き国王はつまらなそうに鼻を鳴らした。

手紙を枢機卿へ手渡すと、彼もまた一度目を通した後、早々にそれを暖炉へとくべてしまう。

銀髪の侍女は「良い羊皮紙なのにもったいない」と、口調ほどでない口ぶりで揶揄《やゆ》してくる。

だがこの娘の皮肉とも、もう長い付き合いだ。枢機卿はしれっとした様子で首を横に振る。

「この報告書は自動的に消滅する、とはいきませんからね」

「例によって私や私の雇った連中が捕えられ、あるいは殺されても、一切《いっさい》関知しない癖に」

「御下命如何《ごかめいいいか》にしても果たすべし、死して屍《しかばね》拾う者なしと決めたのは自分だろうに」

国王からの追撃を受けて、「まあそうなんだけどねー」と彼女はケロッとした様子で言う。

存在否定可能人材《ディナイアブル・アセット》は、それを是とした生き様《スタイル》だ。文句を言うようでは務まらない。

自分の命は投げ捨てるものと認めている侍女は、こてんと童女のように首を傾《かし》げた。

「それで、どうするんだい？」

「手札がバレている状況でやるゲームほど、無意味なものはありますまい」

赤毛の枢機卿は、既にこちらの考えを読み取ったようだった。国王は「ああ」と頷いた。

「彼奴らのイカサマに付き合ってやる義理はあるまい。辺境の女傑から届いたものは見たか？」

「ええ、あの巻物ですね」

「こうも都合よく手に入るとは思わなかったね」

二人からは打てば響くような返事。国王は我が意を得たりと目を細めた。

「《転移》か。ふん……地図を手に入れようとするのが自分たちばかりと思うなよ、混沌め」

「そんなのを扱える人がいたとはね」

感心したような口調ながら、まったく表情を変えずに銀髪の侍女は呟いた。

「びっくりだよ」

「世に知られぬ賢者、大魔道士、魔術師、隠者というのは数多いものですからね」

「山札に何が眠っているかはわからぬものだ。わかったつもりになっている者は多いがな」

腕を組み、そこにはいない混沌を率いる手合を睨《にら》むように見た王は、獰猛《どうもう》な笑みを浮かべる。

「となれば、後はその札を切るだけだ。もっとも優れた札、もっとも強い札で、一気呵成《いっきかせい》に」

「ふむん」

侍女らしからぬ仕草でその薄い胸の前で腕を組み、銀髪の娘は古参兵さながらに口を開いた。

「だったら、陽動も必要だね」

「で、あろうな」

「大軍？　少数？」

「少数。人員は任せる」王は即座に答え、間断なく続けた。「なるべく、名うての連中をな」

「りょーかい」

こくりと頷いた侍女は、そのましずしずと玉座の間を退室していく。

いや、それは彼女の動きに多少なりとも目が慣れているから、そう認識できるだけだ。

そうでないものには、すうっとそのまま影が消え失せるように思えたに違いない。

「軍の方も動かしてくれたまえ。大戦《おおいくさ》だ。敵の勢力を本拠地から多く引きずり出さねばな」

「御意《ぎょい》に」

続けて下知《げち》を出すと、枢機卿が恭《うやうや》しく頭《こうべ》を垂れた。

これで良かろう。囮《おとり》とは大軍を用いるべきであり、急所を攻めるのは少数精鋭。

無論のこと敵もそれを予測しているだろうから、少数精鋭も分散して攻め込ませる。

鬼札《おにふだ》はここぞというべき時に切るべきだが、鬼札をそれと悟らせぬのが戦略の妙だろう。

戦力の逐次投入は愚策だが、それはあくまで結果的にそうなってしまったという場合の話。

相手の戦力を把握した上で次々と繰り出すのであれば、むしろ良手と言って良い。

輝ける鎖帷子《チェインメイル》の勇者により戦争《ウォーゲーム》が変わって以来、不変の理《ことわり》。

悪い駒《メック》のあとに良い駒《メック》を投入することは禁忌《タブー》であるとは、まさに至言だ。

――良きに計らえ、とでも言うべきだったかな。

ふとそう考えると、実に愉快であった。家臣に丸投げとは、まるで愚王のような振る舞いだ。

「して、本命はいかが致しましょうか」

「そうだな……」

――優秀な冒険者である事が望ましい。銀以上は確定だ。

目的は敵の拠点への潜入、首魁《しゅかい》の撃破。よって迷宮踏破の能力がなければ話にならぬ。

そして剣技だけで切り抜けられる状況ではない以上、魔術の心得は必須となってくる。

加えて悟られてはならない以上、隊伍《たいご》を組むにしても人数は六名以下が鉄則。

機動性はもちろん、敵の隠し玉を想定すれば多種多様な怪物との戦闘経験も必要だ。

技術と人員ばかりではない。様々な装備、道具も兼ね備えていなければ話になるまい。

つまり頭目《リーダー》は、そういった愚連隊めいた冒険者の一党《パーティ》を束《たば》ねるだけの実力者が求められる。

そして何よりも今すぐ、この場で即座に動ける者。

「よし……！」

「陛下」

国王がやおら玉座から立ち上がると、赤毛の枢機卿が何もかも諦《あきら》めた様子で声をかけてくる。

無論、若き国王は聞く耳を端っから放り捨てている。

国王の良い所は、何にも増して、諫言を聞き入れるかどうかは自分で決めて良い辺りだ。

国家安寧に頭を捻《ひね》って知恵を絞って、尚《なお》も玉座を尻《しり》で温める世間知らずの愚王と呼ばば呼べ。

冒険者あがりのならず者というのならば、その一撃を受けてみれば良かろうものだ。

どうせああいった手合は、己《おのれ》が国家を動かせと言われたら尻込《しりご》みして逃げ出すだけであろう。

連中は単に自分が知恵者である、優位であるという浅ましい自尊心を満たしたいだけなのだ。

なあに、構うものか。国王の手打ちは名誉でも、貧乏騎士の三男坊に討《う》たれれば不名誉よ。

「近衛《このえ》騎士の団長を呼べ。それから宮廷魔術師もな。どうせ皆、退屈しておるだろう」

「陛下」

「なに、心配はいらん」

国王はきっぱりと言って、枢機卿を安心させるように微笑《ほほえ》んだ。

「お前も支度《したく》をしろ。炎の杖《つえ》に、氷の鎖帷子《くさりかたびら》だ。他の連中も呼ぼうか。久々の大一番だぞ」

「……」

今日初めて、赤毛の枢機卿が溜息を吐いた。

水の街からの報告書が、王の腹に溜《た》まりに溜まった鬱憤《うっぷん》に対する決定打となったらしかった。

さて、どうしたものか――……。

「あのう――……」

その時、やはり玉座の間の隅より、遠慮がちな声が上がった。

凛《りん》とした佇《たたず》まい。ぴたりと体の線にあった衣服を纏《まと》い、軽銀の剣を帯びた――女商人だ。

「む」と国王が声を漏《も》らしたのは、無論のこと水を差された不満があったからではない。

今の今までひたすら黙して、一言も口を利《き》かなかった彼女がここに来て初めての発言だ。

これを聞かぬ道理はないと、国王は真空の刃を秘めた宝剣を腰に下げる手を止めた。

「なんだろうか。何か言いたい時は、遠慮なく言ってくれて構わんぞ」

「よろしいのでしょうか？」

「貴女の発言が考慮に値しなかった例を、私は知らん」

「……とても愚かしい考えを実行した事もありますから」

ほんの僅《わず》かに、女商人は苦笑したらしかった。唇の端に、微《かす》かに浮かべるだけだったが。

しかし彼女はその一瞬だけ目を伏せると、すぐに顔を上げ、真《ま》っ直《す》ぐに王へその目を向けた。

「では、遠慮なく。陛下に申し上げなければならないご報告があります」

「なんであろうか」

女商人は言った。

「陛下がそう仰《おっしゃ》るかと思ったので、既にお呼びしております」

「王様ーっ！　きったよぉーっ！」

ばぁんと勢いよく扉が開いて、春風のように爽《さわ》やかな声が颯爽《さっそう》と飛び込んできた。

その後には二人分の足音が、大はしゃぎする妹を追いかけるように続いた。

そんな彼女らに「こら」と叱《しか》られた黒髪の少女が、国王の前できりりと顔を引き締める。

――鬼札はここぞというべき時に切るべきで、鬼札をそれと悟らせぬのが――……。

国王は僅かに唸《うな》り、言葉を探し求め、そしてようやっと見つけた一言を口の端に上らせた。

「……見事な軍略だ」

「恐縮です」

女商人は誇らしさを滲《にじ》ませてはにかみ、国王は玉座に腰を下ろして、深々と息を吐いた。

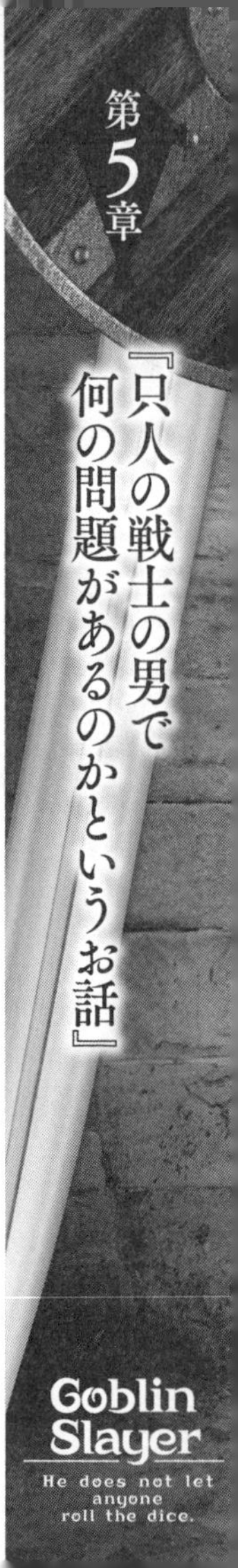

第5章

『只人の戦士の男で何の問題があるのかというお話』

「うぇー……。やっぱベタベタするぅ……」

「さっきからグチャグチャうるっせぇな。だったら靴履《は》けば良いだろ!?」

「圃人《レーア》としてそれだけはできないよ！　死んだお祖父様に知られたら尻《しり》叩きじゃすまないもん」

ぺったぺった、かつこつ。対照的な素足と靴の音が下水道に木霊《こだま》する。

この薄闇《うすやみ》の中、生きる者の気配はといえば、それっきりしか存在しないように思えた。

魔術の光を杖先《つえさき》に灯《とも》した赤毛の少年は、ぴりぴりと自分の神経が尖《とが》っていくのを自覚する。

——滅んだ街ってのは、こうなっちまうもんなのかな……。

すえた臭い。汚物が漂い、濁ったままだらだらと流れる水。鼠《ねずみ》も、虫も、もういない。

この街が滅んでから、どれくらい経《た》ったのか少年は知らなかった。

だが、一月も経っていまい。それだけで、地下水路までこうも——滅んだ、となるのか。

少年魔術師はぶるりと身震いをし、それがすぐ傍《そば》を行く少女に気づかれない事を祈った。

今自分が踏みつけたものが死体かどうか、確かめる勇気だって彼にはないのだ。

「うわぁっ!?　今なんかぐにゃってしたの踏んだ！　ぐにゃあって柔らかいの……！」

「うるっせえ、静かにしろよ……！」

だっていうのに、すぐ傍を行く圃人の少女――剣を背負った戦士は、わーわーきゃーきゃー。

緊張感がないというか、肝《きも》が小さくて神経が太いというべきか。

こんな廃都には似つかわしくない明るさに、救われた部分がないと言えば――……。

それを認めるにはあまりにも癪《しゃく》だったし、赤毛の少年は素直でもなかったけれど。

自分一人でこんな場所に放り込まれたらどうなっていたか。あまり愉快な想像ではない。

「こういうところは、俺《おれ》たちじゃなくてアイツらのが向いてるんだよな」

「ネズミも蟲もでっかかったよねー……。あと粘菌とかさぁ。やだなぁ、もう」

思わず愚痴ると、圃人の娘が心底げんなりした様子で呻《うめ》いた。

剣をぶんぶん振り回すだけではどうにもならない相手は、世の中には多くいるものだ。

それが下水に潜む怪物だというのはなんとも情けない限りだったが――……。

「……ほら、そろそろ合図出すんだから、静かにしとけよ」

「わかってるよ」と呟《つぶや》く頃には、彼女は背負った剣をすらりと抜いていた。「いつでもどーぞ」

二人が辿《たど》り着いたのは、地下水路の端――仄暗《ほのぐら》い黒水を湛《たた》えた、通路の末だった。

ここまでは只人《ヒューム》か鉱人《ドワーフ》の手が入った区画だったが、この先は違う。

岩盤の下に潜った流れは遥《はる》か先、どこだかの大河の支川《しせん》にまで水脈が続いているという。

少年はその墨を流したかのような水面を見る、というより睨《にら》みつけ、灯の点《とも》る杖を掲げた。

そして杖と光を絵筆に見立て、空中へ絵を描くように二度、三度と大きく振り回す。

ひとしきり呪いめいた動きで虚空《こくう》をかき混ぜた後、しばし待って、またそれを繰り返す。

もしその場を見る者がいれば、内容はわからずとも、符牒《ふちょう》であろう事は一目瞭然であった。

しかし同時に、誰《だれ》しもが疑問に思うだろう事が一つ。

滅びた都邑《とゆう》の地下深く、果てしない深淵に向けて合図したとて、誰が受け取るというのか。

「…………」

「…………」

「……なんもおきないね?」

「見りゃわかるだろ……！」

少年魔術師は喚き散らしてそのまま逃げ出したくなった。逃げられないのでやらないが。

彼はぎゅっと唇を噛《か》み締《し》めて、四度、五度と同じように杖を動かして、必死に合図を送る。

反応は——いや、はたして何を望んでいるのか自分でもわからないが——やはり、ない。

「……あのさ。それ手順間違ってるってことはない？」

「ねえよ」と少年魔術師はツンケンと答えた。「間違えてたって、向こうも気づくだろ」

「でもさぁ……」

圃人の少女が何かを言いかけ、黙り込み、「ちぇっ」と舌打ちをした。

いくらぶつくさ文句を垂れたところで、何も起きなければ自力でどうにかするよりほかない。

そんな事は脳天気な彼女だってわかっていて、けれどどうにかできる気が全くないのだ。

――それもこれもなんもかんもぜんぶお師匠《ししょう》さんが悪い！

苛立《いらだ》ちをそのまま八つ当たりに、彼女は足元にあった何かを乱暴に蹴《け》っ飛《と》ばした。

それはどうしてかこんな場所まで流れ着いた、古く、朽ち果てた鉄兜《てつかぶと》であった。

塵に還るまで放置される運命から解放された兜は、瓦礫にあたって盛大に音を鳴り響かせる。

転がり落ちて水面にどぼんと沈み、その響きが幾重《いくえ》にも重なって地下水路に木霊していく。

「――……あ、あはは」

「お前な……」

怒られると思ったのか、びくりと身を竦《すく》める少女に、じろりと睨みつける少年魔術師。

だが、彼が言葉《こわば》を発するよりも前に、びしゃりと酷《ひど》く重たい濡《ぬ》れた音が反響を上書きした。

ぎくりと身を強張らせた二人は、まるで示し合わせたように同じ動きで視線を巡らせる。

手、であった。

ぬっと黒い水面から波紋を伴って突き出されたその手が、通路の端をしっかと掴《つか》んでいる。

次いでぐいと重たい体が引き上げられる。粘度の高い水が、汚泥のように飛び散った。

安っぽい鉄兜。薄汚れた革鎧。彷徨う鎧《リビングメイル》か亡者の類《たぐい》と見間違うような有様《ありさま》。

そんな冒険者が、ゆっくりと陸へ這《は》い上がってきたのだ。

「情報通りだな。少なくとも間違いはなかった」

その男は少年少女らを一顧《いっこ》だにせず、雨に濡れた犬のような仕草で身体を震わせた。

次いで彼が背後を向き、手を水面下へと突き入れる——と、その腕が力強く摑まれた。

ぐいと引き上げられたのは、逞《たくま》しい肉体を鎧に押し込み、だんびらを背負った巨漢の男。

「信用されてないとは思わなかったな。依頼人からの情報だぞ？」

「依頼人が嘘をついておらずとも、不測の事態で道が潰《つぶ》れている可能性はあるだろう」

「あったが、外れだ。問題なしだろ」

「ああ」と鉄兜が縦に揺れた。「問題なしだ」

「問題だらけだっつーのな……！」

そしてもう一つ。波音さえも颯爽《さっそう》と、鮭《さけ》が飛び上がるかのように跳ねる影。

長槍をどうにか背に括《くく》った美丈夫《びじょうふ》がひらりと陸へ着地して、その濡れた髪を跳ね上げた。

「いくら水中呼吸の指輪があるからつったって、ドブ川ン中を潜るのは二度とゴメンだぞ！」

「役に立ったろう？」

「そういう話じゃあねえよ」

「そうか」

鉄兜の男——ゴブリンスレイヤーは心なしか残念そうに、こっくりと頭を動かした。

「復路は別の道を探さねばならんようだ」

「そういう話でもねえよ。俺が我儘《わがまま》言ってるみてえな事を……ったく、まあ良いや。あー……」

「おう、悪いな。騒がしくて」

槍使いが頭を掻《か》く一方、重戦士が装具の点検をしつつ、ちらりと視線を少年少女らへ向けた。

呆気《あっけ》に取られ呆然《ぼうぜん》としていた二人は、その鋭い視線に射竦《いすく》められ、身を強張らせる。

いや、そもそもこんな集団が水の中から現れれば、臆病者《おくびょうもの》でなくたってこうもなろう。

だがしかし、それも一瞬のことだ。

獰猛《どうもう》な熊がそうする動きで二人の前に近づいた重戦士は、すっと膝《ひざ》を突いて視線を合わせた。

「予定通りの合流だ。無事にそっちも終わったんだろ？　お疲れさん」

厳《いか》つい声と、柔らかな口調。力強い掌《てのひら》が肩を叩《たた》く。痛みと、ちょっぴりの高揚感。

「おう、まあな」

そうして少年魔術師は得意げに鼻を擦り、圃人の少女も、豊かな胸元《むなもと》を誇らしげに反《そ》らす。

新米冒険者が銀等級に褒められたのだ。そう滅多《めった》にある事ではあるまい。つまり――……。

「これはちょっとなかなかできない冒険だったたんじゃない？」

そんな内心を見透かしたような相棒の囁《ささや》きに、少年はフンと鼻を鳴らす事で応《こた》えた。

同じことを思ってた、なんて――とてもではないけど、知られたら恥ずかしいではないか。

§

また一つ、都市が滅んだ。

無論のこと、小鬼の手によるものではない。そんな事を言う冒険者は物笑いの種になる。

ゴブリンがそれほどの脅威であると思うのは、物を知らぬか考えが足らぬかのどちらかだ。

なにしろ小鬼風情《ふぜい》で街は滅ぼせなくとも、それを為《な》しうる怪物は四方《しほう》世界に五万といる。

竜の襲来、巨人の略奪、闇人《ダークエルフ》の陰謀、魔神の跳梁《ちょうりょう》、時と場合によってはその全《すべ》てが一時に。

秩序と混沌の果てしなき戦いの中にあっては、取り立てて珍しくもない。

だが、それに対して手を打たぬ神々も、為政者《いせいしゃ》も、冒険者もありはしない。

都市一つを滅ぼした怪物の正体を見極《みきわ》め、これを討《う》ち倒すは冒険である。

となればそれに挑む命知らずの冒険者が一人、二人――いやさ、三人。

只人戦士男《HFO》、只人戦士男《HFO》、只人戦士男《HFO》。

見るべき者が見れば失笑か顔を覆《おお》うか天を仰《あお》ぐ一党《パーティ》が、今まさに廃都に挑まんとしていた。

聞けば先行して調査に赴《おもむ》いている一党《パーティ》があるという。であれば合流して情報を得るべきだ。

使い魔を通じての交信にて合流地点を定めるとして、さて、ではどこにすべきか――……。

いや、そもそもどう侵入すべきか。

単に偵察するならばともかく、乗り込んで首魁《しゅかい》を叩くとなると、また違う。

見張りから何から皆殺しにすれば、それはまあ見つからないわけだが。

現実的に考えて、戦闘資源《リソース》を温存した上で潜入する必要があった。

依頼を引き受けた重剣士、一も二もなく乗った槍使い、引きずり込まれた小鬼殺し。

三人集まれば知識神にも匹敵《ひってき》するとはいえ、出た結論が――……。

「では地下水脈を通って行くので良いか？」

「ま、それが一番確実だろうさ。装備だけ流されんようにしろよ」

「マジかよ……」

で、あった。

ザバザバと川辺から潜り、水底を歩き、ようやっと陸に這い上がる。

百戦錬磨の冒険者となれば手慣れたもので、三人は早々に装備の点検を始めた。

汚水に浸《つか》かったままにしておいて、万一の時に不具合《ファンブル》でもあればつまらない。

《宿命》と《偶然》は神々とても左右できないが、だからこそ備えるべきは備えるものだった。

「お前本当に水中呼吸の指輪持ってたんだなぁ……」

「最初の一つは昔の、知人からな。貰《もら》い物《もの》だ」

魔術やら《転移》だ何だに詳しい術士が、昔、西の辺境にいたのだ。

そう言われれば槍使いも、おぼろげながら、そんなやつがいたという覚えがあった。

あれは確か、冒険者《イヤーワン》になりたての頃の話じゃあなかったか――……？

「ふぅん、そうかい」

「もっとも、あまりこういった事に使う機会は少ないのだがな」

水中呼吸の指輪を水中で呼吸する以外にどう使うのか、槍使いは考えない事にした。どうせろくでもない行為に決まっているのだ。それより具足《ぐそく》を磨き、髪を整えるのが優先だ。

「で、状況はどうなってる？」

「ああ、できる範囲では調べといたよ」

その一方で、話を進めているのが重戦士と、赤毛の少年魔術師だ。

まだまだひょろりとして危なっかしく、威勢ばかり強いが、なかなかどうして。

テキパキと地図を広げ、探ってきた情報を伝える手際《てぎわ》はなかなかのものだ。

——どっかの斥候《スカウト》の弟子にでもなったかね。

槍使いはその様子を眺めて、僅かに唇の端を吊《つ》り上《あ》げた。

学ぶ。成長する。駆け出しから一歩踏み出す。未熟さを痛感して、だが堪《たま》らなく面白《おもしろ》い。

そんな時期は彼にも覚えがあったし、必死に突っ走っていた頃は少し懐かしくもある。

だが、圃人の少女の方をチラとも見ずに、座っとけと手を振るだけなのはいただけない。

——なっちゃいないねえ。

と、槍使いは笑って、無言のまま油紙に包んでおいた水袋を彼女へと放った。

「あ、えと……」

少女は大きな目をぱちくりと瞬かせ、恥じ入ったように頭を下げた。

「ありがと」

「気にすんな。呼吸整えて、いざって時に剣を振ってくれりゃあそれで助かるからよ」

ひらりと手を振ってから装備の点検に戻る。横目で様子を確認。

彼女は少しためらった後、恥ずかしそうに、こくり、こくりと喉《のど》を鳴らして水を飲む。

圃人の年齢はわからないが、まだ子供。だがもう少し成長すれば、良い女になるだろう。

——うかうかしてらんねえぞ、少年。

少女と重戦士、そして槍使いの方を行き来する視線に、にやりと返す。

慌てて目を伏せて説明に注力しようと努めるあたり、まだまだ色々足りていないようだった。

「で、何がどうなってんだ？」

「お前、人に任せっきりにしないで聞いておけよ……」

重戦士が呆《あき》れたように言うのを悪い悪いと笑い飛ばし、槍を抱えて話し合いに顔を突っ込む。

お互い、別に相手が聞き流していたとは思っていない。当たり前だ。その上での確認である。

「虜囚《りょしゅう》がいるようだ」

ゴブリンスレイヤーの説明は、あまりにも要約しすぎて端的に極《きわ》まった。

無骨な籠手《こて》に包《つつ》まれた指先が動き、莎草紙《パピルス》に描かれた地図の上を攻略していく。

まだまだ作図に甘いところはあるとはいえ、白磁《はくじ》や黒曜《こくよう》でこれならば上出来であろう。

「確認されている限りでは二箇所。放置はできん。人質にされてはコトだ」

「邪教の儀式だとさ」と重戦士が短く付け加え、少年魔術師が「生贄《いけにえ》だよ」と唇を尖らせた。

ふぅん。槍使いは、あまり気のない様子で相槌《あいづち》を打った。まあ混沌の勢力のやりそうな事だ。

「どうせ放っておくと世界が滅びるんだろう？」

「かもな」

重戦士が肩を竦める。ゴブリンスレイヤーが鉄兜を縦に動かした。

「少なくとも街は滅んだ」

「つまり失敗できない冒険ってわけだ。因果だね」

虜囚、生贄、捕虜、まあともかく捕まっている者がいる場所は二箇所。

現在地はここかと槍の石突《いしづき》で示すと、ゴブリンスレイヤーが頷《うなず》く。となれば、だ。

「道順的にはどうだ？　近いとこから助けてくか？」

「いや、救助した後に全員担《かつ》いで首魁の所へ乗り込むわけにもいかんだろう」

一党《パーティ》の頭目《リーダー》と暫定的に見做《みな》されている重戦士が、思慮深く顎《あご》を撫《な》でた。

「竜退治の逸話じゃあるまいし、だ。隠せる場所について、斥候の意見を聞きたい」

「ふむ」

ゴブリンスレイヤーは低く唸った。

「幾つか候補はある。……が、実際に見てみん事には」

「なら一番近いところからだ。後は高度の柔軟性を保ちつつ――……」

「――……臨機応変にか」槍使いは肩を竦めた。「いつも通りの行きあたりばったりだな」

「冒険とは斯《か》くの如《ごと》しさ」

重戦士の分厚い掌が、ばしりと槍使いの背を叩いた。「痛ぇよ」という抗議は無視される。

ともあれ、それで作戦会議は終わったようだ。

冒険者たちが手慣れた様子で隊伍《たいご》を組みにかかるのを、少年少女らは呆然と見やっていた。

二人は顔を合わせ、それからぽつりと、少年魔術師の方がその疑問を口にする。

「……あっさり決めるんだな。人質――……助けるって」

「見捨てるとでも思ったか？」

槍使いがにやりとすると、彼は慌てて「そうじゃないけど」と首を横に振る。

まあ、わからないでもない。生贄や捕虜を生きたまま助けるのは、ずいぶんと手間だ。

「助けん意味がわからん」

ゴブリンスレイヤーの呟きに、ああ、まったくだと重戦士が呟いた。槍使いも首肯する。

「俺たちゃ好き好んで冒険者やってんだ。冒険屋じゃなくて、冒険者をな」

商売なら、効率だけなら、食い扶持《ぶち》稼いで生きて死ぬだけなら、水飲み百姓だって良い。

農奴だろうと、奴隷だろうと、娼婦だろうと、生きて死ぬだけならそれで良いのだ。

だが、そうじゃない。そうじゃない何かを求めて、みんな冒険者になったのだろう。

もちろん危険は避けたい。死にたくもない。だが――……。

「効率だとか有利とか不利とか、それだけで頭がいっぱいになったらお終《しま》いだぞ、坊主」

重戦士は頭目であるが故の自戒を込めて、苦く笑ってから、言い含めるよう子供らへ告げた。

「仲間も、友人も、敵も味方も何もかも、強さだけで値踏みして、それが全部になっちまう」

その言葉の意味を、はっきりと少年少女らは理解したわけではなかっただろう。

だが、それが大事なことであるというのは理解していたに違いない。

ううん。難しいことに思い悩むように声を漏《も》らして、圃人の少女がその首をゆるく傾《かし》げた。

「……それ、もう仲間とか友達とかって言わないいんじゃないの？」

「だから、その内に死ぬ」

重戦士が鮫のように笑った。

「一人きりでな」

故にこその大間抜け《マンチキン》。

何を勘違いしたか、人質ごと殺すのが効率は良いとか玄人《くろうと》だという手合は、確かに存在する。

だがそういった手合は、いずれ間違いなくその身に破滅を招くものだ。

他人は見捨てて構わないが、自分は見捨てられたくないというのは──我儘に過ぎる。

「有利不利、そういうのだけやりたきゃ軍隊に行け。冒険なんざするな」

「ま、単独で大暴《おおあば》れできるやつぁいるがね。例外の話をしてるわけじゃねえからな」

重戦士の言葉を継いだ槍使いが、彼なりの矜持《きょうじ》を滲ませ、独り言のように呟いた。

「格好良く戦って、死んで、歌になる。少なくとも俺ァ、そのために冒険者やってんだ」

人質を助ける理由は、それで十分だ。彼らにとっては、そうなのだ。冒険者にとっては。

ゴブリンスレイヤーは何も言わなかった。

ただ短く唸り、「そうだな」と零《こぼ》すばかりだった。

鉄兜に覆い隠されたその表情を読み解けるのは、恐らくは牧場に住まう娘くらいだろう。

しかし槍使いは「だから」と酷く軽い口調で言って、その薄汚れた革鎧を拳《こぶし》で強く叩いた。

「お前は俺や、あの森人《エルフ》の嬢ちゃんに感謝しろよ？　冒険の何たるかを教えてやってんだから」

「……そうか」

「そうだろ。違うか？」

「いや」と、ゴブリンスレイヤーは噛み締めるように頷いた。「まったく、その通りだ」

重戦士が柄にもない事を言ったのを誤魔化《ごまか》すためか「説教臭くなったたな」と呟いた。

話はそれで終いだ。

冒険者らは濡れた装備を拭《ぬぐ》い、油紙に包んだ装備を取り出し、身につけ、隊伍を組んだ。

腰に下げた角灯に火が入り、薄暗い廃都の下水路を薄ぼんやりと照らしだす。

後は進み、殺し、財貨を奪うのみ。押し込み強盗《ハックアンドスラッシュ》こそが冒険の華である。

「お前ら、帰り道は大丈夫か？」

軽々とだんびらを担いだ重戦士が、暗い夜道を行く子供にかける声を出す。

――ついて行くべきか。そもそも、ついて行きたいのか。

少年魔術師は少し悩んだ。悩んだという事実が、彼にとってはとても悩ましい事ではあった。

かつての自分なら一も二もなく頷いたろう。冒険者になったばかりの。では、今はどうだ？

――……ダメだ。

自分の術はあと何回だ。隣にいるこの娘の消耗度合いはどうだ。敵の力量は。技量は。

強さだけ、数値だけ、有利不利だけで物を見るなと言われたばかりだ。

だが、その上で――……ついて行けば肉の壁くらいには役に立つのだとしても、だ。

そんなのは、御免だった。そんな事で相棒の娘が死ぬのも、もっと嫌だった。

どうせ意地を張って痩《や》せ我慢《がまん》して見せるならば、進むことよりも戻る方を。

だからこそ少年は「平気だよ」と、ひどくとんがった声で言い返した。

「あのクソジジイが魔法の絵の具を寄越してさ。それでトンネルでも描けば一発だ」

「下手っぴいだからあんまり長い時間は本物にならないんだよね」

けたけたと圃人の娘が笑うので、少年は「うるさい」と毒づいてその脇腹《わきばら》を小突いた。

もっとも肘《ひじ》にあたった感触はしっかり鍛えられた硬いもので、ますます不貞腐れるのだが。

「だからさ、あんたら！」

そうした腹に溜《た》まった感情を全部吐き出すように、彼は出立しようとしている背中へ叫んだ。

「次に俺たちが挑戦すんだから、ちゃんと残しとけよな！」

答えはなかった。

槍使いはにやりと笑って歩き出し、重戦士は振り返りもせずに片手を上げただけ。

唯一立ち止まって口を開いたのは、ゴブリンスレイヤーだけだった。

「竜退治は、できそうか？」

静かな問いかけだった。

少年は、渋々といった様子で頷いた。

「……まだ、無理だ」

「そうか」

ゴブリンスレイヤーもまた頷いた。そして何を言うべきか、一瞬考え込んだようだった。

「俺もだ」

「……ふん」

「励《はげ》めよ」

「……おう」

そして三人の冒険者たちは、地下水道の奥へと姿を消した。

腰に下げた角灯の光だけが最後までぽつんと残り、それもまた闇の中へと滲んで飲まれた。

後に残った少年少女らは、しばし黙って、もはや何も見えぬ暗闇《くらやみ》へと目を凝《こ》らす。

ほどなくして、ぽつりと圃人の少女剣士が呟いた。手には、渡された水袋を握ったまま。

「……やっぱり、格好良いなぁ」

「……だな」

悔しいが――本当に悔しいが――……こればっかりは、認めないわけにはいかないのだった。

§

「で、下人の行方《ゆくえ》は誰も知らないんだとよ」

「ふぅん」

暗がりの中で、重戦士がさして気のない相槌を打った。

「俺はてっきり、そいつが鬼になって人を食い殺すんで、退治する話かと思った」

「そりゃお前がだんびら担いだ脳筋だからだよ。ほれ、ゴブリンスレイヤー。次、お前の番だ」

怪物どもに滅ぼされた廃墟、その下水道を探索しているにもかかわらず、一党《パーティ》に緊張感は薄い。

敵の正体はわからず、位置も規模もわからず、罠《わな》の有無もわからず、相手の目的すらも不明。

――だが、そんなのは当たり前の事だ。

警戒こそすれど、いちいち緊張して騒ぎ立てていては冒険者など務まらぬ。

それは槍使いの持論であり、また重戦士も、小鬼殺しですら同様であるらしい。

「そうだな」と、鉄兜の奥で唸る声。「では、音をたてずに小鬼を殺す八つの方法を――……」

そして槍使いに促されたゴブリンスレイヤーの言葉が、はたと止まった。

下水道の薄汚れた足場がそこで途絶え、大河のように広く流れの急な水路と交わっている。

いや、それだけならば別に斥候を担当する彼が足と言葉を止める必要はない。

問題は、これみよがしに繋《つな》がれた小舟の存在だった。

一見して不審なところはない。これを用いれば水の流れに乗ってより奥へも行けよう。

少年魔術師らによって調べられた地下の図面には、この水路の先は記《しる》されていない。

だがしかし、余白の大きさから考えれば、流れの先は生贄の間に続いているのは明らかだ。

実に都合が良く――――そしてそれ故に、結論は一つだ。

「怪しい」

「間違いない」

「うむ」

頷きながらゴブリンスレイヤーは慎重に小舟へ近づき、手早くそれを検《あらた》めた。

穴もなければ木栓の類もない。中に仕込みがされている気配は薄く、これ自体はただの船か。

「魔術的な類はわからんな」

「だからお前も少しは装備を整えろってんだよ」

槍使いはニヤニヤと笑いながら毒づき、ちょっと待てと言いおいて、彼自身の荷物を漁《あさ》った。

その鞄《かばん》の小振りな見目《みめ》に反して、槍使いの手は異様なまでに深く中へと入っていく。

明らかに魔法のかかった品物であるのは間違いなく、取り出す小杖もまた同じ。

「この程度は銀等級の嗜《たしな》みだ。覚えとけ」

「覚えておこう」

鉄兜の奥で、ゴブリンスレイヤーはきっぱりと断言をした。

「小鬼どもが魔法のかかった仕掛けを使う事は、あまり考えていなかったからな」

「ゴブリンの話はしてねえよ？」

「それにどの道それ、回数制限あるだろ。頼り切れるほど便利なもんじゃないぞ」

重戦士が苦笑しながら混ぜっ返し、槍使いは舌打ち混じりに、その魔法の杖を軽く振る。

「《輝け》《ルーメン》」

と、不意に小杖が淡い燐光《りんこう》に包《つつ》まれ、杖先の描く不可思議な軌跡が虚空に文様を描き出す。

蝶《ちょう》かなにかの鱗粉《りんぷん》のように光の粉が舞い散って、はらはらと船に降りかかり――……。

「……何も起きんな」

「つまり、魔法の仕掛けも一切《いっさい》なしって事だ」

目の前には何一つ代わり映えのしない船が、やはりそのまま水の流れに揺れている。

魔力感知《ディテクトマジック》の杖が完璧《かんぺき》ではないのは、槍使いとて百も承知。

槍使いは荷物の中へ放り込むように杖をしまい、それから颯爽とした動きで船へ飛び乗った。

小舟が突然の重みにぐらりと揺れる事もないのは、彼の敏捷性の高さを物語っている。

「ま、そうなるよな」

次いで、重戦士がその足をかけると、小舟がぐらりと大きく傾《かたむ》いた。

背負うただんびらと、その鎧具足、彼自身の鍛え抜いた筋力によるものだ。

そして同時に足場が揺れ動いて尚《なお》も体幹が崩れないのも、やはり筋力によるものだ。

物理的に解決可能な問題の大半は、筋力によって対処できるのである。

「ふむ」

そして最後にゴブリンスレイヤーが小舟の舷《ふなべり》に足をかけた。

体重をかけるとぐらりと船は傾くが、さほどではない。十分、堪《こら》える事ができる範疇《はんちゅう》だ。

足元に転がっていた櫓《ろ》を取り上げて、彼は鉄兜を傾かせた。

「誰が漕《こ》ぐ？」

「流れに乗ってってからな。縄を解いたらそのまま行くんじゃねえのか？」

「それに漕手で一人削られるのは辛《つら》い。せっかく用意してもらったんだ、乗ってやろう」

重戦士が係柱《けいちゅう》にかかった綱を解きにかかりながら、肩を竦めた。

「罠はハマって踏み潰せ。それにその方が面白い」

「そうか」

ゴブリンスレイヤーはこっくりと頷いた。

「そうだな」

§

そして案の定、罠であった。

「クソがよ！」

「はっはっはっはっはっは！」

罵《ののし》る槍使い、大笑いする重剣士に続き、ゴブリンスレイヤーは無言のまま船から飛び降りる。

急流の最奥、生贄の間に船が突っ込んだ瞬間、頭上より投網《とあみ》が放り込まれたのだ。

――いや、投網のようなもの、か。

槍使いは着地と同時、空を掠《かす》め飛ぶ白く粘ついたそれを見て訂正する。

転げながら投じられた――ゴブリンスレイヤーだ――櫓を捕らえたのは、尋常な網ではない。

疑いの余地なく、それは糸であった。

本来、雨水が溢《あふ》れぬよう溜める貯水槽だったのだろうそこは、もはやその役目を果たすまい。

中央に据え付けられた磔台《はりつけだい》と、その周囲に刻み込まれた冒瀆《ぼうとく》的な呪文《じゅもん》と図柄。

そして何よりも、部屋全体が白く粘つくもので覆われているのだ。

「少なくともゴブリンではないようだ」

片膝立ちからゆらりと起き上がったゴブリンスレイヤーの言葉に、槍使いは顔をしかめる。

「見りゃあわかるだろ」

「だな。こいつは、どう見たって蜘蛛《くも》の巣だ」

長靴でその粘つく足場を踏みしめながら、重戦士が牙《きば》を剝《む》く獣のように顔を歪《ゆが》めた。

背後を振り返るまでもなく、乗ってきた小舟は完全に白い粘液で覆われてしまっている。

頭上より勢いよく投げかけ――あるいは吹き掛けられたためであろう。

ここから脱出するには糸を剝《は》がすより他なく、そんな悠長《ゆうちょう》な事を敵が許すわけもない。

そう――敵だ。

生贄として拘束されている、小太りの男。啜《すす》り泣《な》く体力もない彼の他に、もう一つ。

地下の薄闇の中、天井《てんじょう》の隅、部屋の角、息を潜めて存在する何物か。

気配などという曖昧《あいまい》模糊としたものが実在するのかどうかを、槍使いは知らない。

だが戦士として幾度となく死線をくぐり抜けた彼の直感、つまり経験則に基づけば――……。

――いる。

疑いの余地なく、たしかに、そこに、奴《やつ》はいるのだ。

そしてそれは他の冒険者らにとっても同様であるらしい。

「先生……師から、暗黒の蜘蛛どもの話は聞いたことがあるが、自慢話の類であったからな」

ゴブリンスレイヤーは用心しいしい、腰を深く落としこんだ姿勢で呟いた。

「どう見る?」

槍使いは鼻で笑って、自慢の長槍を両手でもって前に突き出した。

「一撃でぶっ殺せたら雑魚《ざこ》、殺せなかったら手強《てごわ》い奴だろ」

「案ずるより戦うが易《やす》しだな」重戦士はだんびらを構えた。「まずは一当て、行ってみるか」

その言葉と同時、シュッと鋭い音を伴って吹き付けられた粘液をだんびらが打ち落とす。

空を裂く刃が上げる唸り声は、風切り音と呼ぶにはあまりに重たい。

だがびしゃりと濡れた手応えは、粘ついた糸が大剣に絡《から》みついたという証拠に他ならない。

「面倒だな……！」

重戦士は忌々《いまいま》しげに吐き出すが、別に彼自身、それに不満を抱いているわけではない。

いや、いや、いや。

何故なら役目が違う。

「…………！」

玄室の暗がりを声もなく疾駆する薄汚れた鎧姿の男が、手にした短剣を鋭く投げ打っている。

煌《きら》めく銀光は小鬼であれば確実に喉笛《のどぶえ》を貫いただろうが、鈍い音を立てて石畳に弾《はじ》かれる。

だがしかしゴブリンスレイヤーは直前、鉄兜の下、視線を走らせながら声をあげていた。

「跳ぶぞ！」

「わかってらあ！」

撥条がたわむように飛び上がった黒い影――槍使いは逃げ場のない空中へ狙《ねら》いを定める。

――やはり、蜘蛛だ。

悪夢の中から取り出し、捻じり、引き伸ばしたとしか思えぬ、異形の蜘蛛である。

そうとしか呼びようはないが、しかしこれ《IT》を蜘蛛と呼べば世の中の蜘蛛も怒るだろう。

槍使いはそんな考えを弄《もてあそ》びながら一歩、二歩、三歩と間合いを取り、槍を────……。

「……っと！」

──繰り出した瞬間、視界いっぱいに広がった粘糸の網に舌打った。

素早く石突側の手を繰って、ぐるりと風車のように槍穂《やりほ》を回し、大旋風を一つ打つ。

穂先で絡め取った糸を玄室の隅へ投じる頃には、またしても大蜘蛛は闇の奥へと隠れている。

「どうやら」とゴブリンスレイヤーは鋭く言った。「手強い方らしいな」

「クソがよ」

蜘蛛の消えた方を睨みながら、槍使いが口汚く罵った。

神々に対してか、敵に対してか、自分に向けてか。仲間に向けてという事はないだろう。

玄室の片隅、闇の奥を睨みつけても姿はなく、物音一つ聞こえてきやしない。

だが気配、瘴気、妖気──そんな物があるとすれば──を、ひしひしと槍使いは感じていた。

そうでなくたって、ここであの怪物が都合よく逃げ出してくれるなど、期待するだけ無駄だ。

円盾を構えて腰を低くし、剣を抜いたゴブリンスレイヤーも全く同意見であるらしい。

「どうする」という声は、鋭く端的であった。「火をつけるか？」

「有りと言えば有りだがなぁ……」

重戦士はだんびらに絡んだ糸を振り払いつつ、低く唸った。磔台の男をちらりと見やる。

「人質まで燃え死んじまいかねん。そいつは避けたいな」

「ここで術を何か切っても良かねえか?」

「いや」

槍使いからの提案もまた、重戦士は短い言葉と共に却下する。

こんな混沌の眷属《けんぞく》がいるような場所で、早々に術を切りたくないのは皆同じだ。

三人の戦士たちは一切敵影——文字通り——から視線を逸《そ》らす事なく、素早く言葉を交わす。

「少し時間が欲しいな。頼めるか?」

「頭目はお前だ」とゴブリンスレイヤーは頷いた。「やってみよう」

「しゃあねえなあ……」

槍使いも愚痴りはすれども否《いな》やはなく、そうなれば後は行動あるのみだ。

そもそも只人の戦士に闇の奥を見通すとか、隠れた敵を探すとかを期待してはいけない。

前進し、叩き、行く手を阻《はば》み、殺す事こそが戦士の本分、戦士の本懐《ほんかい》であろう。

槍使いとゴブリンスレイヤーは互いに何も伝える事なく、まったくの同時に飛び出した。

放たれた矢の如く——と述べれば、きっと妖精弓手《エルフ》は笑うだろうが、鋭く、速く。

「……!」

今回もやはり先行したのはゴブリンスレイヤーである。

彼は雑嚢《ざつのう》から手探りに装備を引っ掴み、下手投げにそれを勢い良く投じたのだ。

部屋の角、薄暗がりに潜んでいた大蜘蛛もまた八束脛《やつかはぎ》の八臂《はっぴ》をたわませて跳躍――……。

「――――――！？・！？・！？・！？・」

だが、その口から音にもならぬ甲高い悲鳴が響き渡る。

ぱんと乾いた音を立てて割れた礫《つぶて》から、ぱっと赤黒い粉末が舞い上がった直後の事だ。

それが香辛料と薄荷《はっか》を混ぜ込んだ虫除けである――などとは異形の蜘蛛には知る由《よし》もない。

だがしかし混沌の蟲がその程度でやられるわけもなく、蜘蛛は空中へと跳び上がる。

「お、っらあッ!!」

そこへ槍使いが自慢の長槍に物を言わせた。

盾のように繰り出された粘液ごと大蜘蛛を打ち据えたのは、長槍の柄《え》である。

遠心力と重量を乗せて叩きつけるのは、合戦における長槍運用の基本だ。

純粋な物理的衝撃の勢いは、蜘蛛の柔らかな身体を吹き飛ばし、石壁へ叩きつける。

無論、これとて決定的な痛痒《ダメージ》にはなりえない。

鞠《まり》が弾《はず》むか猫が飛び降りるかのように、くるりと身を捻《ひね》って蜘蛛は床へと降り立った。

自らの身体に絡みついた糸を、その毒液に濡れた牙で食いちぎり、しゅうしゅうと唸る。

怪物の言葉に意味があるかはわからないが、殺すとか生かして帰さぬとか、まあ察しはつく。

「そりゃあ、こっちの言うセリフだぜ」

みちり、と。

大木をへし折るような音がして、重戦士が牙を剝くような笑みと共に立ち上がった。

その両手には魔力の煌めきを伴う籠手が備わり、そして──糸を引きちぎった船が。

「おらよ……ッ!!」

糸を吐こうが飛び退《の》こうが、単純な暴力を防ぐすべはもはや存在しえない。

次の瞬間、石で虫を叩き潰すが如く、蜘蛛の姿は投じられた船の下へ消えた。

ぐちゃりという胸を悪くするような音と共に、黄ばんだ緑色の粘液が辺り一面に飛び散る。

はみ出して痙攣《けいれん》する八本の足のみが、大蜘蛛という怪物がこの世にいた名残《なごり》であった。

「一丁上がりだ」

怪力乱神をもたらす人喰鬼《オーガ》の籠手を外しながら、重戦士が勝ち誇る。

この程度の魔法の装備は、やはり銀等級の冒険者ともなれば嗜みであろう。

だが槍使いは不満たらたら、顔をしかめて重戦士の方へと視線を向けた。

「無茶すんな。船に穴でも空《あ》いてたらどうやって戻るんだよ」

「水を掻き出《だ》して漕げば良いだろ」と重戦士は平然と言った。「それかまた水ン中だな」

「勘弁してくれ……」

げんなりとした槍使いを余所《よそ》に、ゴブリンスレイヤーはずかずかと磔台へと向かっていた。

拘束されている男はぐったりと力なく項垂《うなだ》れ、全身が腫《は》れたように浮腫《むく》んでいる。

が、浅く呼吸しているようで、どうやら死んではいないらしい。

となれば、拘束を解いて事情を聞かねばなるまい。

ゴブリンスレイヤーは磔台の裏側にしゃがみ込み、自作した小道具を用いて錠を探り始める。

その作業を肩越しに覗《のぞ》き込んで、重戦士が疑問ではなく確認の声を投げかけた。

「どうだ、外せるか？」

「問題はない」

「手間ァかけさせられたんだ。話を聞かねえとな」

槍使いはひょいひょいと足を進めて、磔台の――つまり男の前へと回り込んだ。

顔を覗き込んで見れば、男の目はどろりと濁っていて、口は半開き。

生きてはいる。だがそれは死んではいないというだけの事だ。はたして口が利けるのか？

「こりゃあ、話を聞く前に治療が必要かもしらんな。受付さんから買った強壮の水薬《スタミナポーション》を――」

使うべきか。

そう言いかけた次の瞬間、男の体がぷくりと風船のように膨《ふく》れ上がった。

「あ――？」

そして、破裂。

ぱぁんという音と共に膨張した男の肉体は限界を迎えて弾け飛び、赤黒い液体が飛沫《ひまつ》する。

血潮《ちしお》、脳漿《のうしょう》、内臓――否、それであればまだ良かったろう。

少なくとも槍使いや玄室中に飛び散った肉塊が、ひくひく痙攣しながら蠢《うごめ》いたりはすまい。

それは蠢き、這いずり、身悶《みもだ》えし、明確な意思を持ってずるずると冒険者らへと迫りくる。

「――ふっざけんな、粘菌《スライム》かよ⁉」

正面からもろに浴びてしまった槍使いは、顔に張り付く怪物を床へ叩きつけ、踏み潰す。

このまま気道に入り込まれて窒息死などというのは、あまりにも無様が過ぎる。

男はもはや生贄として捧《ささ》げられた後だったのか、それとも悪質な罠か、その両方か。

「見事に引っかかったなあ。いやあ、考えた奴はよほどの天才か、ただの馬鹿《ばか》だな」

粘菌に囲まれ苛立たしげに槍を振り回す槍使いを見て、重戦士はげらげらと声をあげて笑う。

幸いというか何というか、礫台に阻まれて後方にはまったくと言って良いほど粘菌はいない。

被害を受けたのは槍使いだけであり、従って粘菌どもに取り囲まれているのも彼一人だけだ。

「まあ頑張れ。先に船を水辺に戻さんと、粘菌に溶かされっちまうからな」

「笑いながら言うこっちゃねえだろ⁉」

「ふむ」

罵声を浴びせながらも槍を振り回し、手慣れた様子で粘菌を追い散らす槍使い。

その奮闘を見守りながら、ゴブリンスレイヤーは心底不思議だというように鉄兜を傾けた。

「ところで何故《なぜ》あの杖を使わずに近寄ったのだ？」

「言ったろ、ありゃあ万能じゃねえんだ。うっかり使い忘れる」

「クソが！」

§

ざんぶと再び水路に浮かべられた船は、穴が空くことも溶けることもなく快調に滑り出した。

滅びた街の淀《よど》んだ空気とはいえ、水飛沫《みずしぶき》を上げて急流に乗る勢いは、なんとも心地よい。

自然と重戦士はくつろいだ風に船縁《ふなべり》へもたれ、呑気《のんき》に足を投げ出して身体を弛緩《しかん》させている。

だがだんびらを即座に握れるよう、決して手元から離さないのは流石《さすが》――いや当然なのか。

熟練の冒険者なれば当然の備えであろうし、そういう意味ではゴブリンスレイヤーとて同じ。

彼もまた流れに任せて船を進めつつ、座り込んでいる。鉄兜で表情はわからないが。

唯一苛立たしげに髪を布で拭っているのは、無論のこと槍使いである。

「ったく、酷《ひで》ェ目にあったぜ……」

「そうか」

忌々しそうに吐き出された愚痴に、ゴブリンスレイヤーは大真面目《おおまじめ》に頷いた。

「さほどの問題もなかったように思うが」

「お前と俺とじゃ基準が違うんだよ、基準が」

「そうか」

槍使いはその気のない返事――本人にとっては真剣だろうが――を聞いて、舌打ちを一つ。

そうか。そうか？　そうだな。そうなのか？

——森人《エルフ》の嬢ちゃんがしょっちゅうキレるわけだ。

これに逐一付き合っていては、こちらの語彙力《ごいりょく》まで乏《とぼ》しくなってしまう。

「どうでも良いけど、船の進行方向は誰かちゃんと見とけよな」

諦《あきら》めたように溜息《ためいき》を吐《つ》き、槍使いもまた自身の長槍を抱えるようにして床上に座り込む。

板子《いたご》一枚下は地獄とは良く言ったものだが、まあ何かあって沈没するまで多少の間はあろう。

六秒あれば、まあ戦闘になっても一手は打てる。二秒でやる事だって可能かもしれない。

「船長も船員も全員総出で蠟燭《ろうそく》の火を気にしてる間に横転沈没、なんてのはゴメンだぜ」

「嫌な予感がする《アイ・ハブ・ア・バッドフィーリング・アバウト・ディス》」

「やめろつってんだろ」

混ぜっ返す重戦士に顔をしかめ、槍使いは前方、どこまでも果てしなく続く水路の先を睨む。

「んで、次の生贄の間まではどれくらいなんだ？」

「さほどはかからん」

ゴブリンスレイヤーは端的に言った。

冒険者にも当然ながら向き不向きがあり、誰しもが地図役《マッパー》を担《にな》えるわけではない。

その点、この男の頭に方位磁針か六分儀が収まっている事は、槍使いも認めざるを得ない。

「問題が起きなければ」

「問題《トラブル》を解決すんのが冒険者だっつーのな」

――だが、この一言余計なところが気に入らん。

槍使いはつんけんと尖った声で言い返し、その言葉が白く煙るのを眺め、しみじみと呟いた。

「しっかし冷える冷えると思ったら、もうじきに冬か。早いもんだぜ」

「酒に薪《まき》、ご馳走。普通のユールの日を過ごしたいもんだ」

「下水道の中を這いずり回っているがな」

鉄兜の下から聞こえる淡々とした物言い。いい加減、少しはやり返しておくべきだろう。

槍使いは表情のわからぬゴブリンスレイヤーへ、にんまりと意地悪く笑った。

「お前は贈り物でも考えとけよ。いつだったか、聞いたぜ。金袋を贈ったんだって?」

「いや」

ゆっくりと鉄兜が横に振られた。

「先だって、竜の鱗《うろこ》を贈った」

竜と来たか。槍使いは思わず失笑した。この小鬼狂いの男が、どんな巡り合わせなのやら。

「どうせ偽物《にせもの》だろ?　いくらで買ったんだ?」

「拾い物だ」と彼は言う。「それに、アレは本物だ」

いやにきっぱりと、繰り返し断言するようにゴブリンスレイヤーは応える。

――――珍しい事もあったもんだ。

その珍しさに免じて勘弁してやる事にして、槍使いは次の標的へと狙いを向ける。

「そっちは？」

「ガキどもに何か買ってやれってか？」

重戦士は呆れた様子で肩を竦めるが、その応えこそ槍使いにとっては呆れるものだった。

「女だよ」

「あいつにゃ酒で十分だろ」

これだから、まったく。仏頂面《ぶっちょうづら》で言う辺り、どこまで本気なのだかわかったものではない。

槍使いはこれみよがしに——あるいはわざとらしく——大きく頭を振った。

「かぁー、いくじのねえ奴。『いつか俺が王様になった時に』とかそういう話かよ？」

「姫君の隣に並ぶにゃ、まあせめて騎士にはならんとなぁ……」

「あれが姫ってガラかね」

「俺もそう思うよ」

しみじみと溜息を漏らしながら重戦士は、じろりと槍使いの方へ刺すような目を向けた。

「そういうお前はどうなんだよ」

「そりゃあもう受付さんに贈るに決まってる。けど賄賂《わいろ》扱いになっと迷惑かけちまうからな」

自信満々に槍使いは応えるが、その言葉も後半からは苦笑いに変わる。

貴族の令嬢と一介の冒険者であれば良いのだが、ギルドの職員と冒険者という立場がある。

金銀財宝に豪勢な食事、うっかりして変に目をつけられればあの人の厄介事になりかねない。

もちろん賂《まいない》によって便宜《べんぎ》を図る、謝礼を贈るのは、別に悪いわけでもないが。

この辺り、役人だとか貴族社会だとかの機微は難しく、槍使いはいつだって苦心している。

「そうじゃなくてだ」と重戦士が顔をしかめた。「一党《パーティ》の仲間にだよ。世話ンなってるだろが」

「ん、ああ。そうだな……」

槍使いは、ばり、と頭を掻く。もちろん考えていないわけではないが、別の悩みもあった。

「金でも銀でも宝石でも、何かしらすげえもんを贈ってやれよ。辺境最強」

「馬鹿言え」槍使いは笑った。「金をかけねえ理由はねえが、金額だけで見るもんでもねえよ」

その人物に贈るべきと思ったものに対し、それを手に入れる手段として金があるのだ。

真心があれば十分なわけもなく、ただ高価な宝飾品を贈れば良いというわけでもない。

「それに、なあ。宝箱ン中から宝石だの何だのはわんさか出るだろ。いらねえんじゃねえか?」

「まあ、そうだなあ……」

そしてそれこそが駆け出しならまだしも、冒険者として等級が上がると生まれる悩み事だ。

なんせ熟練の冒険者にとって、金銀財宝など見慣れたもの。

怪物退治の一つ二つも片付ければ、長櫃《ながびつ》に収まった財貨が手に入る。

民草の考える、あがり。だが、多くの冒険者にとってはそうではない。

湯水の如く手に入る財宝は、湯水の如く次の冒険の準備に注《そそ》ぎ込まれ、余った分は持て余す。

ただ楽をして金を稼ぎたいというだけで冒険者となる者は、いないのだから。

「……ふむ」

低く唸る声に槍使いが目を向けると、ゴブリンスレイヤーの鉄兜がこちらを向いている。

「俺も皆に、何かしら贈るべきか」

「日頃《ひごろ》の感謝ってとこだな」重戦士が応えた。疑問ではなく確認を。「してるだろ？」

「ああ」

ゴブリンスレイヤーは一切の躊躇なく頷いた。そして、ゆっくりと立ち上がる。

「だが、まずは次の玄室を突破せねばなるまい」

応と声をあげた重戦士が竿《さお》――十フィート棒だ――を使って船を通路へ接舷させる。

ずんと鈍い音がして揺れる船から、槍使いはひらりと陸地へ飛び降りた。

「さあて、お次はなんだ？」

§

「ゴブリンではなかったな」

百戦錬磨の冒険者を前に、並の怪物の群れなど物の数ではなかった。

雪山かと思って近づいたら巨大な白い粘菌であった、という馬鹿話をしてる間にケリがつく。

無論、その間ずっと槍使いは不機嫌そうな顔をしたままだったが。

「ま、こんな陰謀だ冒険だに小鬼が出てこられても困るがな」

足元に散らばる得体のしれぬ生き物どもの軀《むくろ》を踏みしめ、重戦士が言った。

専業の魔術師か神官がいれば怪物どもの正体もわかったろうが――……。

――まあ殺せるか殺せないかだけわかりゃあ、別になぁ。

特に問題はない、などと言うと、賢者《セージ》に怒られてしまうだろうか。

何にせよ、死んだ怪物は良い怪物だ。もはや気に留める必要もあるまい。

「それより生きてる方を優先だな」

「うむ。調べる」

重戦士の指示を受け、ゴブリンスレイヤーがずかずかという足取りで礫台へと向かう。

それを横目に袋を漁った槍使いが、取り出した杖を無造作に軽く振る。

「《輝け《ルーメン》》」

命令《コマンドワード》を受けて起動した呪具が、淡い燐光をあたり一面に振りまいた。

途端、まるで無数の蠟燭を灯したかのように礫台が輝き始め、玄室全体を照らしだす。

「……魔力の反応がすげえぞ、おい」

「そりゃあ魔法の儀式やってんだ。生贄から魔力が出てなきゃおかしいわな」

「なるほど、やはり万能ではないのだな」

ゴブリンスレイヤーの素直な感想に「悪かったな！」「うるせえよ」というやりとり。

結局、魔法の罠など自分には確かめようがないのだから、素直に拘束具を外しにかかる。

生贄は傷つき、打ちひしがれ、ぐったりと弛緩して――けれど、まだ生きている。

であればゴブリンスレイヤーの行動に躊躇も迷いもなく、探針を動かす手つきに淀みはない。

暗い影のように薄く青みがかった肌。流れるような銀の髪。豊満な肢体。そして長い耳。

闇人の女性が全て豊満というわけではないが、少なくともそういう印象を抱く者は多い。

それは大昔の叙事詩による風聞かもしれないし、実際にどうなのかを彼は知らない。

しかしゴブリンスレイヤーから見てすら、なるほど闇人の女だと、そう思える女であった。

「よぉ、生きてるかい、お嬢さん。喋《しゃべ》れるならありがたいが、生きてるならそれだけで十分だ」

そこへ周辺警戒を重戦士に任せた槍使いが、やはり躊躇ない決断的な足取りで傍へ寄る。

片膝を突き、拘束から解き放たれた娘の身体を受け止める仕草は、勇士さながらだ。

「できれば自爆はしないでもらえるとありがたいんだがね」

「自爆……？」ひゅう、ひゅうと掠れた吐息ながら、返事があった。「意味がわからんな」

「俺もわからねえな。ならヨシだ」

槍使いが闇人の娘に外套をかけ、安楽にさせる間、ゴブリンスレイヤーが周囲を睨む。

すると重戦士が無造作に強壮の水薬を放り、槍使いはそれをそっと彼女の口に含ませた。

水薬とて貴重な資源《リソース》だが、彼らはこれを浪費とは思いもしないらしい。

一口、二口と薬液を飲み、こほこほと軽く咳《せ》き込《こ》んだ後、彼女は薄っすらとその目を開いた。

「只人の戦士に、只人の戦士……只人の戦士？　何をしに来た？」

「冒険だ」

ゴブリンスレイヤーはいやに簡潔に、しかしきっぱりと断言するように言い放った。

それを聞いた闇人の娘は呆気に取られたように目を瞬かせ、皮肉げに口元を吊り上げる。

「まったく、冒険者か。敵《かな》わんな、本当に……」

「で、何か話せることはありませんかね、お嬢さん」

続く槍使いの言葉も、彼女にとっては愉快なものであったらしい。

強壮の水薬もあろうが、悪童を窘《たしな》めるような――空元気《からげんき》であっても――口振りで応じる。

「私の方が、恐らく貴様の十か百倍は上だぞ、小僧」

「だとしても、女性はみんな美しいし、俺にとっちゃお嬢さんですよ」

やはり槍使いの言葉にも迷いはない。

たとえ彼女の顔が醜く焼け爛《ただ》れていようと、この若い戦士は表情一つ変えずに断言したろう。

まったく。闇人の女は、心底からの溜息を吐いてから、その頰《ほお》を僅かに緩《ゆる》めた。

「別に、そう大した事ではないよ。貴様らも察しはついているだろう？」

「おおかた、邪神だの魔神だのの復活だか召喚だかだろうなってね」

「世界の危機、世界の終わり。いつも通りだな」

「そして少なくともゴブリンではあるまい」

槍使いが肩を竦めて、重戦士が頷き、ゴブリンスレイヤーが結論を出す。

闇人は先の溜息とはまた違った意味で息を漏らし、一瞬胡乱《うろん》な目を向けた後、首を振った。

「まあ、そうだ。私は一息に殺し尽くすのではなく、苦痛を味わわせるべきと言ったのだがな」

その提案を、身を持って味わわされたという事なのだろう。

ご覧の有様だという肌身には幾重にも傷跡が連なっている事が、薄闇の中でも確かにわかる。

「神に至るのだか、神を招くのだか。私はそのための供物《くもつ》とされたわけだ」

槍使いは無論の事「ふぅん」とまったく気にした風なく呟いて「どうする？」と一党《パーティ》を見回した。

「邪神召喚の儀式だとさ」

「突っ込んで、ぶっ殺して、帰るだけだろ。単純だ」

重戦士は裏事情に興味はないとばかり手を振った。気になる点は、三人ともに一致している。

「いずれにせよ、問題となるのは敵の戦力だ」

鉄兜の下で低く唸ったゴブリンスレイヤーが、視線を女へと向けた。

「何か知っているか。多少なりとも情報が欲しい」

「ここの指揮官は異界の怪物だよ。恐るべき悪鬼。隠し玉もあるようだ。だが――……」

闇人の女は、言《い》い淀むように口を閉ざし、それから酷く申し訳なさそうに、自嘲《じちょう》を滲ませた。

「見ての通り、それ以外の警備は手薄。私も含め――……囮《おとり》に過ぎないんだ、ここは」

三人の冒険者は、きょとりとした様子で顔を見合わせた。

「なんだ、そんな事か」

闇人の女は、今度こそ本当に、心底から驚いたらしかった。

だが、冒険者らにとっては、別に驚くほどのこともない。

そんなのは、当たり前の事なのだから。

「どうやら俺たちが本命だと思われたらしいぞ」

「そりゃあ光栄だな」

厳つい顔をしかつめらしくして言う重戦士に、槍使いが喜色を滲ませて肩を竦める。

ゴブリンスレイヤーは黙っていたが、恐らく何か言うまでもないと思っていたに違いない。

自分が勇者ではない事などとうの昔に認め、それを気にもしていない男たちの態度だった。

勇者でなければ生きていけないわけでも、無意味というわけでもあるまい。

勇者こそが無価値だと、天秤《てんびん》の反対側に載せたがる者は多いけれども。

そうした――自分たちを含めた全ての――無名戦士たちの切っ先に立つ者こそが、勇者だ。

だからこそ、勇者は尊《とうと》い。

そのための囮となることの、一体全体、どこに不満があるというのか。

「……混沌というのは、全てを一色で塗《ぬ》り潰そうとする。秩序は様々な色彩で絵を描く」

闇人の女は、地下の星を見上げるように優美な口調で口ずさんだ。

それは上の森人《ハイエルフ》が持つ典雅さとはまた違う、自然に生み出されたような美しい音色《ねいろ》だった。

「してみると、混沌と秩序というのは、呼び名を逆に変えるべきなのかもしれないな」

「言葉遊びに過ぎん」

ゴブリンスレイヤーが、女の戯言をばっさりと切り捨てて言った。

「名を変えたところで、意味する事も、俺が……」

一度口を閉じ、言いかけた言葉を喉奥に飲み込んで、ゆっくりと言い直す。

「……俺たちが、やるべき事も変わらん」

「それがわからぬ輩《やから》も多いのさ。……付き合っていくのが、ほとほと嫌になった」

闇人の女はそう呟いて、薄く目を細めた。そして「自由に生きる事にする」と低い声で零す。

「生かして帰してくれるのなら、だが」

「強壮の水薬まで渡して助けた捕虜を殺す理由はないだろ」

「ましてや美人を、な」

重戦士が肩を竦め、槍使いが当然とばかりに付け加える。ゴブリンスレイヤーは無言のまま。

闇人の女にとっては、十分だった。

――何も考えず乗り込んでくる冒険者に陰謀を潰される事を、同情すべきか嘲《あざけ》るべきか。

闇人は微《かす》かによろめきながら立ち上がり、その身を覆う外套をばさりと空中へ打ち捨てた。

「幸運を、冒険者。――私からでも、いらぬ物ではないだろう?」

槍使いの耳元で、囁くような微かな声。

そうして裸身を闇の中へと溶かし込み、女は最初からいなかったように、姿を消した。

はらりと外套が落ちた後には下水の暗黒が広がるばかりで、影の一つも残ってはいない。

「黒幕は怪物。そして隠し玉が一つ」

地に落ちた外套を拾い上げた重戦士が、温《ぬく》もりも残らぬそれを槍使いへと突き出した。

「……さて、どこまで正確な情報だろうな」

「美人の話は全部真実だよ」

受け取った槍使いは、その外套を丁寧に畳んで魔法じかけの鞄へとしまい込む。

闇人の血と、その身を穢《けが》したものに汚れて濡れているが、槍使いは意に介さなかった。

良い女の助けとなったならば、この外套とても本望というものだろう。

「たとえ嘘偽りだとしても、俺たちに確かめる術《すべ》はあるまい」

そう応じたゴブリンスレイヤーが、僅かに低く唸るのを槍使いは聞きとがめた。

「んだよ、不満でもあるのか？」

「いや」

鉄兜がゆっくりと左右に揺れ動く。

「捕虜を退避させる場所や手段を考えていたのが、無駄になった」

それを聞いた槍使いは、腹を抱えて笑い出した。

§

いかなる迷宮、いかなる冒険にも終点というものは存在する。

それは城塞の最奥で待ち受ける大魔道士であったり、塔の最上階に君臨する闘神であったり。

土壇場《クライマックス》という奴だ。

長くとも、短くとも、冒険が冒険であればこそ、それは確実に存在する。

「「「「良く来たな、定命《モータル》どもよ」」」」

今回の冒険においては――彼奴《きゃつ》こそが、それであった。

悪夢の中から湧き出てきたとしか思えぬ、自身の正気を疑いたくなるような異形である。

一言で呼ぶのならば、それは目玉だ。

無数の眼球が絡み合い、混ざり合い、蠢き合い、一塊となった異形の肉塊。

だがそれは意志を持ち、視神経の如き触肢を広げ、その先端に埋まった目を揺れ動かす。

巨大な一つの目は常に四方へ痙攣し、その下に存在する裂け目の如き顎が厭《いや》らしく嗤《わら》う。

幾重にも木霊するその聲《こえ》は、決して物質的な音ではない。

あの異形は、間違いなくこちらの脳へ、そのおぞましき意志を這い寄らせているのだった。

「脅威度でいやあ十四ってとこか？」

「いや、それはねぐらで出会った時だな。ここでなら、十三だろう」

「以前に殺した事はあるが、手間取った」

「ゴブリンじゃねえからだろ？」

「かもしれん」

だが、三人の冒険者たちはその名を口にするも憚《はばか》られる悪鬼を前に、平然としたものだ。

天井の広い玄室に君臨し、赤黒い血で描かれた魔法陣の上に浮かんでいようが――……。

――怪物は、怪物だ。

血が出るならば、実体《データ》があるのならば、殺せる。殺せぬ道理のあるものか。

それは重戦士にとっては疑問の余地なき真実であり、今まで間違っていたためしはない。

彼はだんびらを両手でしっかと構え、ず、と両足で床石を踏みしめて、筋肉に力を込めた。

その横で槍使いはぐるりと自慢の長槍を一回転させ、穂先を真っ直《ま》ぐ《す》に怪物へ突きつけた。

ゴブリンスレイヤーは中途半端《ちゅうとはんぱ》な長剣を抜くと、小振りな円盾を掲げ、腰を深く落とした。

それは初めての冒険で小鬼と戦った時から変わらぬ、彼らの姿であった。

「「「「痴愚《ちぐ》めらが。言葉も知らぬか」」」」

「命が惜しいなら、言葉を慎むべきだったな」

重戦士が牙を剝き出し鮫のように笑った瞬間、戦いが始まった。

ぱっと地を蹴り飛び出した三人は、散開して三方向から一挙に敵影へと迫る。

相手が魔術師であればこれが鉄則。強固な盾役がいれば別だが、火球で一網打尽は御免だ。

そして無論、その程度の戦術だけで攻略できるような弱敵であろうはずもない。

「「「BEEEEHHHOOOOOOOOOOLLLLL!!!」」」

触肢の先端で蠢く眼球が次々と瞬き、目も眩《くら》まんばかりの閃光《せんこう》を放ったのだ。

絵画に筆で白い塗料を走らせるように、玄室の空間を白線が塗り潰す。

怪光線で薙《な》ぎ払《はら》われた玄室の石床は粉塵に帰し、あるいはぶくぶくと沸騰させて溶解させる。

分解光線《ディスインテグレート》、怪力線《デスレイ》、そしてもう一閃の分解光線《ディスインテグレート》。

死をもたらす三光へ、冒険者らは声も上げずに立ち向かう。

ある者はその鎧具足に物を言わせ、ある者は俊敏な身のこなし、ある者は地を転げるように。

そして各々《おのおの》の武器が唸りを上げたかと思うと、ぱっと弾《はじ》けるようにして再び散らばった。

「殺す気か⁉」

「殺す気なんだよなぁ……」

「こちらも同じだ。構うものか」

罵り声をあげる槍使いに、重戦士が相槌を打ち、ゴブリンスレイヤーが話を終わらせる。

誰の刃が届いたかは、この際問題ではない。

重要なのは大目玉の怪異、その触肢の幾本かが切り飛ばされ、床の上をのたくっている事だ。

無論、たいした痛痒《ダメージ》ではない。

無限にも近い本数の触手と眼球をのたくらせる怪物にとっては、髪の毛ほどのものだろう。

だが、無限に近いという事は、決して無限ではないという意味だ。

「ま、そのウチ死ぬだろうさ」

やはり、重戦士の言葉こそが真実であり――それはまた、冒険者らに対しても同じことだ。

幾条も光線を放ち、浴びせかけ、そうすれば確実に殺せる。死なぬ者などいない。

しかしこの異界より現れた混沌の眷属にとっては、実に耐《た》え難《がた》い時間の浪費に他ならぬ。

例えるならば仕事の前に机の汚れに気づいて、拭《ふ》こうとしたら存外落ちなかった、程度。

それを拭うために仕事を放り出す気にはならず、かといって放っておくのは鬱陶《うっとう》しい。

「「「であれば、貴様らはそいつとでも遊んでいるが良いわ」」」

故に、混沌の眷属は自身の持ち駒を切る事を躊躇《ためら》わなかった。

ずん、と。暗闇の奥より、大地を揺るがす轟音《ごうおん》――否、足音が響き渡る。

二度、三度、四度。規則的な間隔を伴って続くそれは、ほどなく正体を現した。

「死霊騎士《デュラハン》か？」

「いや、ちょいと違うんじゃねえかな……」

なるほど、それは確かに一見して死霊騎士のようではあった。

なにしろ首がない。鎧具足に身を固めている。剣を持った、騎士のような佇《たたず》まい。

それは重戦士よりも一回り巨大な体躯《たいく》を持ち、人の身では扱えぬような武具を纏《まと》っていた。

だがその全ては血とも錆《さび》ともつかぬ赤黒い汚れに染まり、今となっては見る影もない。

鎧具足に僅かに垣間見《かいまみ》えるくすんだ青色のみが、かつての錚々《そうそう》たる栄光の名残となっている。

半ば襤褸布《ぼろぬの》同然となったΩ《オメガ》の旗指物《はたさしもの》も、もはや彼の騎士の来歴を示す手がかりにはなるまい。

しかし――違う。

凡百の死霊騎士などとは、とても一緒くたには扱えない。

古き時代、神代の――壮絶極まるいくさ場にあって活躍した、誇り高き戦士の、その末路。

手にした刃で、いったい何十、何百の混沌を屠《ほふ》ってきただろう。

星々の狭間《はざま》に、どれほどその名を輝かしめた事であろう。

だがもはや、その全ては伝説であり、神話であり、冒瀆され、穢された。

今となっては――混沌の尖兵《ケイオスマリーン》に過ぎないのだ。

「あれが例の隠し玉って奴か」

面白くなってきた。そう言わんばかりに重戦士は嬉々としてそう呟く。

「本命はあの大目玉だ」とゴブリンスレイヤーは唸った。「光線以外はどうとでもなろう」

「ったく、面倒臭ェなあ……」

槍使いは顔をしかめながら、その籠手を外して指輪を指にはめにかかった。

煌めく星降りの指輪。それは主にすぐれた俊敏性と、みかわしの力を授《さず》けてくれる。

普段彼がこれをつけないのは、他の魔法の道具を使っているからだ。

紙一重の回避が必要にならない限りは、他の装備の方が良い時もある。

「まったく同意見だ」

頷き応じたゴブリンスレイヤーもまた、雑嚢から水薬の瓶《びん》を引っ張り出していた。

俊敏性を高める秘薬。水薬の中では高価なものだが、もとより消耗品に費《つい》えを惜しまぬ男だ。

栓を抜き、一口、二口、兜の隙間《すきま》にねじ込むようにして呷《あお》り、瓶を投げ捨てて割った。

極短時間で効果は切れると聞いて、それならばと試しに持ってきたのだ。

どうせ小鬼どもは奪ってすぐに飲んでしまうのだから、致命的な問題にはならぬのが良い。

「お前はどうする」

「一発二発じゃ死にゃあしねえ。『我慢する』さ」

しゅうしゅうと煙を上げる鎧をつまらなそうに一目見て、重戦士は言い切った。

実際、彼は先程の光線を一条もろに浴びている。だが、平然とした様子は何も変わらない。

只人の戦士は他に能がない存在の代名詞とする者もいるが、それは物を知らぬからだ。

鍛えに鍛えて体力《タフネス》を高めた戦士を真正面から殺すのは、極めて困難である。

何発殴っても死なぬ者が、ひたすら疲れも知らずに攻撃を打ち込んでくる。

ただそれだけで、戦場においてはどれほどの脅威となろうか。

「『永劫《えいごう》を生きるからとて、無駄にして良い時はない。疾《と》くその命を燃やせ』」

主の命令により、混沌の尖兵はその手に握った異形の刃を構えた。

鋸《のこぎり》状の刃が連なったその剣は、途端に異様に甲高い唸り声を轟《とどろ》かせ始めた。

刃が回る。唸る。古《いにしえ》の名工の手による魔剣に他ならぬ。敵の肉を撹拌《かくはん》する——恐るべき剣。

かの《死の迷宮》にてその名を知らしめた武器を前に、槍使いは笑い飛ばすように言い放つ。

「そいつは俺らの言うセリフだぜ」

再度、激突。

冒険者たちは言葉一つ交わすことなく、互いの行動に合わせて動き出した。

真っ向から迎え撃つのが混沌の尖兵であり、戦場には光芒《こうぼう》の雨が降《ふ》り注ぐ。

その最中にあって、槍使いは微かに耳飾りへとその指を触れている。

無論、かの眼球の怪物が呪文封じの目を持つ事は百も承知。故に使う呪文はこれだ。

「《アルマ《武器》……マグナ《魔術》……オッフェーロ《付与》》！」

蒸発する石畳の煙の狭間を稲妻のように走り抜け、槍使いの魔槍が鎧を穿《うが》った。

蜜蠟を塗りたくられたその刃は、不可思議な光を帯びていて、また一段と鋭さを増している。

だがその武器をもってしても、混沌の尖兵が装甲《AC》を上回るには僅かに足りぬ。

「ち、硬ぇってのな!!」

「気にすんな、叩き込め！」

対して——こちらは幾本の熱線を浴びただろうか。

煙を纏いながらも平然と距離を詰めた重戦士のだんびらが、釘《くぎ》を打つように叩き込まれる。

しかしそれすらも、この鉄塊の如き混沌の尖兵を揺るがすには至らない。

衝撃に、ず、と僅かに床を擦ったその巨体が、唸りを上げる剣を振りかぶる。

「──っとお……ッ⁉」

その削るような一撃を、重戦士はかろうじてだんびらで受け止めた。

無論、重戦士だから辛うじてで済んでいるのだ。生半《なまなか》な者ならば、そのまま斬《き》られている。

火花を散らすその剣戟《けんげき》の隙間を縫って槍使いが飛び下がり、入れ違いに飛び込む鎧姿。

「そのままでいろ」

「無茶を言ってくれるぜ……！」

しかし重戦士はゴブリンスレイヤーの声に応じ、全身の膂力《りょりょく》でもって首なし騎士と拮抗した。

押し込む刃は回転する魔剣と噛み合って耳障りな音を立てるが、折れる気配は微塵《みじん》もなし。

「値段が違う……ぞ、と……‼」

「まったくだ」

だからゴブリンスレイヤーは、じっくりと狙い定める事ができた。

彼は影のように玄室の中を滑り、片手の剣を床に落とすと、一挙動でそれを抜き撃った。

それこそは想像を絶するほどに異様で禍々《まがまが》しい形状をした、恐るべき投げナイフだ。

疾駆しながら下手投げに投じられた刃は、唸りを上げて空を切り、大きく弧を描く。

そして次の瞬間には騎士の装甲、その隙間である手首に噛み付《つ》いて食い破る。

普段遣いの剣とは、値段が違うのだ。

「―――――――！！！！」

それを悲鳴と呼ぶかはわからない。金属のきしむような金切り音を伴って、手首ごと剣が飛ぶ。

「よっしゃもらったぁ!!」

そしてその一瞬の隙《すき》を見逃す槍使いではない。

彼は素早く己《おのれ》の槍を手繰《たぐ》り寄せ穂先を短く持ち、近い間合いから怒涛の攻撃を繰り出した。

狙い定めたその先は、手首から先を失った混沌の尖兵、その腕だ。

砂利山《じゃりやま》に突っ込んだような感触と共に、容赦なく傷口を抉《えぐ》る――ばかりではない。

「《サジタ《矢》……ケルタ《必中》……ラディウス《射出》》!!」

槍穂の先より次々と繰り出されるのは、攻撃呪文の基礎の基礎、《力矢《マジックミサイル》》の雨だ。

装甲を通さぬ必中の矢は鎧の内側で暴れまわり、混沌の眷属の肉体をずたずたに切り刻む。

「―――――――！？！？」

がくがくと壊れた人形そのものの動きで三度、混沌の尖兵はその身を痙攣させ、止まった。

槍を引き抜けば、ばらばらと零れ落ちるのは針金細工や、紋様の刻まれた緑の石版ばかり。

――するってえと、ゴーレムの類だったたか？

少なくともこの大鎧を纏っていただろう古の戦士とは、比べるべくもないわけだが――……。

「「「骨董品では、物の役にも立たぬか」」」

その超自然的な声に若干の苛立ちを感じてしまうのは、只人の理解力が貧困なせいだろうか。

またしても空間を塗りつぶして降り注ぐ怪力線を、槍使いは紙一重でひらりと交わす。

指輪のおかげだ。さもなくば大いに痛い目を見たに違いない。

彼は舌打ちを一つ残すと、即座に遮蔽物、すなわち混沌の尖兵の巨体の裏へと回る。

すると秘薬の効果が切れたらしいゴブリンスレイヤーが続き、最後に重戦士が滑り込んだ。

古の鋼鉄は致死の魔眼も、石化の視線も、ひとまず遮《さえぎ》ってはくれるらしい。

三人の冒険者は、戦闘が始まって以来、初めて一度、大きく息を吐いた。

「どう見る」

ゴブリンスレイヤーの問いかけに、全身のあちこちを焼け爛れさせた重戦士が真顔で応える。

「くっそ痛ぇ」

「痛み止めならあるが」

「力が入らんからいい。それより賦活《ふかつ》だ。強壮の水薬をくれ」

「うむ」

ゴブリンスレイヤーが雑嚢から取り出した瓶を、重戦士は摑み取って飲み干し、宙へ放る。

その瓶が鎧の影から出た途端に空中で白光を浴びて、ぐずぐずの粉微塵《こなみじん》に砕けて消えた。

「『隠れて何か企《たくら》んだところで、私の目からは逃れられぬぞ』」

「隠れても無駄らしいが」槍使いが耳障りな声に顔をしかめた。「一発貫通たぁ行かねえな」

もちろん、いつまでも隠れていられるわけではない。あの大目玉だとて動くのだ。

ぐるぐると鎧の周りを回り続ける間抜けな構図でも凌《しの》げようが、先に体力が尽きるのはこちら。

ゴブリンスレイヤーは低く唸った。別にそう、難しい問題でもないように思えた。

「潰すか」

「それで」

「それだな」

作戦が決まれば、冒険者らの行動は素早い。

重戦士は人喰鬼《オーガ》の籠手に付け替え、ゴブリンスレイヤーが具足に布を巻いて滑り止めを施《ほどこ》す。

そして槍使いが耳飾りに手を触れて、繰り出すべき最後の呪文を言の葉に乗せて紡《つむ》いだ。

「《オレウム《油》……マレ《海》……ファキオ《生成》》！」

異変は、石畳の上に起こった。

大目玉はそれが何か理解しただろうか。理解しても、その意図に気づくには間があったろう。

浮遊している限り、《潤滑《グリース》》の術なぞ何の意味もないのだから。

だが、それも──その超自然的な視界を巨大な影が覆うまでの、一瞬の事だ。

「お、っらあ……ッ!!」

重戦士の咆哮《ほうこう》と共に、猛烈な速度で混沌の尖兵の巨体が押し寄せてくる。

──馬鹿め。

大目玉の口元、亀裂のようなその顎が嘲笑《ちょうしょう》の形に歪んだ。

そんなものは避ければ良いだけの話だ。上へ浮遊するには天井が低すぎるが、左右なら十分。

回り込んでしまえば、逆にあの鉄塊は動きを防ぐ足枷《あしかせ》だ。今度こそ怪力線を浴びせてやろう。

相手を詰みに追い込んだというその自負から、大目玉はふわりと宙を漂って――……。

「馬鹿な奴だ」

次の瞬間、大目玉は自分が壁に向かって突き進んでいる事を認識し、驚愕《きょうがく》に目を見開いた。

鈍い衝撃があった。

冒険者らの誰かが――自分に一撃を叩き込んだのだとは、ついぞ理解できなかった。

「最初の一手で当ててんだろうが。白兵戦ならこっちが上だっての」

槍使いが当たり前の事を言うように呟いて、重戦士が笑う。ゴブリンスレイヤーは無言だ。

迂闊《うかつ》に間合いから出入りしようとする機会なぞ、攻撃する絶好の隙ではないか。

おまけに動きが見え見えなら、大して苦労する事もなく当てられる。それだけの話だった。

壁に激突した大目玉は、ほんの一瞬もたついただけで、すぐに復帰する。

大した痛痒《ダメージ》ではない。けれども、それはこの戦闘においては間違いなく致命的な一瞬だ。

「ＢＥＥＨＯＯＯＯＯＬＬＬＬＬ！？！？！？」

この世のものではない絶叫が、大目玉の顎から膨れ上がった。

文字通り叩きつけられた大鎧は、その眼球を半分がた潰し、おぞましい体液を撒《ま》き散らす。

まだ死なない。まだ死んでいない。だが──しかし、それだけだ。

もはや浮かぶ事もできぬその身を床の上に這わせ、逃げようとしたのか、抗《あらが》おうとしたのか。

自分でもわからぬままに痙攣を繰り返しながら、異界の怪物は力を振り絞って吠《ほ》えた。

「「この、野蛮人《バーバリアン》、どもめが……！！！」」

「間違っちゃいないが、足りねえよ」

重戦士が、足元に落ちていた古の名剣《カシナート》を拾い上げて嘯《うそぶ》いた。

新たな主を得たその魔剣は、再び甲高い歓喜の声と共にその刃を震わせる。

「偉大《グレート》なが抜けてるぜ」

そうして、その名を呼ぶも憚られる怪物は、とうとう単なる肉の塊へと成り果てた。

それで終わりだった。

廃都と化した街の地下に渦巻いていた妖気、瘴気、そう呼ぶべき何かは、明らかに和《やわ》らいだ。

床に刻まれ、魔力の輝きに満ちた魔法陣も、既に其処此処《そここ》が欠けていて機能を停止している。

冒険の終わりだ。重戦士は刃を拭って、かつての神々の戦士にその剣を返却する。

どうせなら完全な──生者か亡者かはともかく──状態で打ち合って見たかったものだが。

そんな彼の気持ちを察したわけでもなかろうが、槍使いが小さく鼻を鳴らした。

「その名乗り、気に入ったのか？」

「ああ」

重戦士は堂々と胸を張って応えた。

槍使いがげんなりと顔をしかめるその横で、ゴブリンスレイヤーがこっくりと頷いた。

「俺も、あの英雄譚は好きだ」

§

「んで金貨に銀貨、古代の貨幣が数えるのも嫌なぐらいに……宝石もゴロゴロだな」

「あの手の怪物ってのは溜め込むからな」

「ふむ」

そうして戦いが終われば略奪の時間である。

ゴブリンスレイヤーが調べて解錠した宝箱の中身を、槍使いは嬉々として数え上げる。

――こういうのは斥候役が喜ぶもんなんじゃないのか？

重戦士は何ともちぐはぐな光景にそう考えて、すぐに笑って首を横に振った。

三人とも戦士なのだから、別に誰が喜んだところで、おかしな事は何もないではないか。

そう考えて肩越しに宝箱を覗き込めば、何とも古めかしい書物も収まっている。

「筋力を高める秘本とかの類だったら欲しいんだがな。どうだ？」

「俺もよくは知らねえが、人の革で装丁されてっから、ロクなもんじゃねえぞこれ。いるか？」

「いや、いらねーな」

「興味はない」

「じゃあ、戻ったら売っちまおう」

この世にそう何冊もない古文書の類でも、冒険者にかかればこんなものだ。

他に見つかった魔剣だのの類も、なりたて駆け出し冒険者にとってはともかく――――……。

「この程度の強化された代物なら、何本か持ってるからなぁ……」

特異な力を秘めているのでもなければ、銀等級にとっては持て余すものばかりだ。

「まあ詳細は鑑定しねえと断言できねえけどな。くそ、槍はねえか……」

そして大体の場合、魔力の付与された武具は剣で、時々斧、そして鎚《つち》が混ざる程度。

槍だ金棒だを求めている者にとっては、なかなか目当ての代物を見出すのは難しい。

深々と息を吐いた槍使いは、適当に長剣をひっつかんでゴブリンスレイヤーへ放った。

「お前も魔剣一本ぐらい持っといたらどうだ？　銀等級が格好つかねえだろ」

「いらん」

一言であった。

「ゴブリンどもに奪われでもしたら困る」

「ったく、どうしようもねえな、お前……」

「その杖とか、持って帰って贈ってやったらどうだ？」

「いや」と槍使いは重戦士に首を横へ振った。「あいつ、杖はいらねーんだと」

「ふぅん……」

まあ、そんな事もある。冒険者の装備なんてのは人それぞれだ。

やりたい事があって、やりたいから、冒険をやっている。

武器の性能だとか有利不利だとかは、考えたい奴だけが考えれば良い。

気にいった装備があるのならば――それで良いのだろう。

「しかし最初にちょいと魔術のかかった剣だ槍だ見つけた時には、大喜びしたもんだが」

贅沢《ぜいたく》になったのか、感覚が鈍ってしまったのか。重戦士は、若干の寂《さび》しさを覚えて笑った。

何かでホブゴブリンと戦った時に、そいつが振るっていた物を奪ったのが最初、だったか。

小鬼どもが魔剣を持っていることの落差に苦労するやら、驚くやら、笑うやら、喜ぶやら。

しばらくは最初のだんびらを封じて、あの長剣を振り回したっけか。

あの魔剣はどうしてしまったか。宿の長櫃に放り込んではある、と思うのだが――……。

「結局、これだけ宝があって、俺たちに必要なものはほとんどない、か」

自分たちが辿り着いた場所をどう見れば良いのか、重戦士には時々よくわからなくなる。

最初に比べれば、だいぶ登りつめたのは確かなのだろう。だが、上を見れば果てしない。

――まったく。

騎士も、王も、夢のまた夢か。

「……別に、良いのではないか」

不意にぼそりと、いつも通りの淡々とした口調でゴブリンスレイヤーが呟いた。

財宝を持ち帰らなくたって、別に構わないではないか。

何も彼らは全ての玄室を踏破したわけではない。

首魁が死んだからとて、怪物や罠が一瞬のうちに消え去る事もないだろう。

この地下に限らず、地上部分にだって亡者は蠢いている。この廃都は、迷宮に成り果てた。

その上で――……。

「あいつは、残しておけと言ったのだ」

重戦士は、槍使いと顔を見合わせた。槍使いは笑っていた。きっと、重戦士もそうだろう。

ほどなくして、冒険者たちは地上に向けて歩き出した。

汚水を船で逆上るのは痛快であったし、自分たちの戦果を確認するのも悪くない気分だった。

また水に潜って、地下水脈を通って、また陸へ戻らねばならないのは――手間ではあったが。

その間に、重戦士は自分の頭の中での考えをまとめていた。

きっとあの少年少女らは、探索の終わりを待って野営している事だろう。

精一杯に見栄を張り、格好をつけて、何でもない風に、言ってやろう。

「――――ツイてたな、坊主！」

大昔の英雄が、そうしたように。

第6章『勇者ちゃん対死人の王』

「とぅ、りゃーっ!!」

地の底の暗黒に不釣り合いな明るい声と共に、断ち切られた空間から少女が飛び出した。

少女は輝かしい物の具を身に纏《まと》い、その手には太陽の光を収めた聖なる剣を携《たずさ》えている。

四方《しほう》世界のどこにあるともわからぬ、地下奥深くの魔宮である。

渦巻く瘴気、妖気、それは地上の比ではなく、壁や床はおぞましき腐肉に覆《おお》われていた。

僅《わず》かに胎動しているところを見るに、これ自体が真実、生き物の体の内なのやもしれぬ。

もはやそこが、かつて『飛竜の止まり岩』と言われた岩山の直下だとわかる者はいまい。

しかし黒髪の少女——勇者はちらと周囲を見回して、「大丈夫そう!」と言い切った。

「だからって、真っ先に飛び込むのはどうかと思いますよ」

続けて彼女へ苦言を呈しながら女剣士が一人、颯爽《さっそう》と。

最後に杖《つえ》を握ったうら若い娘——賢者が、ややおぼつかない足取りで。

「一応、危険がない事は遠見の水晶で確認済み……」

その手に握った宝玉を、術士——賢者は遊び飽きた玩具をしまうぞんざいさで袋へ放り込む。

「……それにしても、《転移》の巻物が手に入ったのは僥倖《ぎょうこう》だった」

「おまけにこの座標が書き込まれてるんだもんねえ」

勇者は子供が草むらで見つけた蛇をつつくように、足先で周囲の肉塊を蹴り飛ばした。

「どこの誰《だれ》がこんなもん用意したんだろ?」

「叙事詩などでは古《いにしえ》の魔術師なんかが定番ですが、世に潜んだ隠者の類《たぐい》も多いですしね」

腰に帯びた湾刀を確かめながら、剣聖が周囲を睥睨《へいげい》し、眉をひそめた。

異様な光景だ。この手の迷宮はもう慣れたが、だからとて心地よいかどうかとは別だろう。

「何にせよ、先見の明ある魔術師がこの世にはいた、という事でしょう」

「どっかの誰かさんよりもウワテな魔術師か」

勇者はウンウンと頷《うなず》いた。

《転移》の巻物自体は四、五本持ってるが、座標がわからなきゃどうしようもないものだ。

あらかじめ、この地に脅威が起こると予見した誰かがいたのだとすれば——……。

「やっぱ四方世界って広いなぁ」

「……それよりも、ここからが大事」

勇者のからかいに表情一つ変えることなく、賢者は自分の鞄《かばん》から次々に品物を並べていく。

とてもその鞄に納まるとは思えぬ量。いや、そもそも鞄自体、虚空《こくう》から取り出したものだ。

この冒険のために用意してきたもの——ではないが、旅をしていれば貯まるものは多い。

物持ちが良いのは、素晴らしい事だ。

「準備をする」

「りょーかい！」

各種の能力を上昇させる類の秘薬、水薬は当然として――……。

嵐《あらし》を操《あやつ》る神代の巨人に等しい膂力《りょりょく》を一時的に授《さず》ける、怪力乱神の水薬。

ごくごく短時間ながら、あらゆる呪文《じゅもん》への抵抗を獲得できる、無敵の秘薬。

宙を舞い、色のついた風の如《ごと》き敏捷性をもたらしてくれる、疾風の水薬。

周囲に存在する者の思考を読み解けるようになる、読心の秘薬。

飲み干すだけで神々の祝福を得られる、戦女神のいさおしの聖水。

目的地までの道のりを立ちどころに描き出す、魔法の巻物。

行く手に立ちはだかる罠《わな》や危険を予見する、やはり魔法の巻物。

上《かみ》の森人《もりびと》の王族のみが作ることを許された、神々の食物とされる焼き菓子。

そして神々への嘆願でもたらされた、その身に英雄の活力をもたらす糧秣《りょうまつ》。

他にも数多くの、ここに記すには紙面が足りなくなるほどの品々が、山のように並ぶ。

どれもこれも伝説に語られるか、並の冒険者では一生目にかかる事すらできぬ品々ばかり。

もし万一市場へ売りに出されても、一つ贖《あがな》うだけで軍艦に匹敵《ひってき》する金貨を積まねばなるまい。

それを彼女たちは冒険前の腹ごしらえとばかり、湯水の如く使い切っていく。

「まったく便利ですが」と剣聖が空き瓶《あびん》を放り捨てた。「効果時間が短いのが玉に瑕《きず》ですね」

「あと量が多いよ。ちょっと飽きてきちゃうや、美味《おい》しいのは間違いないんだけどさ」

勇者はそう言って「そうだ！」と荷物から愛用の調味料を取り出した。

塩かなにかのように振りかける粉末は、小瓶《こびん》から零《こぼ》れた途端にきらきらと美しい輝きを放つ。

持ち主の望むがままの美味なる味付けをもたらす、魔法の香辛料に他ならない。

別に大した事のない、ちょっと気の利《き》いた程度の価値でしかないのだが――……。

「やっぱり一番役に立つのってこれかもね！」

「私もお借りして良いですか？」

「…………私も」

彼女ら三人にとってはすこぶる好評なのだった。

ひとしきり数々の巻物を読み上げ終えた賢者も、二人に遅れて食事にありつく。

一見して儚《はかな》げな癖《くせ》して大食漢、自分より成熟した体つきはそのせいかと勇者は睨《にら》んでいる。

――それかもしくはなんか得体のしれない魔法の呪文を使ってるんだな。

などと考えつつ、香辛料を皆で回しがけた勇者は、指についた焼き菓子の欠片《かけら》を舐《な》め取った。

「一日十食分まで出てくるから、みんなで朝昼晩使えるのが地味に良いよね」

「……圃人《レーア》が使うには、いささか足りない」

「あなたは圃人じゃないでしょう。…………ないですよね？」

「……ふふふ」

「謎《なぞ》だよね、ホントね」

和気藹々《わきあいあい》と呼ぶには相応《ふさわ》しいけれど、団欒《だんらん》と呼ぶには短すぎる一時。

そうして手早く準備を終えると、勇者は「よしっ」と勢いをつけて立ち上がった。

「じゃあちょっと、僕たちで世界を救いに行ってこよう！」

それはまるで、初めての冒険に赴《おもむ》く、冒険者のように。

§

「DAEEEEMOOOONNN！？！？！？」

「いぃいぃいやぁあぁあぁあぁーッ！！！！」

異形の迷宮を色のついた風が吹き荒れる度《たび》、おぞましい魔神どもの鮮血が迸《ほとばし》る。

速い速い音よりも速いそれは風か疾風か熱風か。ぼやぼやしていると一刀両断だ。

いかに離れていようと踏み込む一歩《マイナーアクション》で接敵《エンゲージ》、続く一瞬《メジャーアクション》で強打《バッシュ》、強打《バッシュ》、強打《バッシュ》。

絶対の武器が切り裂いた空間断層。それを生き延びた者を、続く湾刀が薙《な》ぎ払《はら》って命を奪う。

まさに無人の野を行くが如し電撃戦。有象無象《モブ》の魔神兵では一秒だって止められない。

無論、魔神どもとて手をこまねいて見ているわけではない。

影から、鋭角から、滲《にじ》み出て湧《わ》き出《で》て、不意をついて娘たちの命を奪わんと牙《きば》を剝《む》く。

しかしそれを古強者《ベテラン》たる剣聖が見落とすかどうかといえば、また話は別だ。

「足元の影！」

「……ん」

賢者が即座に力場の魔剣《オート》を作り出し、左手に握ったそれを一挙動で投射。

不埒《ふらち》にも乙女《おとめ》らの下へ潜り込んだ影の魔神の断末魔を後に残し、前へ、前へ、前へ。

道順は先程開いた巻物が予見をもたらしてくれるし、罠の位置だって把握済み。

暗黒の城塞の最奥には女神の加護とて届かぬが、それだけで敗れるほど冒険者は甘くない。

だからこそ正義を司《つかさど》ったあの女神は、王冠奪還の旅路にあの勇士を選んだのだ。

己《おのれ》が英雄になれるという事実が、あまねく冒険者にとって、どれほどの誇りとなっただろう。

かの英雄譚こそは冒険者にとっての聖典、その一つに間違いはあるまい。

「っと、大軍がおでましだよ！」

幾度目かの十字路を駆け抜けた時、勇者は前方から押し寄せる敵軍に気づいて声をあげる。

来るわ来るわ、奈落の底《アウト・オブ・ザ・ピット》から悪夢の如き怪物どもが。

「どうします？」

湾刀を引っさげてひた走る剣聖からの問いかけに、勇者は「うーん」と小さく唸《うな》った。

別に迷っているわけではない。怖いは怖いけれど、それはまあ平気へっちゃらだ。

真《ま》っ直《す》ぐ突っ込んで道を切り開くに否《いな》やはない。それが自分の役目だと彼女はわかっている。けれど戦っているのは三人で、背後にはもっと大勢の人がいる。賢さだって三倍である。

「……節約したかったけれど」と賢者は杖を構えながら呟《つぶや》いた。「今は時間が惜しいから」

「ん、任せた‼」

突き進む速度を緩《ゆる》めぬまま、賢者は二言、三言と呪文を口ずさむ。

「《ウェントス……セメル……コンキリオ》……」

途端、押し寄せてくる魔神の軍勢の勢いがぴたりと衰えた。

数十数百、千には足りぬという怪異どもが、じたばたと、空中で溺《おぼ》れるように手足を振る。翼《つばさ》の有無など問題にもならない。これは《浮遊《フロート》》。飛行とは原理が違う。

呪文によって空中で捕らえられたその魔神どもへ、続く一言を賢者は慈悲なく紡《つむ》いだ。

「《レスティンギトゥル》」

瞬間、風が牙を剝いた。

高所へ持ち上げられていた魔神どもは、途端に重力に摑《つか》み取られ路面へ次々叩《たた》きつけられる。竜の群れさえ撃ち落としたという大賢人に曰《いわ》く——……。

「高いところから落とせば、死せる神々とて死ぬ」

いわんや魔神をや。賢者の言葉に「昔の人は良いこと言うよね」と勇者はけらけらと笑った。潰《つぶ》れた果実のような死骸が広がる通路を、勇者たちは一切《いっさい》足を止める事なく走り抜ける。

「にしても、予想より数が少ないね」

玄室と玄室、戦いと戦いの狭間《はざま》、ふと勇者はそんな事を呟いた。

彼女は邪悪な邪教徒どものアジトには、みつしりと怪物が詰まっている気がしていたのだ。

そうでなかった事には、おもわず「ほう」と吐息も漏《も》れようもの。

「相手も各戦線に戦力を分散させていますからね」

こういったふわっとした質問に答えをもたらしてくれるのは、すぐ側を走る剣聖だ。

連戦が続くのに汗一つ滴《したた》らせず、颯爽と駆ける姿は友人ながらも惚《ほ》れ惚《ぼ》れするし、羨《うらや》ましい。

「人海戦術とは数のみでなく、必要な戦力を必要な時、場所に送り込んでこそ成立するんです」

「んっと、つまり？」

「兵と、武器や食料を運ぶ人たち、作る人たち、計画する人たちが頑張っているおかげ、ですね」

「王も手を打った。冒険者もいる。他にも色々」

賢者が付け加えた。付け加える事で、勇者が安堵《あんど》するなら、何だって言うつもりだった。

「……やっぱり僕たち、負けらんないよねー」

勇者はそう言って無理矢理に笑った。剣聖と賢者も無言で頷く。

二人は知っている。この小さな少女がそう言って笑うのは、自分に言い聞かせるためだと。

どうやら勇者の出番らしい。

このたった一言に、どれほどの重みがあるか。口さがない者たちは考えもしないのだろう。

世界を救うのが自分の使命だなんて、そんなのは一人で背負うことじゃあないのだ。

「ええ、皆、頑張ってくれていますよ」

「……私たちも」

頑張っている。剣聖と賢者の言葉を受けて、勇者は一切の憂いなく「うんっ！」と微笑《ほほえ》んだ。

§

バンと勢い良く扉を蹴破《けやぶ》って踏み込んだ大広間は、この世の暗黒を詰め込んだようだった。

かつて人であったものがあたり一面に撒《ま》き散らされ、脈動する肉壁と床に吸い込まれていく。

その度にむくり、むくりと、ほんの僅かに膨《ふく》れ上がる以上は、賢者も認めざるを得ない。

「……やっぱり、この魔宮そのものが――――新たなる肉体か」

「いかにも」

賢者の言葉に応じたそれは、闇《やみ》の奥から木霊《こだま》する、ゾッとするほどに冷たい声である。

――この世のものでは、ない。

それはこの部屋に満ちる空気に触れれば、否が応でもわかろうものだ。

人が棲まうには、あまりにもここは寒すぎる。

「良く来たな、勇者どもよ」

広間の奥、祭壇か——あるいは玉座か、もしかすると処刑台なのかもしれないが。

そこに、人形《ひとがた》をした巨大な闇が蠢《うごめ》いていた。

宝玉煌《きら》めく杖を携え、夜の闇をそのまま衣にしたかのような外套を纏った、魔術師。

しかしその顔はもはや人のそれではなく、くすんだ白い髑髏《どくろ》を顕《あらわ》にしている。

魔術の研鑽《けんさん》の果て、死を超えて尚《なお》も現世に縋《すが》り付く、亡者《リッチ》か塚人《ワイト》。

「来訪は予期していたが、私の予想より二十ばかり早い」

生者が発することのできぬ、立ち枯れた木の虚《うろ》から零れ落ちたような、乾いた声であった。

それを聞いても勇者はふんと鼻で笑うばかりだ。

二十年か、二十ヶ月か、二十週か、二十日か、二十時間か、二十分か、二十秒か。

——いずれにしたって、大したことない予想じゃあないか。

その夜明けの緑に輝く聖剣を、死人の王は鬱陶《うっとう》しそうに鬼火の目を向け、手を振った。

「別に世界を滅ぼそうなどとは考えておらぬよ、私は」

「盤をひっくり返そうとしている癖に」

応じるのは賢者だ。

彼女の声はいつだって平坦《へいたん》で、淡々として、友達である勇者も時々気持ちがわからない。

けれどそこに冷たさが混じった時は、わかりやすい。

——心底、腹が立っている時だ。

「そうすれば、この地こそが角になるからな」

死人の王はゆるりと玉座にくつろぎながら、そんなことにも気づきもしないで言い返した。

四方世界の角に至れば、見渡せるのは三面であり、盤の外。

これぞすなわち界渡《プレインズウォーク》り。

魔術師としての高みを語る相手へ、しかし賢者の口調は決して変わらない。

「結果、人は大勢死ぬ。もう、既にずいぶんと。取り返しはつかない」

「生きていれば死ぬものだ」

死人の王は何もかもわかった風に言った。わかっているからもういらぬと、端的に。

「それは困る」

対して賢者は、きっぱりと言い返した。

「生きる者も死ぬ者も、全て知ったというには世界は広すぎる」

――世界はいらぬと言い切れるお前の世界は、さぞやちっぽけなのだろう。

二人の、恐らく四方世界でも最上位にあるだろう術者の視線が激しくぶつかりあった。

魔術師の戦いとは言葉の戦いであり、つまりはこれはもはや呪文の応酬の始まりでもある。

遥《はる》か古の魔術師たちなれば、恐るべき呪文の刻まれた札を広げた事だろう。

だが賢者も、この死人占い師も、未《いま》だその領域には至っていない。

かたや至る必要なしと言い――かたや至るためには世界も不要と断じている。

切り結ぶ言葉は交わらず、もはや先の行方《ゆくえ》は火を見るよりも明らかだ。

「バッカバカしいなぁ……」

だから黙って聞いていた勇者は、飽き飽きしたと――賢者の肩を持って言うのだ。

「やっぱり話を聞かないで叩き切っても良かったんじゃないかな」

「まあ、最期《さいご》の一言くらいは聞いてやるべきでしょう」

剣聖が窘《たしな》めるように――ようにではないが――勇者へ苦笑した。

「命のやりとりをしに来たのですから、それ以上を望むものではありません」

「でも、どーせ命だけは助けてやろうとか世界の半分をやろうとかでしょ? 立場が逆だよね」

けたけたと笑ってそう言い返されると、剣聖も肩を竦《すく》めるより他ないのだけれども。

そう、攻め込んだのは我々で、殺されかけているのは相手だ。

自分たちが奴《やつ》を殺しに来たのだ。それ以上でもそれ以下でもない。立場の上下は明白だった。

死人占い師《ネクロマンサー》の手に握られた杖が、微《かす》かにきしんだ。

飛竜の巣穴を踏破し、儀式を結び、死霊の軍団を作り上げ、陰謀を張り巡らせてきたのだ。

己の矜持《きょうじ》をかけた儀式を、「馬鹿馬鹿《ばかばか》しい」の一言でけなされれば、こうもなろう。

だからこそ、賢者は言わずにはいられない。

「盤を返し、屍肉の塊で、外を目指す。それは何故《なぜ》かと言えば、自力で角に至れぬからだ」

――それこそが馬鹿馬鹿しい。

そんなだから、かつて盤の外へ飛び出た先達に全て見抜かれるのだ。

その魔術師の託《たく》したものが、様々な人の手や運命と共に、巡り巡って事ここに至ったのだ。

全ては、因果だ。

「冴《さ》えたやり方だと思っているようだが、かの邪悪にして忌《い》むべき神ならば、こう言うだろう」

賢者はうっすらと口元を緩めた。

「お前の計画は、完全でもなければ決定的でもない」

その一言が、致命的であったらしい。

「不定の命を与えて永久に辱《はずかし》め、その永劫《えいごう》の後悔を無聊《ぶりょう》の慰みにしようと思っていたが……」

ゆらり。影が立ち上る。死の影が。四方世界を襲う、恐るべき迷宮の主《ダンジョンマスター》が。

「どうやら貴様らの首は、柱に吊《つ》るされるのがお似合いだ」

「かかってこい！」勇者が吠《ほ》えた。「相手になってやる！」

戦いが、始まった。

§

呪文が乱れ飛び、光芒《こうぼう》が交わり、生と死が交差する。
想像を絶する戦い——とだけ書いて済ませるのは容易だが、あえて書くことを許して欲しい。

それは、想像を絶する戦いであった。

「《カエルム《天》……カリブンクルス《火石》……コンキリオ《接続》》」

まず初手《しょて》を切ったのは賢者により広間の天井《てんじょう》近くに召喚されて、降《ふ》り注《そそ》ぐ流星雨。

天の火石《ほいし》が次々と着弾し火を噴き上げる中、剣聖と勇者は真っ直ぐに飛び込んでいく。

剣聖の一刀は僅かに届かない。構うものか。勇者が高々と振りあげる太陽の剣こそが本命。

「――――――ッ!?」

しかしその動きが僅かに鈍る。ほんの一瞬。ささやかな金縛《ホールド》の呪詛《じゅそ》。

「《血は砂に、肉は石に、魂は塵となれ》」

途端、勇者の全身をゾッとするような怖気《おぞけ》が襲った。

石化の呪《のろ》いだ。背筋に突き刺さる冷たさに、彼女は歯を食いしばって耐え忍ぶ《セーヴィング》。

勇者の動きが止まったその一瞬を補うために、前に飛び出した剣聖を阻《はば》むのは――――……。

「ええい、ちょこざいですね……ッ!!」

大地より突き出た剣山刀樹。刃の障壁だ。突き進めばその体は微塵《みじん》に切り刻まれよう。

い、い、い、い、

――頑張って、我慢しますッ!!

それこそが只人《ヒューム》戦士の誉《ほま》れなれば。

躊躇なく剣聖は刃の只中へ飛び込み、己が血潮を紅蓮《ぐれん》の旗のように従えて湾刀を振り抜いた。

「おお、見事なり……ッ!」

それは蛮族にしてはやりおるといった程度の意味であったが、死人の王より称賛が漏れる。

剣聖ははしたなさに構うことなく舌打ちした。相手に余裕があるとは、頂けない。

素っ首叩き落とす恐怖を味わわせ、悲鳴も上げさせられなんだは不覚である。

「僕はもう行けるよ！」体勢を立て直し、勇者が叫んだ。「一旦《いったん》下がる⁉」

「なんの、まだまだ……！」

隣に並んだ勇者は、不敵に吠える剣聖をチラと見て頷き、決断的に前へ飛び出した。

間合いは近い。一歩で足りる。その一歩を進む間に襲いかかるのは枯死の呪詛。

「《立ち枯れよ。荒野に佇《たたず》み、雨を待ち、日に焼かれながら》」

「《モルス《死》……アドウェルサス《逆転》……アニマ《命》》」

しかしそれは背後から叩き込《こ》まれる呪詛返しによってかき消され、恐れるに足らず。

「小癪《こしゃく》な……ッ！」

ならばと死人占い師は杖を握らぬ左手を大きく広げ、間近に迫る少女へと突き出した。

「《剣の切り札、黒き棒、八が二つに、最後の一つは死神の手》！」

「お呼びでない……ッ‼」

直死の呪詛を込められた手が不埒にも勇者の心臓を鷲掴《わしづか》もうとし、輝ける聖剣が打ち払う。

しかし死人の王が求めた隙《すき》は、まさにそこにあった。真に力ある言葉を受けてみよ。

「《マグナ《魔術》……マヌス《手》……ファキオ《生成》》！」

不可視の力場が轟拳《ごうけん》となって彼女を握《にぎ》り潰し、堪《たま》らず少女が悲鳴をあげる。

「う、っああ……ッ⁉」

もがく。唯一自由になる足をじたばたと振って、歯を食いしばって、渾身《こんしん》の力で。

骨がきしむ。関節がびきびきと悲鳴をあげる。息が詰まって、口から苦いものがこみ上げる。

「うぎ、ぃ……ッ！　あ、ぐ……お、ぇ……ッ‼」

痛い。稲妻で撃たれた時も、炎で焼かれた時も、さっきの石化だってそうだけど、怖い。

──だけどこんなのは怖くて、痛いだけだ。

何度も空を蹴り、腕に力を込めて、歯を食いしばり、握った聖剣を放さず、抗《あらが》い続ける。

だからこそ内臓が潰される間際《まぎわ》──賢者の唱えた呪文が間に合った。

「《アルマ《武器》……フギオー《逃亡》……アーミッティウス《喪失》》……！」

それが手であるならば、《無手《アクワード》》の通じぬ道理があるものか。

放り出された壊れた人形のような有様《ありさま》ではあったけれど、辛うじて勇者は地に降り立つ。

震える膝《ひざ》に力を込めて、踏ん張って耐えて、くしゃくしゃな顔を必死に取り繕った。

「死ぬかと思った……！」

「まだ死んでいない」と賢者が超過詠唱の吐血《とけつ》を擦りながら言った。「間に合っている」

勇者は無理くりに笑った。先程の大軍、やっぱり僕が引き受けておけば良かった。なんて。

「もうちょっと急いでほしかったかなー……！」

生理的に目尻へ浮かんだ涙を拭《ぬぐ》って、勇者は聖剣を握り直し、再び巨影へと飛びかかる。

その間、ただ一人で前線を担っているのは剣聖だ。

嵐の巨人の膂力があれば、たとえ一人であっても恐るべき魔術師と打ち合うには事足りる。

全身から血を滴らせた壮絶な有様ではあったが、なに、血が出るならば生きているという事。

長い自慢の髪は少し持っていかれたとはいえ無事なのだし。

――乙女の髪一筋、柔肌の傷一つは命一つで贖えば良いと森人《エルフ》も言いますし。

「なるほど、なかなかにやりおると思っていたが――大層な力を得たようだな」

死人の王がそう言って嘲笑った。迫りくる剣聖――いや。

立ち上がって走る勇者、そして息を整えて杖を構える賢者も含めた三人へ、杖が向く。

「《マグナ《魔術》……レモラ《阻害》……レスティンギトゥル《消失》》！」

途端、凍《い》てつくような波動が娘らに襲いかかった。

それは見る間に彼女らの身体を侵し、その身に与えられた様々な力を打ち消していく。

巨人の怪力も、あらゆる魔術に対する耐性も、風の早さも、剣の鋭さも、何もかも。

対抗呪文《カウンター・スペル》――呪文を打ち消す、魔術師の決闘において他の何よりも明白な決定打。

「お粗末な呪文であったたな、賢者よ」

別に、嘲《あざけ》られたところで賢者は何も言わなかった。

いや、言い返せなかった、とするべきだろうが。

杖に縋って立つのがやっと。そんな事に割く気力は、とうに尽きていたし――……。

「で、それがどうしましたか？」

「ガ、アッ⁉」

馬鹿馬鹿しいとその刃で死人占い師の胸を切り裂いて、剣聖が代わりに言い返してくれる。

とっさに死人の王はその杖に力場の刃を作り出し、剣聖へと次々に繰り出した。

武術の達人ではないが、上位の不死者としての身体能力にものを言わせた斬撃だ。

既に全身を切り刻まれている剣聖であれば命とて危《あや》うい――が、彼女はず、と摺足《すりあし》を送る。

相手の射線と射線、その隙間《すきま》を縫うように、ほんの僅かに足を摺って、動くのだ。

ただそれだけが、しかしどこまでも致命的だった。

狙《ねら》うために向きを変える。すり足で動く。向きを変える。すり足で動く。

怪しげな、ほんの微かな動きだけで、死人の王の攻撃線は通らない。

「ふふ……っ」

薄く微笑んだ剣聖は流れる水を切るが如く、右に左に弾《はじ》き、切り返し、突き返す。

その豪華絢爛《ごうかけんらん》たる死の舞踏《ダンス・マカブル》が如き神業《かみわざ》へ、死人の王は目を見開いた。

女の手に握られた湾刀。

何の変哲もないそれは、拵《こしら》えこそ違うけれど東方の造り。だが、それだけだ。

刀身の真ん中に微かな罅《ひび》か刃零れがある以外は、何の変哲もない、ただの――……。

「鋼の剣、だと……⁉」

「私はあまり武器の強い弱いに興味がありませんので」

しれっと――それこそ舌でも出しそうな勢いで――剣聖は口元を緩めた。

かつて《死の迷宮》でこの太刀《たち》を振るった者がこれを知っても、きっと微笑んだに違いない。

伝説の名剣かどうかは知らないし、興味もない。彼女が信じるのはたった一言。

「折れず、曲がらぬ、これは良い剣です。だから――私が勝ちますよ」

「おのれ……‼」

死人の王がついにおめいたその時、太陽の光が、ついに暗黒の広間の最奥へと至った。

輝く物の具を血と吐瀉物《としゃぶつ》に汚し、足元はふらつき、しかしそれでも剣を振りかざす、勇者。

先の剣聖による一撃は、その屍《しかばね》の身体を動かす魂魄《こんぱく》を破壊するほどの衝撃をもたらしている。

朽ち果てた亡者の成れの果ては逃れること能《あた》わず、陽光の剣を呪わしげに睨み、吐き捨てた。

「神の駒《こま》めが……！」

「それって自分は操られてなかったから負けたって言いたいの？　操られたら勝ってたとか？」

そういう事にしておきたいのだろうけれど、単なる負け惜しみだ。格好悪いにもほどがある。

勇者は両手の剣をしっかりと握り直した。力が入らない。歯を食いしばって、もう一度。

「《エンノイア《思考》……ヤオー《火》……アウローラ《払暁》》」

そこへ、戦乙女《いくさおとめ》の声がかかった。

賢者が今の今まで、言葉も紡がず必死に意識を研ぎ澄ませていた呪文が、完成したのだ。

傷ついた身体に力が戻る。もう一度戦える。もう一度、剣を振るえる。

痛みも、恐怖も、まだあるけれど。これで十分だ。

「お前だとて、いずれは破滅を迎えるのだぞ！　崇《あが》められていようが、その内に――……」

「かもね」

だから勇者は平然と笑った。だいたい皆似たようなことを言うのだもの。口を揃《そろ》えてさ。

「でも、今じゃあないよ」

ここで自分が負けたら世界は闇だ。手伝ってくれた人たちにだって申し訳ないじゃあないか。

兵隊さんや他の冒険者がいて、その家族、無関係な人もたくさんいて、友達と、自分がいる。

そんないろんな人たちを知らないから、死人の王のような連中は、似たような事を言うのだ。

世界を滅ぼし、人を殺すのも平気で――むしろ正しいとさえ思っている。

――神様に操《あやつ》られでもしない限り、世界を救うやつがやってくるわけないって？

そんな風に思ってる以上、きっともう何を言っても無駄だろうけれど。

――だったら僕が、皆に代わってやるべき事も、言ってやるべき言葉も一つだけ。

夜明け呼ぶ一撃を振りかざし――――前へ。

「これでも、喰らえッ《ティク・ザット・ユー・フィーンド》!!」

太陽が、爆発《ばくはつ》した。

終章

「小鬼《ゴブリン》退治の冒険《シナリオ》を始めるよというお話」

Goblin Slayer

He does not let anyone roll the dice.

金糸雀《カナリア》のちゅくちゅくとさえずる音で、ぼんやりと目が覚めた。

体が酷《ひど》く重く、天井《てんじょう》がいやに高い。

「む……」

低く唸《うな》って、彼はゆっくりと上半身を起こした。ぎしりと、寝台がきしむ。

部屋はほのかに寒く、その温度からすると、まだそう遅い時間ではあるまい。

寝坊したとしても、僅《わず》かな時間だろう。寝坊したという事実こそが問題なのだが。

「おはよーっ。……今日はぐっすりだったねぇ」

そうして上体を起こした彼を、窓辺から幼馴染《おさななじみ》の少女がにこにこと見守っていた。

彼は「うむ」と低く唸るように頷《うなず》いて、立ち上がり、手早く衣服を身につける。

──ずいぶんと、疲れていたか。

思えば、友人──と考えるのに一瞬、間があったが──の誘いで、慣れぬ事をしたものだ。

小鬼退治とはまったく違う冒険には、ずいぶんと神経を使った。

──冒険か。

そう思うと、彼の口元は僅かに緩《ゆる》むのだけれど。

「あ、何か嬉《うれ》しそうだね」

「そうか？」

「そう見えるよ」

「そうか」

何が嬉しいのか、という意味では彼女も同じで、どうしてかニコニコしている。

彼はしばし幼馴染の姿を見やり、言葉を中空に探し、ようやっと口を開いた。

「寒くないか」

「ふっふーん、あたしはとってもぬくたいのです」

そう言って、何かを誇示するように彼女は両腕を広げてみせる。

――ああ、そうか。

「新しい胴衣か」

「そ。編んでみたの」

どうかな？　そんな風に言って彼女は作業着の帯をずらし、前掛けを外してみせた。

白く真新しい、毛糸の胴衣を披露する。

彼は少し考えて、やはり言葉を探し求めて、やっと掴《つか》み取った一言を発した。

「似合っている、と思うが」

「……えへへ」

どうやら、それで間違いではなかったらしい。

幼馴染の少女は嬉しそうに頬《ほお》を染め、目を細めた。

「君のも編んであるから、後で着てみて？」

「ああ、うむ」

彼は頷き、ちらと部屋の奥、長櫃《ながびつ》の上に畳まれて置かれた黒い胴衣を見やった。

何となく——手をつけるのが惜しい気がしていたのだが、間違いではなかったらしい。

「依頼の後でも良いか」

そう言ってから彼は言葉が足りないと思ったのか、付け足した。

「汚したくはない」

「うん、良いよ。帰ってきたら、着てくれるんでしょ？」

「ああ」

そう言って頷くと、幼馴染の少女は「待ってるからね」と。

やはり、嬉しそうに言ってくれるのであった。

§

薄汚れた革鎧、安っぽい鉄兜《てつかぶと》、中途半端《ちゅうとはんぱ》な長さの剣に、小振りな円盾。

いつも通りの装備を整えて冒険者ギルドの扉を潜《くぐ》ると、やはりいつも通りの面々がいる。

新米――いや、もうそうは呼べない――戦士と聖女、白兎猟兵が三人で何やら相談している。

「やっぱ空飛ぶ奴相手の経験つもうぜ！　飛竜《ワイバーン》くらい落とせなきゃなぁ」

「だからってロック鳥とか無理でしょ。死んじゃうわよ。もうちょっとこう、違う奴！」

「てぇか、ぼかぁ思うに、冒険者てな別に怪物退治ばっかせにゃならんわけでもないんでは？」

彼らが棍棒《こんぼう》の使い方を聞いてきたのは、さていつ頃だったろうか。

ゴブリンスレイヤーにとっては些細《ささい》な記憶だが、多少なりとも役立ったなら良いのだが。

――そう言えば、あの探索でずいぶんと水薬を使ったものだ。

補充を先にしておくべきだろう。

ゴブリンスレイヤーは顔見知りの冒険者らから好き勝手声をかけられながら、工房へ向かう。

新参の冒険者ならともかく、今や彼は「ゴブリンゴブリンばっか言っている何か変なの」だ。

それを――どう受け止めるべきか、よくはわからない。

ただことさら否定《ひてい》する必要もないし、悪い気はしないので、そのままにしているのだが。

「おう、来たか」

工房では鉱人《ドワーフ》と見間違うばかりの親方が、いつも通りの偏屈な態度で鉄兜をじろと見やる。

「預かった鎧の整備は終わってねえぞ。なんだ、《分解》でもぶっ放すゴブリンでも出たか？」

「いや」

「だろうな。そんなゴブリンはいやしねえやな」

岩を削るような笑い方をする親方とも、もうずいぶんな付き合いになるなと、改めて思う。

水薬をはじめ消耗した装備をあれこれ注文すると、親方は慣れた様子で品出しにかかった。

取り出された品を帳場に並べ、一つずつ値段を告げながら、その片目でぐいと睨《にら》まれる。

「お前さん、たまにゃあ……名剣だ、業物《わざもの》だのの類《たぐい》でも買わんのかね」

「あの南洋式の投げナイフは重宝しているが」

「そうかい」

ふん。親方は鼻を鳴らした後で「まあ良いさ」と低く唸るように呟《つぶや》いた。

「無銘の業物《わざもの》だって《死の迷宮》じゃあ物を言ったもんだ」

「そうなのか」

「おうよ」

ゴブリンスレイヤーには、あまり興味のない事だった。英雄譚は好きだが、関係のない話だ。

財布から金貨、銀貨を取り出し並べていると、工房の奥が、ふとにわかに騒がしくなる。

ちらと鉄兜の下で目を動かせば、丁稚と獣人女給が何やらきゃいきゃいとはしゃいでいた。

「なあ、これちょっと大きすぎやしないか？」

「そっかなぁ？　あたしのサイズでやったんだけど」

「あのな、お前な……。まあ、ありがたく貰《もら》うけどさ……」

「こないだの飲み物も美味《おい》しかったっしょ？」

「いきなり押し付けてくるのは何なわけ、ホントに」

どうやら獣人女給が、丁稚の少年に服を押し付けて着せているところらしい。

あちこちほつれているし、ちょっと寸が足らないが、しかし不満はないようだった。

あの二人は仲が良かったのかと、ゴブリンスレイヤーは今更ながらに思う。

思えば色々な人間と関《かか》わるようになったが――まだまだ知らない事が多いものだ。

そしてそれは当然なのだろう。

人一人の全《すべ》てを知ることなど、到底簡単にできることではあるまい。

「ったく、サボりやがってからに」

気づけば親方もまた帳場に肘《ひじ》をついて、芸事を眺めるように二人を眺めていた。

「……お前も、ちっとは身だしなみに気ィ使ったらどうだ？」

「そうか？」

「さっきも森人《エルフ》の女が突剣を買っていったんだがな。新人で、まあ良い女だったぞ」

ちょいと白粉《おしろい》臭かったが。そんな感想に、ゴブリンスレイヤーは「ふむ」と呟いた。

いささか季節外れではあるが、別にいつの時期だって新人の冒険者は現れるものだ。

特に気にもとめずゴブリンスレイヤーは代金を支払って、再びギルドへと足を踏み入れる。

やはり——冒険者は、多い。

本格的な冬が来る前の最後のかきいれ時だからか、誰《だれ》も彼もが集まって、声をあげていた。

「おお、これは……酒か⁉　おいおい、私を何だと思っているんだ、貴様？」

「いらねえなら別に良いんだぞ」

「いや、貰うぞ？　一度受け取ったからにはこれはもう私のものだ」

重戦士と女騎士が騒いでいるのを、少年斥候《スカウト》に少女巫術師《ドルイド》が呆《あき》れた様子で眺めている。

その傍《そば》に佇《たたず》む半森人《ハーフエルフ》の剣士がこちらへ会釈《えしゃく》するのを受けて、ゴブリンスレイヤーも頭を下げた。

そうして彼らの横をすり抜けると、不意に気安い調子で肩を叩《たた》かれる。

「ったく、アイツはアレだもんな。もうちょっとセンスのある物にしろろつったのによ」

「そうだな」

ゴブリンスレイヤーは、にやにやと笑っている槍使いに頷いた。

「お前もちゃんと甲斐性見せとけよ。男は、わりとそういうとこで見られっからな」

「そういうものか」

「そういうもんだ」

とすれば、槍使いは何かしら魔女に贈り物でもしたのだろうか。

そう思っていると、向こうから肉感的な肢体を誇示するような歩き方で、彼女がやってくる。

その頬が薔薇色《ばらいろ》に染まっている事に気づかぬほど、ゴブリンスレイヤーの観察力は低くない。

「あ、ら……」と魔女は長い睫毛《まつげ》を瞬かせた。「お話、中……だったかし、ら？」

「いや、単なる雑談だ」

そう言って、槍使いは肉食獣を思わせるしなやかな動きでゴブリンスレイヤーから離れた。

「じゃあな、ゴブリンスレイヤー。俺《おれ》たちゃこれから冒険《デート》なんでな」

「そうか」

ゴブリンスレイヤーはゆっくりと頷いて、何を言うべきか、僅かに低く唸った。

「……気をつけろ」

「言われるまでもねえや」

槍使いはにやりと牙《きば》を剝《む》き出すと、ひらひらと手を振り、颯爽《さっそう》と歩いていく。

最後に魔女が振り向きざま、「じゃ、ね」と囁《ささや》いて、薄く微笑《ほほえ》んで去っていった。

何を贈ったのか――聞くのは野暮《やぼ》というものだろう。

それくらいの事は、ゴブリンスレイヤーとてわかろうものだ。

§

「オルクボルグ、おっそーい！」

蜥蜴僧侶《リザードマン》に何やらけんつくを食らわせていた妖精弓手《エルフ》が、ぱっと顔を上げて叫んだ。

いつも通りの待合室、その外れ。彼の定位置だった場所は、彼らの定位置となった。

別にいつだって五人でいるわけではない。だが、四人の姿があるのは、良いものだった。

ずかずかというういつもの足取りでやってきたゴブリンスレイヤーは「そうか」と応じる。

「遅れたつもりはなかったが。すまん」

「気にすんない、かみきり丸。この耳長めが、勝手に早起きしおっただけだわ」

「良いじゃないの。ここんとこ皆あっちこっちでバタバタだったんだし、久々でしょー？」

「森人がそう軽率に久々とか言うない」

鉱人《ドワーフ》道士と妖精弓手の喧々囂々《けんけんごうごう》、いつものやりとりも——そう言えば、久しぶりか。

ゴブリンスレイヤーはそのやりとりに耳を傾《かたむ》けながら、残りの面々を見やる。

長椅子《ながいす》に座らずに、しかしゆったりとくつろいだ風の蜥蜴僧侶。

そして膝《ひざ》の上に手を揃《そろ》え、ちょこりと座っている女神官。

「何か問題があったか？」

「いや、何も何も。拙僧らは単なる使いでしたからな」

蜥蜴僧侶がゆっくりとその長首を左右に振った後、奇怪な手つきで合掌をした。

「神官殿らが、どうやら功徳《くどく》を積まれたようでしてな。その話を聞いておったのです」

「く、功徳なんて、そんな」と、女神官が上擦《うわず》った声をあげた。「たいした、ことは……」

なくもないかもしれないですけれど。てれてれとしながら、彼女はそんな風に呟く。

確か、妖精弓手らに連れられて、どこぞの砦《とりで》に向かったとかなんとか。

見れば真新しかった青玉の認識票にも僅かに傷がつき、汚れ、もうずいぶんと様になっている。

本人はどこまで気づいているかはわからないが——経験とは、こういうものに違いあるまい。

「ゴブリンスレイヤーさんの方は、どうでしたか？」

「ゴブリン退治ではなかったな」

それだけは間違いない。ゴブリンスレイヤーは自分にわかる範囲での情報を、端的に述べた。

「なんとかいう、妙な怪物がいた。前にもやりあったが、やはり手間だな、アレは」

「はあ……」

女神官は、きょとりと小首を傾《かし》げている。オーガか、デーモンだったのでしょうか、なんて。

「むう」と、いい加減に鉱人道士から離れた妖精弓手が不満げに唇を尖《とが》らせる。

「もうちょっと詳しく話しなさいよね。始めから始めて、終わりに来て終わるまで」

「俺は弁が立たん」

「っていうか、オルクボルグが勝手に冒険しに行ったのはちょっと気に入らないのよ」

「勝手ではないと思うが」

「勝手よ勝手。どーせ今日も『ゴブリンだ』ってなるんでしょー？」

「そうだが」

「これだもんね」

あーあ。妖精弓手は上《かみ》の森人《もりびと》にあるまじき、しかしそれに相応《ふさわ》しい典雅さで足を振った。その言葉ほどには声音《こわね》は尖っておらず、表情も明るく――「仕方ないな」といった風。

「ほらほら、さっさと行ってきなさいな。待っててたげるから」

「うむ」

ゴブリンスレイヤーは鉄兜を縦に振って、それから巡らせて、受付の方を確認した。

どうやら朝一の依頼はだいぶんと掃《は》けた様子で、これならば問題はなさそうだった。

ゴブリンスレイヤーは、相変わらずの無遠慮な足取りで受付へと向かう。

帳場の向こうではあれやこれやと慌ただしく、受付嬢が独楽鼠《こまねずみ》のように走り回っている。

そんな彼女がはたとこちらに気がついて、編髪を尻尾《しっぽ》のように揺らし、くるりと振り返った。

「あら、ゴブリンスレイヤーさん！」

テキパキと、もう予《あらかじ》め取り分けてあったのだろう、幾つかの書類を彼女は抱えて席につく。

対面についたゴブリンスレイヤーが覗《のぞ》き込めば、なるほど、やはりゴブリンだ。

「忙しい様子だが、問題はないのか」

「いっつも忙しいは忙しいですからね」

受付嬢は思わずといった風に苦笑い。人は目につくものばかり気にしてしまうけれども。

「世界の危機もありますし、小鬼だって出ますし、水の街でも騒動がありましたし……」

「そうか」

「はい、大変です」

にこにことした表情を崩さぬまま、受付嬢は僅かに物憂げな息を漏《も》らす。

ゴブリン退治は、まあ、常にあるものだ。

新人一党《パーティ》一つにつき小鬼の巣一つ、なんて笑い話もあながち間違いではない。

だいたいは簡単に片がつく。そうでないものが少し。そして、それ以外の冒険が山のよう。

「それに今年の冬至《とうじ》はまた違った催しをやろうとかって話で――……」

「そうなのか」

「ええ。それで、そのう」

受付嬢は何か言《い》い淀《よど》むように言葉を濁し、もじもじと、その編んだ髪の先を指で弄《もてあそ》んだ。

「もしかしたら、お手伝いをお願いするかもしれないのですけれども……」

「俺は構わん」

特に悩む必要もなく、ゴブリンスレイヤーは淡々と応じた。

日頃《ひごろ》世話になっているならば何かしらお礼を、というのは、槍使いの言だが。

――理に叶《かな》っている。

そう思うのだ。

ゴブリンではないのだろうが、小鬼を狩るのは己《おのれ》の務めに過ぎない。

ゴブリン退治だけで世界は回っているわけではない。そんなのは当たり前の事だ。

「手は貸そう」と言って、彼は――珍しいことに――遠慮がちに付け加えた。「俺《おれ》で良ければ」

途端、受付嬢の顔にはぱっと光が差して、花の蕾《つぼみ》が綻《ほころ》んだように頬《ほお》が緩《ゆる》んだ。

けれど彼女はやはり職務に忠実で、こほんと可愛《かわい》らしく咳払《せきばら》いを一つ。

「それで、ええと、今日はどういったご用件で？」

悪戯《いたずら》っぽく、わざとらしく、ことさらに鯱張《しゃちほこば》った問いかけに、ゴブリンスレイヤーは応《こた》えた。

「ゴブリンだ」

あとがき

ドーモ！　蝸牛《かぎゅう》くもです。

ゴブリンスレイヤー十二巻、楽しんで頂けましたでしょうか。

ゴブリンが出たからゴブリンスレイヤーさんがゴブリン退治に行くまでのお話でしたね。

精一杯に頑張って書いたつもりですので、楽しんでもらえたのなら幸いです。


しかし十二巻、びっくりですね。覚醒して最後になって夜明けしたのが三巻前ですよ。

今回は短編集という事で、色々な冒険者の色々な冒険という感じになりました。

実際問題、世界というのは知っている部分より知らない部分のほうが多いものです。

なにせ冒険といったらゴブリン退治よりも、それ以外のほうが沢山ありますからね。

世界を救うために悪い魔法使いをぶっ飛ばすのも、大都会の影を走るのも等しく冒険です。

……というような感じなのは、いっつも言っている通りなので繰り返しませんけれども。

例えば今回、ゴブリンスレイヤーはコミカライズやＴＲＰＧ、ＴＶアニメに続いて劇場公開です。

そうなると当然、自分が直接知っている人たち以外、大勢の人が関《かか》わってくださっています。

作品本編の製作に携《たずさ》わってくださった人も、自分は全員を知っているわけではありません。宣伝やら企画やらを担当されてる人、チラシとか販促物を製造されている人。映画館の人。国外にも関わって下さってる人がいるので、きっと自分が想像できない業種の人もいます。そしてもちろん、こうして本を手にとって下さっている読者の皆さんのお陰でもあります。ウェブ版の頃《ころ》から応援してくださる方々や、まとめブログの管理人さん。友人たち。劇場公開作はもちろん、この本一冊にしたって、とても多くの人のお陰で世の中に出るわけです。神奈月《かんなつき》先生や、編集部の方々に……と、これも挙げていくと頁《ページ》がいくらあっても足りません。こうなると、とてもとても「自分ひとりの力でやったんだ」などとは言えないわけです。もし「蝸牛くもは一人で劇場公開までやった」と言う人がいたら、それは違うよとなります。つくづくと、自分は縁に恵まれたし、とてもありがたい事だなあと思っています。心からの感謝を。


次はいよいよ十三巻となります。

たぶんゴブリンが出たのでゴブリンスレイヤーさんがゴブリン退治をする話になるでしょう。

引き続き精一杯書いていくつもりですので、楽しんで頂けたら嬉しいです。

では、また。

ファンレター、作品の
ご感想をお待ちしています

〈あて先〉

〒106－0032
東京都港区六本木2－4－5
ＳＢクリエイティブ（株）
GA文庫編集部 気付

「蝸牛くも先生」係
「神奈月昇先生」係

本書に関するご意見・ご感想は
右の QR コードよりお寄せください。

※アクセスに発生する通信費等はご負担ください。

https://ga.sbcr.jp/

ゴブリンスレイヤー 12

発　行　　2020年2月29日　初版第一刷発行
2023年10月12日　　第三刷発行
著　者　　蝸牛くも
発行人　　小川 淳

発行所　　SBクリエイティブ株式会社
〒106−0032
東京都港区六本木2−4−5
電話　03−5549−1201
03−5549−1167(編集)

装　丁　　AFTERGLOW

印刷・製本　中央精版印刷株式会社

ISBN978-4-8156-0333-5
Printed in Japan
GA 文庫

ゴブリンスレイヤー外伝2
鍔鳴の太刀《ダイ・カタナ》
DAIKATANA
The Singing Death
後に「英雄」と呼ばれる一党の
果てなき迷宮攻略譚――。
イラスト：青木翔吾
コミックス①巻大好評発売中!!
（スクウェア・エニックス刊）
B6判／定価：本体600円＋税
原作：蝸牛くも（GAノベル／SBクリエイティブ刊）
作画：青木翔吾
キャラクター原案：lack
©Kumo Kagyu / SB Creative Corp. キャラクター原案 lack